JN000481

賭博常習者

Sonobe Kozo
園部晃三

講談社

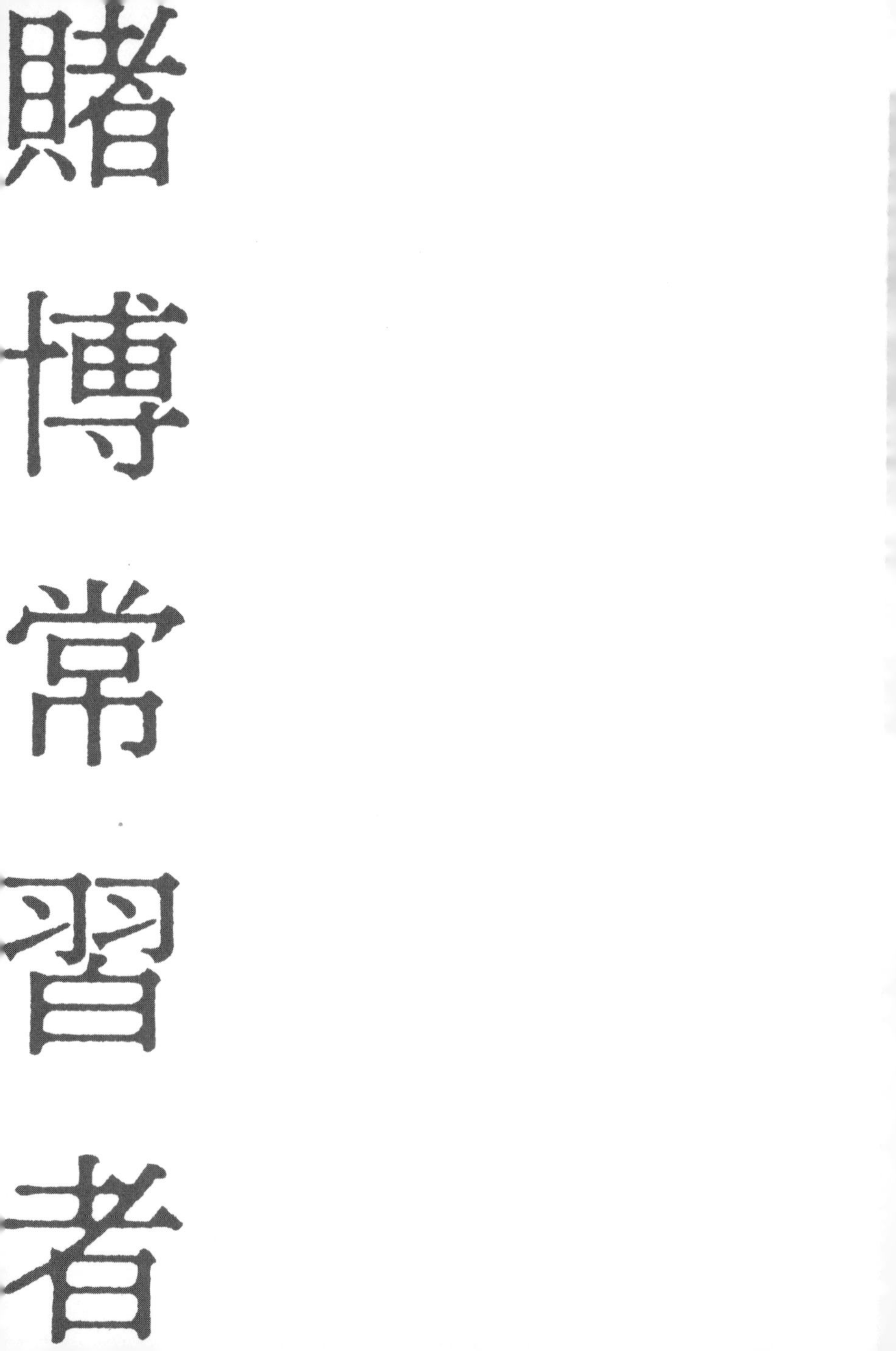
賭博常習者

装幀
岡 孝治

写真
アフロ / shutterstock / O.D.O.

プロローグ

はじめて馬券を買ったのは八歳の冬だった。

競走馬の育成牧場を営む、母の弟、つまり私の叔父が運転する六四年式の茶色いクラウンエイトの助手席に乗せられてむかった中山競馬場でのことだった。

その前日の、乾いた陽ざしの午後、母を訪ねてきた叔父の口から競馬場行きを知らされた私は、洗車手当の千円を翌日に走るお目当の馬の単勝馬券にかえてもらう計画を立て、自ら率先してクラウンを洗った。車体をピカピカにする一連の作業は蹄洗場（ていせんば）で馬を丸洗いして、光沢（こうたく）を放つ馬体を眺めるのとひとしい達成感があった。

パドックを周回する八頭の馬のなかに、一頭だけ蹄の音を高く響かせる歩様（ほよう）の馬がいた。有馬記念に出走する三冠馬シンザンだった。あらゆる眼がそのつやつやした鹿毛（かげ）の馬体を追っていた。周回するシンザンが眼のまえを過ぎると溜め息を洩らす者さえいた。

私は叔父の黒いボルサリーノを頭にのせ、肩馬（かたぐるま）をされてシンザンを見ていた。黒髪をオールバックに撫でつけたポマードのにおいを嗅ぎながら、肩馬のままスタンドに移り、埋めつくした観衆のなかでレースがはじまるのを待った。

四コーナーから直線にかけて溢れる人垣で埒さえも見えない。その観衆の蠢きが止まった刹那、第十回グランプリレースのゲートが開いた。

中山競馬場の走路を蔽う靄のなか、ゼッケン4番のシンザンは最後の直線で逃げるミハルカスを外埒沿いぎりぎりから追いつめる。束の間、鹿毛の馬体は外埒沿いを埋めつくした観衆の肩越しに消え、スタンドはその行方に騒然としたが、ふたたびシンザンは颯爽と観衆の視界にあらわれ、一番人気にこたえて一馬身半差でゴールを駆け抜けた。

群衆のどよめきにゆれるスタンドの、叔父の肩のうえで私はシンザンの千円の単勝馬券を握りしめたまま身震いをした。

叔父は人混みをかきわけながらつぶやいた。

「いいか、成功したければ馬を選ぶんだ」

その言葉は彼自身にむけられているようにも聞こえた。

帰る車中もずっと、眼を閉じるとシンザンの鹿毛の馬体が脳裡を疾走して大動物の息吹を放っていた。給油をしたガソリンスタンドの並びのドライブインで、叔父からハンバーグをご馳走してもらったとき、かたわらのテーブルのトラックドライバーたちがシンザンの強さについて興奮気味に喋っていた。その馬をこの眼でたったいま見てきたばかりだという自慢を、口にしたくてたまらなかった。

微睡（まどろ）みながら帰路につく車窓から、雲が割れた空に黄色い月が見えた。三日月だった。あの月をシンザンも馬運車の窓から見ただろうか。それとももう帰厩して、肢許（あしもと）にからみつくほどフカフカに敷きつめられた寝藁（ねわら）のなかでレースの疲れを癒しているだろうか。そう思ったとたん、流れる黒い雲に空の隙間は蔽われて月は消え、私の瞼も落ちた。

家に帰って母にパンチングされた薄紙の馬券を見せ、得意満面で昭和四〇年の有馬記念でシンザンは4枠にいて四文字でゼッケン4番だったと言うと感心された。のちに、それはケントク買いといってまんざら侮れない馬券考察のひとつなのだと叔父から教えられた。

シンザンの一・一倍の単勝馬券は換金せずに大切に自室の勉強机の引き出しにしまわれた。

第一章

1

私の生家のある集落には西の上流から東へと川が流れ、両岸は、その渓谷では珍しく平らな緑地帯がひろがり、野芝が生え、陽あたりは良かった。

春には水辺に蓬（よもぎ）やネコヤナギが群生する。蝶々やトンボが飛びかう季節には近所の子供たちのかっこうの遊び場だった。河はその辺りでいったん堰きとめられ、流れは澱（よど）み、そこから周辺の田園へと細い水路が引かれている。上流の牧畜業者の飼葉（かいば）からこぼれ落ちた帰化植物が、水路の両脇に根づき黄色い花を咲かせている。

川沿いには県道が走り、私の家の正面の路傍には欅（けやき）の大樹が四方に枝をのばし、その太い幹の根元には身の丈二メートルもの馬頭観音の石像が祀られ、集落に八眼をむけている。そこから下流に一キロほど進むと北側の山間から流れてくる沢があり、それに沿った林道をゆるやかに登って行くとさらに土地は開け、平坦な台地となる。そこに母の生家はあり、彼女の末の弟が競走馬の育成牧場を営んでいた。

叔父の牧場の馬場で私は小学生のころから、もっぱらおとなしめの競走馬で乗馬の練習をしていた。それでも、茂みから飛びだした鳥に驚いて横っ跳びした馬から落ちたり、冬場の運動不足で暴れる馬にふり落とされたり、いつも生傷が絶えなかった。

なかなか思うように乗れなくて梃子摺（てこず）っているときには、叔父がやってきて、「どれ、替わってみろ」と乗り替わった。

私のサイズに短くつめられた鐙（あぶみ）には足を通さずに長い脚で馬の胴体を抱え、踵（かかと）で腹を蹴って急きたて、手綱をしぼり、「チッチッ」と舌先で叱咤しながら馭（ぎょ）した。馬は叔父にむけて耳を立て、首を鶴のようにしならせ、全身をゴム毬のごとく弾ませ、軽快に駆け足をはじめる。そうやって馴致（じゅんち）してから私が乗ると馬は叔父の姿を意識しながら素直に動くのだった。

叔父の一挙手一投足を見逃すまい。その思いが小学校の授業をおえた私を牧場まで一目散に走らせた。途中の馬頭観音に一礼をすることは怠らずに。ついて行けるものなら、クラウンや馬運車の助手席に乗ってどこへでも一緒に行きたかった。あの中山競馬場で見たシンザンの衝撃の強さ。叔父が眼にする光景はなんでも共有したかった。

「明日、叔父さんがT競馬場に行くって。一緒に行ってもいい？」

母にせがむと、「いつでもどこにでも行きたがって、そういうのをハチッピラキって言うんだよ」とかえされた。

「それって病気？」

「まだ病気じゃないけど、あまり言いつづけているといつかそうなるかもね……」

ハチッピラキ。その意味は分からなかったが、褒められたのではないことは母の口調から感じとれた。どこにでも行きたがる、ハチッピラキ。八方が開いてしまっているのか。それとも頭が開いてしまっているのか。いずれにせよ自分の頭のなかでなにか異変がおきている気がして落ち着かなかった。

濃い墨色の雲が白みかける空に蓋をするように渓谷を蔽っていた。

稜線はまだ黒く、山間の斜面の樹々もまだ深く眠っている。空気は冷たくて湿気を帯び、山鳩も小鳥たちも凍てついた木陰や暗がりにいまだ潜んでいて、辺りは静かだった。

河沿いの県道を、丸目のヘッドライトを点したクラウンエイトが下流から重厚なエンジン音を轟かせて来ると、私の家の車寄せで停まった。白い排気煙が薄暗い地面を這った。

玄関灯のしたに立っていた私は、和装の母がドアを開けてくれた助手席に潜りこむ。

車内は暖かかった。その暖気に、叔父の躰に染みついた馬と寝藁のにおいが混ざりあい、一瞬、私は噎せかけたが、そのにおいは嫌ではなかった。なにか得体の知れない強い力がそのにおいには潜んでいて、それを馭す叔父への畏怖の念も覚えていた。

叔父との競馬場行きがふたたび叶ったのは、九歳になる年の春だった。叔父の所有する四歳牡馬が北関東の公営（地方）競馬のダート重賞レースに出走することになり、母も同行した。

後部座席の着物姿の母のかたわらには黒い革のボストンバッグが置いてあった。

「お金は大丈夫なんだろうね」と母が訊くと、「姉さん、そこにきちんと入っているから心配いらないよ」と叔父はかえした。

母は黙ってうなずき、黒いバッグに白い手をそえた。

道々の土産物屋や酒屋で母は車を停めさせ、土産を買っていった。それらを携えて競馬場の厩舎（きゅうしゃ）を訪ねたときには正午を過ぎていた。私は厩舎の外で、到着した馬運車から競走馬を降ろす厩務員の動作を観察したり、装蹄師の作業手順を遠まきに真似したりしながら大人の話が終わるのを待った。

厩舎から車にもどると叔父は、手綱をにぎる者独特の節くれ立った手で黒いバッグの把手（とって）を強くつかんだ。そして、黒いボルサリーノを斜めにかぶって縦縞のダークスーツに身をつつんだ長身で大股に歩き、馬券売場でバッグの中身を単勝馬券に詰めかえた。

「車のトランクにしまってくるから」と、もと来た道を駐車場へともどって行った。

私は母にねだって叔父の馬の単勝馬券を買ってもらった。

距離一七〇〇メートル、右回りの最内枠の逃げ馬が叔父の馬だった。

いよいよ発走となり、走路が見わたせるスタンドで、日付と馬番号の1がパンチングされた百円単勝馬券を握りしめながら、「ぼくの馬が一番、ぼくの馬が一番はやい」と、はしゃぐ私の口を、母は「うちの馬と言ってはいけない」と手でふさいだ。

そして母は「うちの馬にたくさん賭けている人がいて、もし負けたら困るでしょう」と言った。その心配をよそに叔父が大枚を張った馬は誰からも競りかけられることなく、私がはしゃいだとおり、あっさりと逃げ勝った。

母と叔父と私は、調教師たちと口取り写真におさまった（写真は額に入れられ、色が褪せるまで長く牧場の応接室に飾られていた。そしてこの馬は逃げ馬の脆さもあったが、長く活躍して賞金を稼いで叔父を助けた)。

母と叔父がどれだけ儲けたかは知らないが、私が百円の単勝馬券を五百円札一枚に換金して興奮冷めやらぬその週末の夜、煌々と灯りがともされた牧場の母屋では盛大な祝勝会の宴がいつまでもつづいた。帰宅するジョッキーや厩舎関係者に母の手から祝儀が配られるのを、眠気をこらえて離れの窓から覗き見しながら大人の世界に漂うキナ臭い空気にふれた。


母の生家は代々、家畜商を営んでいた。はたからは博労と呼ばれるその生業は、林業や農業が大半の地域にあっては稀だった。育成牧場を兼ねながらも競馬に持ち馬を出走させる暮らしから、博打うちの性分を払拭することはむずかしく、ときおり世間から叔父を疎んじる視線がむけられることを私は感じとっていた。

だから私がとなり町の子供と喧嘩をして、止めに入った大人が私の顔を見ると慌てて相手の子供を引き離す場面もあった。もし喧嘩に負けたことが叔父の耳に入ろうものなら、それが歳上でも相手のところに一人で仕返しに行かされることもあった。さらに返り討ちに遭って悔しくて家の外でめそめそしている私を近所の人たちは、それを競走馬の血統になぞらえて母方の血のせいにして嘲けるのだった。

負けず嫌いな叔父だったが、馬券勝負では苦労も多かったようだ。

のちに癌に侵され五十をまえにして叔父が逝ったあと、彼の書斎の木箱から、五百万円ほどの外れ馬券が見つかった。自らへの戒めだったのか、丁寧にレースごとにそろえられていたという。母に言わせるとなかなか迫力のある数の外れ馬券だったらしい。叔父の葬儀のあと、母は外れ馬券の入った木箱をひとりで河原にはこび、箱ごと燃やした。負の想いを遺しておいては、あの世でよくないから、という理由だった。

母も競馬には熱い性格で、私がまだ小学生のころの日曜日、競馬中継を観ていると突然テレビの調子が悪くなって映像が途絶えたことがあった。

ちょうど母が好きだったミノルという馬のレースがはじまるところで、彼女はテレビを強くたたいた。それでも状況はかわらず、とっさに私の手をとって隣家へと走り、居間に駆けあがって、「ごめんなさいね！　テレビの調子が悪くなってしまって」とチャンネルを勝手にかえて競馬中継を映した。

となりの家族は歌番組を観ていた。もっとも隣家は父方の親戚ではあったが、唖然とする一家を尻目に母は「よし、ミノル。そこからだ！」と声援を送っていた。

玄関にはいつのまにか父が立っていて、「みっともないことを……」と腕を組んで中空を仰いでいた。

地元で父は、生真面目で知られた人物だった。よそ様の金を預かったり貸しつける立場であって、賭け事などにはいっさい眼もくれない。

母は博労の長女として生まれ、三人の弟とひとりの妹の面倒をみながら、雪の日には家畜商を継ぐことになる一番末の弟を背負って学校にかよっていたという。

だからだろう、叔父は母をたいへん慕っていた。義兄である父のことは尊敬していて、再三、むずかしい相談ごとで訪ねていた。

しかし、こと競馬となると博打うちで博労の素性からの配慮か、母と牧場の資金繰りや新馬の購入話をするのは父のいない時に限られていた。父は毎日、時間どおりに職場に出かけていたものだから、母と叔父との密談は知るよしもなかったのではないか。それとも頭の良い人だったから黙認していたのかも知れない。

小学生最後の春、いつものように乗馬と手入れを終えて帰宅しようとすると叔父から呼びとめられた。

「こんどもっと楽に乗れる馬を買ってきてやるぞ」

「どこから」

「北海道さ。来週行ってくる」

「北海道のどこ、どんなところ、どうやって行くの」

「日高だよ、飛行機で行くに決まっているだろう」

「いいなあ、僕も一緒に……」

言いかけて口をつぐむ。母からまた、ハチッピラキと言われたら困ると思った。

数週間後、北海道からもどった叔父は母と牧場の人手集めや馬運車の手配におわれていた。

そして三十頭の競走馬が北海道から貨物列車にゆられて北関東の私鉄の小さな終着駅までやって来たのだった。

春休みだったので、母と一緒に貨物ホームで馬たちを迎えた。

幼い馬たちの甲高い嘶き(いなな)が辺りに響きわたり、馬と寝藁のにおいが漂う。見物の人が集まってきて、小さな駅の周辺は異様な雰囲気につつまれた。貨物列車から降ろされた馬たちは待機する何台ものトラックに乗せられて牧場へとはこばれて行く。

一頭だけ背格好の違うずんぐりとした栗毛が貨物ホームの端に繋がれていた。

近づいた私と眼があう。そこにやって来た叔父が「それが、おまえの馬だ。自分で馬運車にはこべ」と言うと、ふたたび作業にもどって行った。

どう接してよいものか、恐々と栗毛の額と首を撫でてから結ばれている綱をほどいて立ちつくす。その様子を見物人のなかの同級生たちが見ていることに気づき、ちょっと胸をはって視線をはずし、ゆっくりと馬を曳(ひ)いて馬運車に近づいていった。

すると、「その馬は最後だ!」と作業員の一人に怒鳴られた。

戸惑ってふりかえると同級生たちが笑っていた。春休みなので、学校でからかわれないですむと安堵した。


栗毛のアングロアラブ種七歳騸馬(せんば)(去勢馬)は、馬匹登録証にロックと名前が記されてあった。乗用馬としての馴致はすんでいたので、おとなしくて従順で、すぐに仲良くなれた。乗り心地もやわらかく、それまで乗っていたサラブレッドの背中とはくらべものにならない。ロックの手入れと厩舎作業を手伝うことは叔父との決めごとで、馬から降りると飼葉や寝藁の世話をした。

そんなある日の夕方、乗馬をおえた私のミスで多くの競走馬を牧場から逃してしまいかねない事態をひきおこしてしまう。

牧場の母屋と離れはL字型になっていた。砂利が敷きつめられ、馬運車がUターンできるほどひろい庭に面して二棟の厩舎が並んで建っていた。母屋と離れ、二棟の厩舎はちょうどコの字をなして庭を囲んでいる。庭にゲートはなく、そこからさきは県道へとつづく林道がのびていた。
一棟の厩舎内は中央の通路をはさんで十五の馬房が向かいあわせで並び、もう一方の厩舎もおなじ作りだが、こちらは庭側の五つの馬房を飼料庫や鞍置き場、そして蹄洗場として使っていた。庭に面した厩舎の表側の扉は両開きの大きく頑丈な木戸で、作業がすむまでは通気性も考慮して開け放たれてあった。厩舎の裏側の通路の奥には鉄柵の横開きのゲートがあり、そこから馬場がひろがっている。放牧場は馬場を囲むように牧柵で三面に仕切られてあった。

私は馬場でロックに乗り、その日は終始うまく手の内に入れられたことに満足しながら厩舎の鉄柵を開いた。ロックを蹄洗場の曳き綱につなぎ、鞍をおろして鞍置き場まではこんだ。そこで馬場側の鉄柵は逐一閉じるという決まりごとを怠ってしまったことに気づく。慌てて走ったが、地面を蹴る響きが起こり、開け放たれたままの鉄柵のゲートに馬たちが押し寄せた。

私が乗馬をおえたのを見届けた叔父が、放牧場のゲートを開けて馬群を移動させたのだった。帰厩する馬は飼葉に飢えている。放牧にだされていた馬の群れが列をなして厩舎の通路になだれ込む。いったんは鉄柵の付近で両手をひろげて馬群を制止しようとしたが、突進して来るその勢いに怖じ気づいた私にはできなかった。

馬たちは厩舎の通路で飼葉を求めて右往左往する。

蹄洗場のロックも後退り（あとずさ）をして曳き綱の留め金を壊した。

一頭の馬がロックの鼻面に顔をちかづけ、甲高い嘶きをあげる。

怯えるロックの曳き綱を握ったまま私は身をかがめた。

飼料庫で夕飼（ゆうがい）（夜の飼葉）の支度をしていた厩務員が両手をひろげて立ちはだかり、庭側の木戸を背に馬群を制している。もし一頭でも厩舎から庭に出て県道へつづく林道を駆けてしまえば、その一頭にほかの馬もつづいて大ごとになってしまう（競馬場でも調教中の落馬や厩務員の不注意による放馬で大惨事が起きている）。

馬場から通路をゆっくりと馬群をぬって現れた叔父が、庭側の木戸をピシャリと閉めた。そして私を一睨みした。

「意気地（いくじ）がねえな」

悔しくてその夜は眠れなかった。イクジがない……イクジがない……。両手で耳を塞いでも聞こえてくる。好きで尊敬していた叔父から放たれたその言葉は私のなかに深く刺さった。これからは何があっても怖けづかない、負けない、と誓って布団をかぶり、泣きたくはなかったのに流れてしまう涙をぬぐった。

2

彼方に稜線を連ねる三つの山並みの長い裾野を這うように吹きおろして来た風が、走路の砂を舞いあげた。埒沿いに立ちならんでいる男たちは顔を背けて手で眼を蔽う。その足許で外れ馬券が舞い、ビールの空き缶がカラカラと音をたてて転がっていった。その音が虚しく、私の罪悪感を掻きたて、不安に陥れた。

スタンドの最前列に座っていた私は、競馬新聞で風をさえぎりながら、遠くにかすむ丘陵に眼をむけた。緩斜面に建つ、私の通う私立高校の校舎が見える。

　私は、叔父の馬が重賞レースで逃げ勝った競馬場のある町の高校に進学したのだが、北関東の地方競馬が月二回のペースで開催される平日の五日間は、まったく登校せずにレース観戦に熱中していた。

　中学三年の夏休みには、競馬場内の叔父の馬が預けてある厩舎に寝泊まりをして、大人たちにまじって厩舎作業を手伝うアルバイトをしていたものだから、そこは勝手のわかる環境だった。まるで縁日でにぎわう神社の境内に似て、様々な屋台があり、食べるものにはこと欠かない。調教師、騎手、厩務員と顔見知りもいて居心地のよさはこのうえなかった。とりわけ好天の日に見晴らしのいいスタンド席からレースを眺めるのが好きだった。

　授業をサボっている罪悪感や、将来への不安に苛まれることは度々あったが、ゲートが開いて馬たちがダートを蹴って走りだすとすべての思いは消え去る。走る馬の姿に心が吸い寄せられていく。

　レースが終了すればアルバイトをしていた厩舎を訪ね、叔父の馬の額を撫でたり、親しい厩務員と話すのも好きだった。

　その日は、仲の良い厩務員の担当馬が人気を背負ってメインレースに出走したが二着に敗れてしまい、彼から残念会の食事に行こうと誘われた。負けはしたが二着賞金の五パーセントの進上金（騎手も五パーセント、調教師は十パーセント）を厩務員はもらえるので、晩飯を奢ってくれるという。

　調教助手見習いも兼ねる彼は二十歳で叔父の馬も担当していた。

「ダート競馬は先行馬でなければ駄目なんだ。とくにウチのような直線の短い馬場では先手必勝。端をきって誰よりもゴールに近い位置を走り、主導権を握ることが大事だ。今日は終始うしろから突っつかれ、ハイペースになってしまって負けたけど……」

彼はそう言って悔しがり、晩飯を終えた席を立った。

「もう一軒行こう。近くのスナックだから」


北関東屈指の繁華街の外れにあるスナックの黒い木戸を厩務員は押し開けた。

薄暗い店内には五人がけのカウンター席とその背後に三席のボックスシートがあった。カウンターではひとりの中年男が突っ伏すようにグラスを抱えている。シートではママと思しき女性が背広姿の男と談笑している。

カウンター内の若くて細いホステスに促され、厩務員と私は彼女のまえに座った。

「ひさしぶりねえ、競馬はどう」

「今日メインで使ったけど駄目だった。残念会だよ」

その言葉にカウンターに突っ伏していた中年男が反応した。

「あれ、オメエ、厩務員だよなあ。こっちは下見所でいつも見ているからわかっているんだ。今日、オメエが引っぱっていた馬、一番人気だったのに、なんだ、あのザマは。おれの金かえせ」

「おれに言われても……」

「八百長だ。それで儲けてオメエら飲んでやがる」

「そんなことないですよ」

「八百長だ。ふざけんな。わざと手綱を引っぱらせて一番人気を飛ばしやがって」

当時の地方競馬ではそんな噂と、実際に馬主や調教師間で勝敗を左右するヤリクリはつきものだった。荒唐無稽な情報ではあったが、厩務員に耳打ちされたレース展開の結果で私は小遣いをまかなえたことが度々あった。しかし毎度、それが成立するほど生き物をあつかう博打はなまやさしくもなかった。

「来てくれたばかりのお客さんにからまないで」

カウンター内のホステスが注意した。

「なにが客なものか。おれこそコイツらのいい客だ。いいカモだ」

中年男はさらに居直って厩務員に嚙みついた。

その時、「おい、自分の勝ち負けで若い者にイチャモンつけるな。可哀想だろう」と、よく響く低音が私たちの背後から聞こえ、ふりかえった。

入店直後は薄暗くてはっきりと目視できていなかったが、背広姿のその男は、どう見てもその筋の者だった。

とたんに中年男は「このところ負けていて面白くなかったもんで」と、しょげきった表情を見せた。

私と厩務員は背広の男に頭をさげた。

「こっちに来て飲みな」

断われる術も度胸もなかった。

ホステスがはこんできた瓶ビールをつがれて乾杯をした。

「カウンターの旦那にも一杯出してやりな」とホステスに言ってから、「どこの厩舎だ」と男は竦んでいる私たちに顔をむけた。

「T厩舎です」と厩務員はかえした。

「兄ちゃんも別当（厩務員）か」

私も訊かれて、「自分は友達です」と答えた。

「まだ若いな。なにをやってる」

「N高校の生徒です」

「柔道部のキシダ先生とは飲み仲間だぞ」

国粋系大学の柔道部出身のこの先生は、そっちの業界とのつきあいも深いと高校ではときおり噂になっていた。

「なに、心配はいらないさ。いちいち先生には言わないからな。それにしても、兄ちゃん、馬場でたまに見かける顔だなあ」

実家からバスと電車を乗り継いでも高校まで二時間はかかるので、私は学校の近くにアパートを借りてもらい、ひとり暮らしをしていた。

開催中はいつも私服姿で、通学用に父から買ってもらった六九年式の赤白ツートンのホンダモンキーで競馬場に行っていた（八月の誕生日まで無免許だった）。場内をウロウロしたり、ときおり馬主席に行ったりして怪しげな連中の間をすり抜けていたのだから、顔を見知られていても不思議ではなかった。

「親が競馬関係者か」

「この人とおなじ厩舎でバイトをしていました」

となりの厩務員の顔を見てはぐらかす。

叔父も博労という職業柄、彼らの業界ではそれなりに知られているはずだった。

「乗り役にでもなるのか」

中学生のときにその思いをちょっと口にしたところ、母と叔父には軽くあしらわれた。その時代のジョッキーはいまのような花形アスリート的な存在ではなく、特殊な業界の人という扱いだった。

「いつでも厩舎を紹介してやるから、ウチらの馬に乗って儲けさせてくれよ」

曖昧にうなずいた。その時代にはいくらでもあった話で、口利きで厩舎に所属して乗り役として仕込まれ、連中が勝ち負けを操作するレースの片棒を担ぐことになる。


イワヤと名乗る四十歳のこの男は、北関東の博徒（ばくと）の組織に属し、かなりの上席にいた。筋肉質で細身の体軀に角刈り、エラのはった輪郭に一重瞼の眼光は鋭い。そんな本業の人物とはじめて関わった翌日の競馬場のスタンドで、彼に呼びとめられてしまう。

「ゆうべはご馳走様でした」

「あれからまっすぐ帰ったのか」

私と厩務員は一軒目のスナックで解放されていた。

「はい、友達は朝が早いもので」

「あの別当は今日も使う馬がいるのか」

「今日はないそうです」

「じゃあ小遣いを増やしてやる。次のレースのこの馬の単複を押さえておけ」

言って競馬新聞のなかの一頭の馬名を指さきでたたくと、手下をともなってトッカン席（特別観覧席）へと移動して行った。

彼が指名した馬は呆気なく勝った。

私はトッカン席の入口係の顔見知りのおばさんに会釈して、イワヤのもとへ急いだ。

「おかげさまで潤いました」

「よかったじゃないか。まだ幾つかいいレースがあるぞ。あんまり夢中になって張りすぎるな。新聞にメモしておけ」

彼は手下からメモを受けとって渡してくれた。イワヤが指名した馬がすべて勝ったわけではなかったが、どれも複勝圏内にはからみ、小遣いはたんまり増えた。

その日、モンキーを競馬場に置き、イワヤの手下が運転する、ド迫力の黒塗りのフルサイズボディにホワイトリボンタイヤを履いた六五年式、観音開き（スーサイド）ドアのリンカーンコンチネンタルに乗って夜の街へとむかった。


繁華街は競馬開催もあって細い路地の隅々まで賑わっていた。

イワヤと彼の手下と私の三人で寿司屋のカウンターで夕食をすませた。イワヤは手下を解放し、飲み屋の袖看板が縦に連なるビルが林立する目貫（めぬき）通りの一階にある、小さなクラブに入った。その筋の者と年齢のかけ離れた私との組み合わせに、店員たちは戸惑いを見せたが、「あら、イワヤさんの隠し子なの」と、ママと思しき快活な女性にからかわれて店内にちょっとした笑いがおこった。

「おれの、あたらしい競馬仲間さ」

「幾つなの」と私の顔を覗きこむ。

「十六です」

「この人の競馬仲間なんて凄いじゃない。そのスニーカーの靴紐も可愛いし。わたし好きだな、こういう子」

「気に入ったならヒロミのツバメにしちまえ」

「変なこと言わないで。それより平日なのに競馬場とか行ってて何もしてないなら、ちょうどバーテンが欲しかったから、バイトしない？　よく見るとちょっと大人っぽくて躰も大きいし」

「それもいいなあ。ここにはキシダ先生も来るからちょうどいいじゃないか」

「あら、N高生なの。だったらなおさら大丈夫。先生は常連だから」

二人のあまりの唐突なやりとりにまごついた。

「コウスケ、明日は学校に行くのか」

「コウスケって言うの？」

白い指さきで頭を撫でられそうになったので反射的によけた。

翌朝早くにバスで競馬場に行ってモンキーを引きあげてから登校して、まっさきに体育教員室を訪ねた。

巨漢でパンチパーマのキシダ先生にイワヤから託された競馬情報のメモを渡す。怪訝な顔をしたが、ことの経緯を簡単に説明した。すると、「そうか、ご苦労だったな」と、その場はおさめてくれた。

腰の落ち着かないまま午前中の授業だけを受けて、午後から競馬場へとモンキーを走らせた。そしてトッカン席にいるイワヤのところに行った。

「なんだ、もう学校から抜けだしてしまったのか」と口角をあげ、「どうする、ヒロミの店でバイトしてみるか」と私の眼を覗きこんだ。

「興味はありますが……」

親からの仕送りもあってバイトをしなければならないほど困窮してはいなかったが、知らない夜の世界とヒロミママの存在が、幼い好奇心を刺戟してやまなかった。彼女の外見や所作に一発で魅せられていた。高校生からすると底知れない大人の色香を発散している。

結局、その日の夜からバーテンのアルバイトに就くことになった。

客のほとんどがビールとウイスキーしか頼まないので、簡単に仕事をおぼえることができた。キッチンとホールに男性スタッフがひとりずつ。ホステスは五、六人いたが、やはりヒロミママの存在が際立っている。華麗な容貌に表情豊か、肩までかかる茶色い髪、手脚が細くのび、指も爪もきれいで煙草をはさむ仕草は、見事に洗練されていた。

バイトの二日目、七時に開店してすぐにイワヤがキシダ先生を伴って機嫌よく店に入って来て、「よう、やっているな。頑張れよ」とカウンターのなかの私に右手をあげた。

眼があって軽くうなずいた先生に私は会釈をかえした。

ヒロミママが二人を席に促した。

「先生、コウスケ君がバイトしてくれて助かります」

「なかなか学校に来ない困った生徒なんでよろしくたのみます」

教師の口から直接言われたその言葉は気まずかったが、私に一瞥をくれたキシダ先生の眼には温かさがあり、その意外さに妙な親しみをおぼえた。


外気はねっとりと湿り、なま暖かった。

酔客を見送るホステスたちの嬌声が交錯する通りでタクシーを停めたヒロミママは、はじめにキシダ先生を乗せた。私はママと一緒に深く頭をさげた。つづいて停まったタクシーに乗りこむ際にイワヤは振りかえり、「月末にK温泉で開くぞ」と言った。

お辞儀をしたママは「ひさしぶりに行きたいな」と嬉しそうに夜空を見あげ、小さな深呼吸をした。

「もうすぐ夏だね。店が終わったらごはん食べに行こうか」

耳許で囁かれた私は、うなされたようにうなずく。

深夜零時をまわって着替えをすませた私の足許にしゃがみこんだヒロミママは「ほんと、このスニーカー可愛いね」と、ごくありきたりのコンバースの白いバスケットシューズなのに、まるでなにかを懐しむように細い指さきで靴紐をさすった。

「あの小さいバイクも可愛いね。バイク好きなの」

「父親が若いころにメグロの500というバイクに乗っていたので理解があって」

「なんか恵まれているなあ……」

店を出てヒロミママと並んで歩き、路地にある焼肉屋に入った。

ビールで乾杯をしてすぐさま訊いてみた。

「K温泉で開くっていう話、あれはなんですか」

「花札博打よ。イワヤさんの組が定期的に開く賭場のこと。ウチのお客さんも参加することがあって、たまに私も行っているから」

「花札博打なんて、映画でしか見たことないです」

「一緒に行く？　コウスケ君はイワヤさんに気に入られているから大丈夫」

「行ってみたいけど、まだ会って間もないですよ」

「関係ないって、会った日数なんか。とくにあの人たちは。でもまあ、つきあいもほどほどに。本気でその道に進むなら話はべつだけど」

「その道なんて……ママともまだ会ったばかりだし」

「おもしろいじゃない、縁だよ。ヤクザに見そめられて競馬仲間になって、わたしの店でバイトなんて、コウスケ君はなんか不思議な雰囲気あるね」

私は意気がってビールを呷(あお)った。

「先生が言ってたけど、学校嫌いなの？　わたしなんて高二のときに父が胃癌で死んだから、それで中退してこの世界に入ったんだよ。病弱の母親を養うために歳をごまかして十七歳からホステスはじめて、そのせいで好きだった彼氏とも別れちゃったけど……まったく水商売への王道だよね。やっといまの店を持ってまだ二年。ずっとあの店で働いていて、まえのオーナーから譲ってもらったの。イワヤさんはまえの店からの常連で、いまではわたしのお父さんのような存在かな」

　ヒロミママは煙草に火をつけた。

「高校中退して水商売に入るのも店を持つのも、まったくの賭け。それこそギャンブルだった。お店の借金もまだ残っているし、いまでもまだどうなるかわからないから……高校時代がいちばん楽しかったなあ」

　厚めで潤いのある唇をつぼめて中空に紫煙を細く長くはいた。

「お母さんは元気なんですか」

「五年まえに亡くなった」

「ママは幾つなんですか」

「二十八、もう歳だよ」

「おれのすぐうえの兄貴は十歳違いの二十六歳。おれ、五人兄弟の末っ子で、兄、姉、姉、兄だけど、一緒に暮らしたのは小学校にあがるまでで兄弟喧嘩もしたことなくて、ひとりっ子どうぜん。まったく兄弟とは違う性格で、誰の誕生日も知らない」

「そうかあ……そしたらコウスケ君は酉年（とりどし）？」

　ヒロミママは私にぐっと顔を近づけた。

「わたしもだよ。イワヤさんもそうだから、ほんと不思議な縁だね」

　香水と煙草とアルコールがほんのり混ざったにおいがした。

「でも学校サボってヤクザと一緒に競馬場にいて、親兄弟が知ったら泣くよ。見ず知らずのクラブのママにスカウトされていれば一緒か。もしウチで働きたいならずっといてもいいんだよ」

「それもギャンブルみたいなものですか」

「そう、さきのことなんて誰にもわからないから」


どことなく通学路の静けさに違和感をおぼえながらモンキーを走らせる。

いつもなら生徒で満員の通学バスが列を成して、丘陵の坂を登って行くのだが、ひっそりと静まりかえっている。校門に着くとゲートが半開きだった。

大きな楽器ケースを持った女子学生がやって来たので訊ねた。

「今日、学校は？」

「開校記念日の振り替えで休校ですけど……」

途方にくれた。競馬にかまけて登校していないことで孤立してしまっている自分が、情けなくなった。

市街地のむこうの競馬場の方角を見やる。走路の監視塔が黒くけぶって見える。土曜日で公営競馬は開催していないことに気づき、なおさら孤独感が募った。

繁華街のビリヤード屋に行って常連客らと賭け玉を撞いて暇をつぶし、五時になってバイトにむかった。

八時を過ぎてイワヤがひとりでやって来ると、「まったく国営（中央）はむずかしいな」と競馬新聞をカウンターにたたきつけた。

「コウスケは国営もやるのか」

「有馬記念のシンザンの単勝が初勝利で、まだ当たり馬券を持っています」

答えながら彼のウイスキーボトルと水割りセットの支度をした。

「おっ、手慣れているなあ」

「この商売の才能あるのよ」

ヒロミママがイワヤのとなりに腰をよせる。

「彼もK温泉に行きたいって」

「そうか、それもいいさ。コウスケ、客人に飲み物をだす手伝いをしてみるか」

「黒いダボシャツの上下を着て、粋な若い衆、いいじゃない。きっと似合うね」

「ダボシャツ？」

私は首をかしげた。

「メリヤスの下着みたいに丸首でまえをボタンでとめるシャツ知らない？　下はステテコで、お祭りのときに着るじゃない」

ヒロミママが嬉しそうに説明した。

「競馬場でテキ屋の若い衆が着ているだろう」

イワヤもなぜか嬉しそうに言った。

二人のたわいのない会話に、私の行動は支配されていて、オモチャ扱いされている気もした。学校嫌いで競馬場にまぎれているだけならいつでも戻れると思っていたが、もう引き返せないところに足を踏み入れたかもしれないという怖さもあった。

だが、ビリヤード屋でバイトのいきさつについてちょっと喋っただけで、常連たちに一目置かれた。うわべだけの威勢と優越感が心地よくて、二人の領域の虜となっていった。

温泉地の旅館に着いてはじめに、紋付き袴姿で座敷に陣取っているイワヤの組の親分に挨拶をさせられた。薄っすらとした白髪を角刈りにした細面で、目尻が切れあがり、鷲鼻で薄い唇を真一文字に閉じている親分に気圧される。

私は正座をして頭をさげた。

「はじめまして、コウスケと申します。今日はよろしくおねがいします」

「イワヤから聞いている。しっかり頼むぞ」

もう一度、深く頭をさげて次の間にさがるとヒロミママが頬笑んだ。

「かっこよく挨拶できたね」

髪はポマードでオールバックに撫でつけ、黒いダボシャツの上下を着せられた。

花札博打の来客の座布団を整えて、飲み物や煙草を提供したり、灰皿を替えたりするのが役割だった。おなじ役目の若い者は幾人かいた。だれもが忙しく持ち場をさばいていたので、イワヤとヒロミママの顔を立てるため、精一杯持ち場をこなした。

三枚の花札を二組使ったこの博打はアトサキと呼ばれるそうだ。

着流しの片肌を脱いだ刺青の男が三枚二組の花札を伏せ、サキの三枚かアトの三枚に客の札束が張られていく。なによりもその絵柄の月数による勝敗をいちはやく見切っては、札束を振りわけるその手際よさに感心させられる。

こんな世界が映画のなかの光景ではなく、自分の生きている世のなかの片隅で繰りひろげられている。その場に自分がいることが、不思議に思えた。

花会が終わり、しくじりもなく務めあげられた安堵とともに縁側で一服していたら、浴衣に着がえたイワヤから温泉にさそわれた。

脱衣場で浴衣を脱いだ褌姿のイワヤの両肩には牡丹の花の額縁が彫られ、背中一面には朱の火焔を纏(まと)った不動明王が屹立していた。

「背中を流してくれるか」と言われ、湯殿の椅子に座ったイワヤの背後にまわった。

威風を放つ彫り物が視界いっぱいに迫ってくる。直視できないほどの不動明王の眼力に、その日の記憶も霞むほど圧倒されてしまった。

3

鬱蒼(うっそう)と茂った樹葉がアスファルトの路面に蔽いかぶさる峠道を、七三年式ゴールドタンクのホンダCB750・FOURで私は県境まで駆けあがった。風は冷たく、薄手のデニムシャツの裾がパタパタと音をたてる。股間に響くエンジン音とアクセルに反応する重い駆動感が心地よく、どこまでも走りつづけたかった。

その日は夏休みはじめの日曜日で、早朝にモンキーで実家に行き、バイクを乗りかえたのだった。実家から高校までの通学用として父が購入してくれたナナハンだった。母が大型バイク通学に反対したためにアパート暮らしとなり、バイクは父が管理をしてくれていた。

「気をつけて行って。きちんと叔父さんに挨拶して」

母から念をおされて実家から走りでたが、牧場に行くまえにナナハンで峠を攻めてみたくなったのだった。

避暑地へとつづくバイパスに乗り入れ、そこからさらに急勾配を駆けあがる。

幾重にも湾曲する路面で車体を倒しながらバイクと一体になる。峠の頂点の料金所にさしかかり、五十円の通行料を払ってから、料金所を過ぎた左側のひろい路肩でエンジンをきって停車した。

遠方の火山の裾野にむかい、そこから道は低木の針葉樹の林のなかを緩やかにくだりながらまっすぐと延びている。一キロ先に信号のある十字路があり、左に進めばかつて開催されたオリンピック総合馬術競技場の聖火台があり、右に進めば避暑地の駅に向かう旧道へとつづいている。

数台のファミリーカーが料金所で停車してから、エンジンを唸らせて私のまえを通過して行く。車列が途切れたところでナナハンのエンジンを始動し、右手の後方を目視する。

乾いたエンジン音が聞こえ、六八年式の白いポルシェ911Sが料金所から走りでた。

釣られるように私も発車した。

バイクのほうが初速は速い。眼のまえを通過したポルシェを追い越す。するとシフトチェンジで変化した高音の乾いたエンジン音が側面から迫り、さらに三速にシフトアップした長いエキゾーストノートとともにポルシェは私を追い抜いた。

ドライバーは白髪で褐色に陽灼(ひや)けした中年紳士だった。白いTシャツの袖からのびた灼けた腕でステアリングを操っている。

十字路が迫り、私はシフトダウンした。信号は青だった。

９１１Ｓは右にウインカーを点し、軽快なブレーキングとコーナーリングで旧道方面へと走り去った。もし信号が赤だったら。そこからもう一度、旧道へとつづく直線で勝負してみたかった。減速したナナハンのシートのうえで私は悔しがり、信号を左折した。

ポルシェとの勝負に昂揚したまま、叔父の牧場までナナハンを走らせた。

笑顔で迎えてくれた叔父に、しばらくロックに乗れていなくて世話を怠っていたことを詫びた。イワヤとのことやバイトのことは伏せた。とりたてて叔父は私の近況について訊いてはこなかったが、開催中の競馬場に行って学校をサボっていることは調教師からの報告で知っていて、「あまり親に心配をかけるなよ」と、やんわり窘(たしな)められた。

叔父は私に牧場を継がせたいと口にしたことがあると、競馬場の厩舎でのアルバイト中に訪ねてきた母から聴かされていた。その期待は嬉しかったが、牧場作業や乗馬で鍛錬することからだんだん気持ちが遠のいてしまい、夜の街でのバイトやイワヤの世界に接することに刺戟的な喜びを覚えていた。

ひさしぶりにロックに乗り、手入れと厩舎作業をすませて実家に帰った。

ＣＢ７５０ＦＯＵＲのゴールドタンクを布で乾拭きしていると父が歩み寄ってくる。

「どうだ、エンジンの調子は」

「まだ新しいぶん、回しきれてないけど、やっぱり力はあるね」

「ナナハンは馬力が違うか」

そこで私は周囲をうかがって近くに母がいないことを確かめてから、峠のバイパスの料金所を抜けた直線でのポルシェ911Sとのやりとりを、ドライバーの特徴もまじえて父に話した。

「慣らし運転が終わって全開に回せるなら負けないけどね……」

目尻をさげた父は「ポルシェは軽くて速いからなあ。それに、きっとその人はゴルフ倶楽部理事のシラスさんだろう。ヨーロッパでのレース経験もある人だから、なかなか抜ける相手ではないぞ」と口角をあげた。

往年のバイク乗りの父から、ポルシェとの勝負をもっと煽って欲しかったのにちょっと拍子抜けした（この褐色のドライバーとはその後、運転免許を取得した夏休み中に二度競ったが、一度だけ私が勝ち、そのとき彼は被っていたベレー帽に手をそえて会釈してくれた）。

その夜は実家に泊まり、これがその年、両親と三人だけで過ごした最後の日となった。

翌日、朝食をとったあとに庭のスモモの樹に生っている実をひとつつまんで馬頭観音に供え、手を合わせてからモンキーでアパートにもどった。


大型バイクと乗馬で刺戟された体感によって脹らんだ性欲を抑えられなかった。

夕方からバイトに出て、閉店間際に、ヒロミママが客を見おくるときカウンターに置きわすれた白地に黄色いバラ柄のハンカチを盗んだ。ジーパンの前ポケットに押しこんで持ち帰り、ハンカチを鼻に押しつけてにおいを嗅いだ。ほのかに甘い香りが鼻腔から脳内にいきわたる。背徳感と妄想のはざまで自慰をした。

その週の土曜日、深夜零時になって閉店してから、思いがけずヒロミママに誘われる。彼女の高校時代の友人の店に行くという。モンキーを店内にしまってタクシーで同行した。

ミラーボールが回るダンスフロアのあるスナックで、陽気に酔っているヒロミママはジェームス・ブラウンの「セックス・マシーン」が流れると、曲にあわせて踊りはじめた。

彼女は周囲の眼を惹いた。ハイヒールで床を鳴らしてターンする度に白い腿が見えかくれする。カウンター席から囃（はや）したてる酔客を私はにらみ、実態のない所有意識を誇示（こじ）した。

深夜三時をまわってから店を出た。

アパートがすぐ近いことを言うと、「どんな部屋か見せてごらん」と足許のおぼつかないヒロミママは私と腕をからめて細い躰をあずけてきた。汗と香水がうっすらと混じりあい、白い肌と水色の薄手のワンピースに纏わりついている。

腕をからめたままアパートの二階にあがり、角部屋のドアを開ける。川からわたってくる涼風が階段を駆けあがってきて、ワンピースの裾をゆらした。躰の芯の熱を鎮められなくて、からめた腕に力をこめる。

部屋の明かりをつけると、ベッドの枕もとの黄色いバラ柄のハンカチが眼に入った。

すると彼女の視線もハンカチをとらえた。破れかぶれで、しがみつく。

彼女はその行為を振りほどかずに、「ベッドに行こう」と受け入れてくれた。

十六歳になったばかりの、はじめての女性だった。

体験のない私を、まさに手とり足とり導いてくれた。

ねっとり熱い体内に呆気なく、そして幾度も果てた。

それからというものヒロミママの虜になり、際限なく求めつづけた。

だが彼女の振舞いは絶妙だった。閉店後に素っ気なく別れ、しょんぼりとモンキーでアパートに引きあげて、翻訳小説を読んで気持ちを鎮めているところに、いきなり階段を駆けあがるハイヒールの音。つづいてドアをノックされる。それから、じっくりと時間をかけ、忍耐強く、女性の細部から核心への指使いを教えてくれた。

「夏休みが終わったら学校行きなよ」

帰りしなに言われた。

「行かないならもう、シテあげない」とも言った。

4

夏休みも終わりに近い日曜日の午後だった。

イワヤに連れられ、彼の親分の家で夏競馬の観戦をすることになった。

市街地から車で二十分ほどの旧住宅地の外れにある親分の家は二メートルほどの高さの板塀で囲まれ、玉砂利が敷かれた庭のある、意外と質素な平屋だった。

玄関と居間、その奥の座敷に沿って板張りの広い縁側があり、蔦と朝顔の蔓がからまる板塀のさきには立ち木の深緑が繁っている。

生成りの着物に白い割烹着姿の、細身で黒髪を結った夫人に、私は初対面の挨拶をした。

親分は子分をともなってパチンコに行っているという。

そこには三人のイワヤの手下がいたが、それぞれの挨拶がすむと誰もがわりとのんびり、日曜日の午後をあじわうかのごとく、縁側に移って明るい陽ざしのなかで煙草を燻らせはじめた。
　イワヤは居間の畳のうえに競馬新聞をひろげると、「コウスケ、札幌のメイン、なにから入る」と煙草をくわえた。私はその横で出走馬の名前と枠順を覗きこんでいた。

「発走まであと一時間もありますから、返し馬を見てからにしましょう」

「そうだな……おい、誰か親分がどれくらい玉をだしているか見に行ってこい。親分も今日は競馬に張りたいと言っていたからなあ」

「自分が行ってきます」とイワヤの運転手が立ちあがったところで、夫人の声が玄関から聞こえた。

「もう帰ったの……」

　その言葉につづき、「親分のお帰りです」と子分の野太い声が響きわたった。

　居合わせたみんなが起（た）ちあがり、「お帰りなさい」と親分を迎えたが、私は温泉町での賭場いらいの対面なので身構えた。

　白い着流しに黒い兵児帯（へこおび）を結んだ親分に私は「お邪魔しています」と頭をさげた。

「しばらくだな」と親分は会釈をくれた。それから居間の座卓の上座にどかっと腰をおろし、夫人がはこんできた麦茶に手をのばした。その一連の動きを見届けた、親分に同行していた子分がイワヤのまえに正座をした。

「実は自分が一緒にいながら……」と子分はうわずった口調で伝えはじめる。

　パチンコ店で新参の組織の幹部と諍いになったという。親分が座った台の椅子にぶつかってきた相手に詫びを迫ったが応じず、「近頃の博徒はパチンコで稼（しの）ぐのか」と因縁をつけてきたというのだ。

無言で立ちあがったイワヤは、居間の隅にある電話台に備えつけてあった黒い表紙の電話帳をめくると、おもむろにダイヤルを回した。

開口一番がなり立てたイワヤは、それから相手にタイムリミットを課して詫びを迫った。応じなければ殴りこむ、と吐きすてて受話器を置いた。それまでの時間の流れは一変し、イワヤの背後で直立していた子分らは握り拳をつくって、「オー！」と雄叫びをあげた。

一連のいきさつを私は無意識に移動していた縁側から、ただ呆然と眺めていた。

電話をきったあとのイワヤのうごきは敏速だった。

タイムリミットの午後六時までには三時間あった。彼は子分らに指図をして大きな金ダライを用意させた。それから座敷の天袋の天板をはずし、そこから何本もの白鞘の日本刀を取りだす。そして刀と一緒にしまわれてあった白いサラシ一反を縁側に放った。

「タライに水をはってサラシを濡らせ」

イワヤは縁側に陣取り、鞘をはずして刃渡り七十センチほどの刀を一本ずつ入念に調べはじめる。その殺気だった光景とは相反して、庭の板塀のむこうでは夏の深緑が光のなかで揺れ、辺りはひどくひっそりとしていた。居間のテレビはついたままで、着流しの親分と割烹着姿の夫人が座卓でむかいあって麦茶を飲んでいる。

いつのまにかテレビでは競馬中継がはじまっていた。

縁側ではイワヤが濡れたサラシを丁寧にひねっては白鞘の柄に巻きつけ、馴れた手つきでサラシを刀で切っていく。それから「手をだせ」と語気鋭く、その場にいた四人の子分に命じると、子分らは一人ひとり手をだしてサラシの巻かれた柄を握り、イワヤはさらにそのうえから濡れたサラシを巻きつけて手と柄を固定する作業を黙々とすすめていく。

「おい、コウスケ！」

呼ばれて心臓が飛び跳ねた。

イワヤに出会ったときと同様、こばむ術も勇気もない。あろうことか、意気地だ……意気地だ……などとヤケクソに奮い立たせてしまい、イワヤのところに行って右手を差しだしてしまう。

彼の容赦ない手際のよさで私の手にも刀が握らされ、サラシで固定されていく。

何度も深呼吸をしては、すくみ上がって固まる全身に血流をめぐらせた。

一服したイワヤは、それから方々の身内に電話をして相手の組の近くに招集をかける。

タイムリミットまで一時間をきっている。庭のむこうで蝉が啼（な）きはじめた。

とうとう三十分をきり、夫人がチャンネルを替えたテレビから、日曜日の演芸番組の間の抜けたテーマソングが流れた。

こんなことで自分は死んでしまうかもしれない。泣いて逃げだしたい衝動にかられた刹那、急停車するブレーキ音につづいて玉砂利を蹴ちらす足音が迫って来る。その音に蝉しぐれが止んだ。

とっさに刀の柄を右手につかんだイワヤは、縁側で仁王立ちにかまえた。

汗ばんだ白い麻のシャツのしたに刺青の額縁が透けて見える。背中の不動明王の赤い火焔も透けている。

庭に駆けこんだ男が「むこうが詫びを入れに来ます！」とイワヤを見あげた。

私は縁側にへたり込みながら、ふと居間に眼をやると、親分は「そうか」とうなずき、夫人は黙って腰をあげ台所へと向かった。

恐怖から解放された私の躰はヒロミママを求めてやまなかった。

しかし勝ち名乗りをあげる酒席につきあわされてしまい、興奮を鎮めることがすぐにはかなわなかった。その席で私は親分がかつて人斬りのマサと異名をとった侠客だということを知り、その仁(ひと)に因縁をつけた張本人の左手小指の先を見た。ホルマリンの入った小瓶の底に白く沈んでいた。

イワヤたちと別れて公衆電話から連絡すると自宅マンションに呼ばれる。

ドアが開いてヒロミママの顔を見たとたんに泣きだしそうになってしまう。はじめて寝室のベッドに誘われ、それまで彼女から知り得た限りの手管をつくして気持ちをこめる。しだいに乱れる息づかいとともに、これまでにない反応を彼女は全身にたたえてくれて、深い悦びにみたされた。

深夜、アパートに帰ったが、身も心もまだ怯えと快感との狭間をさまよっていた。

身のまわりに起こった事態をうまく飲み込めずに混沌としているとき、いつも一冊の翻訳小説を繰りかえし読んだ。そこになにか解釈の糸口があり、自分にはない経験則をさずけてくれるのではないか、と物語に救いをもとめていた。

その一冊との出遭いは中学三年の夏休みが明けた日のことだった。

競馬場の厩舎でのアルバイトを終えて家に帰った私を大騒ぎで出迎えてくれたのは、ボクサー犬のアレックスだった。尻尾をふり、ヨダレを飛び散らせ、抱きついて来た。中学二年の春に、叔父が取引先の馬主の家から連れ帰った五歳の雄だ。元の飼い主が年老いて面倒を見切れなくなったという。

学校から帰ったとき、庭のスモモの樹の根元に繋がれていたアレックスとの出会いの場面を忘れることができない。ボクサー犬独特のその見た目に一瞬腰が引けたが、しゃがんで近づくとすぐに彼の警戒心はとけて戯れあった。それから毎日の朝晩、一緒に山や河辺を散策して遊んだ。叔父の牧場へも連れだって走って行った。母から渡されたリンゴを馬頭観音に供えて手をあわせてから、アレックスと半分ずつ齧(かじ)って分けあったこともあった。

厩舎のバイトから帰った翌日の夕方、散歩をしたあとにアレックスは急死した。フィラリアだった。慌てて連れて行った獣医から死因の説明をうけたが、愛犬が突然死した事実にただ狼狽(うろた)えるだけで、その場ではなにも耳に入ってこなかった。

冷たくなったアレックスのからだを一晩中抱きしめながら、一年半の思い出とともに犬小屋のなかで泣きつづけた。夏休みの間、一緒にいられなかった後悔が嗚咽(おえつ)となって全身を震わせた。

朝になって庭のスモモの樹のかたわらに埋葬した。母はその場所に花を植えてくれた。

虚ろな状態で登校して始業式を終えたが、廊下で隣家の同級生の女子からアレックスの死について訊かれ、涙をこらえて校内の図書室に逃げこんだ。書棚にむかって涙をぬぐったその手を無意識にのばして二冊の翻訳小説の文庫本を手にとった。ささやかな気やすめと出来心でその二冊を学生服のポケットに忍ばせて持ち帰った。その夜、自室でそのうちの一冊をパラパラとページをめくると、書きだしの情景描写に惹きこまれた。やがて憶えのない衝撃をうけた。

舞台はカリフォルニア州サリーナス。余命いくばくもない老犬の頭のま後ろを若い農夫が拳銃で一撃して安楽死させる場面、その舞台となった土地と河のほとり、主人公のふたりの農夫の夢と彷徨(さまよ)い、読了後も一睡もできずに朝をむかえた。

図書室の書棚に二冊の本をもどし、日曜日の朝、電車に乗った。上野駅からほど近い書店で、アレックスの死が教えてくれた翻訳本とその筆者の短篇集と長編の文庫本三冊を買った。はじめに読んだ一冊を、おれのバイブルだ、と帰宅する電車内でふたたび読みふけった。

しっかりとした将来への希望も意欲もないまま高校進学の季節をむかえた。

ただ漠然と将来は叔父の牧場の仕事に就くのだろうか、と想像してはみたが、それが確たる目標には繋がらなかった。またその時点では母からも叔父からもそれを押しつけられてはいなかった。

絵を描くことが好きなのと運動神経が良いことのほか、集中できる科目はなかった。

志望校も見つからないまま受験の準備にとりかかる時期となったが、私に焦りはなかった。それがかえって担任教師の不安を募らせたようで、父をまじえた三者面談の場が校内でもたれた。

「本人が望んで勉強に励むなら、どんな協力も援助も惜しみませんが」

父のその言葉に私は一縷(いちる)の望みを見いだし、美術の授業に特化している高校が東京にはあることを父と担任教師に伝えた。それは美大を目指す高校生をとりあげた新聞記事で知ったことだったが、二人の反応は鈍かった。しかも、本気でその学校に進みたいにしても、そういった高校の確認、内申書の送付、試験日程、越境手続きと課題は多く、現状でいきなり希望にそえるだけの準備はむずかしい、と担任から言われ、その日の三者面談は終わった。実際にその時点からでは東京の高校の入学試験をうける環境を整えるにはもう時間がないことは納得できた。だがもっと親身になってはくれないものかと落胆もした。

ならば高校浪人をさせて欲しい。そう両親に切望したが却下された。すでに家を出ている十歳違いの兄に倣うように公立高校の試験を押しつけられ、やむなく試験会場に行ったが、答案用紙をすべて白紙でだして進学を放棄した。

合格発表の日は朝から雪で、私は長靴を履いて白くなった河辺を散歩した。

アレックスが生きていたら喜んで駆け回っただろうにと思うと泣きそうになった。

家にもどると担任教師が待っていた。

「試験の合格発表会場にもいなくて、落ちてもいるし、心配になって来てみたんだが……」

戸惑う表情をかくせない先生だった。

あっけらかんとした私の態度になおさらまごつき、「長いこと教師をしていますが、入学試験に落ちてこんなに平然としている生徒ははじめてです」と母に言い残して帰って行った。

私の抵抗は叶ったのだが、両親の要求に抗うことはできなかった。

家の世間体もあったのだろう。説得されて私立高校の二次試験をうける羽目になった。

今度は答案用紙を埋めて帰宅したにもかかわらず、「いま本人が帰って来ましたので。また改めまして……」と言う母の電話の内容を聞いてしまった。それはあきらかに裏口入学だった。親戚筋の政治的実力者の手はずで、大学付属の私立高校に籍を得たかたちになったのだった。

5

開店まえの店内の掃除をしていると入口の木戸が半分だけ開いた。

顔を見てはじめ出入業者かと思ったが、眼を凝らすと高校のひとつ上の先輩だった。身長があって細く、クリクリパーマにぎょろっとした眼の彼は、周囲からタグチのマー坊と呼ばれていた。

「よう、ちょっといいか」

「あ、なにか……」

「入ってもいいか」

珍客に戸惑ったが迎え入れる。営業開始までには二時間あるので支障はなかった。

白地で胸にＶＡＮのロゴが入ったＴシャツにブルージーンズ、大きな紙袋を抱えた彼をカウンター席に促す。

「コーラ、飲みますか」

陽灼けした彼の額には薄っすらと汗が滲んでいる。グラスに氷とスライスレモンを入れてコーラを注ぐ。

「悪いなあ、それに突然おれなんか来て驚いたろう」

「どうしたんですか……」

店内を見渡しながらコーラを飲んだタグチのマー坊は「おまえ、凄いな。組に入ったんだって」と言ってから、音をたてて氷を嚙んだ。

「そんなことないですよ。誰がそんな」

「今日は始業式なのにおまえがいなくて、だけど競馬もやってないから、ビリヤード屋に行ってみたらそんなこと言っている常連がいたからさ」

彼は市内のパチンコ屋の息子で、トッポい奴と揶揄(やゆ)され、飄々(ひょうひょう)としてマイペースだった。競馬場で幾度か出くわして喋ったことがあり、彼も学校をサボって馬券を買っていた。ビリヤード屋の常連でもあった。

「組なんて入っていませんよ……」

「まあ、いいって。実はウチの親父もこの店の客なんだよ……そんなことより、ほらこれ見ろよ。おまえにお土産を渡したかったんだ」

紙袋から三つ折りのジーパンを取りだしてカウンターに置いた。

「おまえは学校に来ないから知らないだろうけど、この夏休みに俺はアメリカに行って来たんだ。オレゴンに」

「え、どうやって……」

カウンターのなかから私は身を乗りだした。

「留学制度だよ。今年は試しに四人行っただけだったけど、来年の夏休みから正式にスタートさせるらしい。各学年から何人か行ける。おまえのクラスの担任のカマタ先生が中心になってはじめたんだぞ」

ジーパンをカウンターのうえにひろげた彼は「見なよ。ラングラーだ。この生地の厚さ、ベルト通しの多さ、リーバイスなんかと違って内股側のダブルステッチ、頑丈なつくり、おまえなら分かるだろう。本物のカウボーイのジーパンだ。馬乗り用に出来ている。ラングラーとは馬使いという意味だ。ほら、においかいでみな」と捲くしたてると、ジーパンを両手でつかんで私の顔に押しあてた。

不思議なにおいがした。粉のような革のような、はじめて嗅ぐにおいだった。

「それがアメリカのにおいだ。いいだろう。ほら、おれとお揃いだ。サイズも一緒だけど、絶対に裾を切ったりするなよ。折って穿(は)けばいい。むこうじゃ切らないのが常識だからな」

「いいんですか……なんでおれに」

「おまえとおれは似た者同士っていつも思っていたんだ。それよりあとでもう一度ちょっと顔だすから、ビール一杯だけおごってくれよ。いいだろう」

そう言ってタグチのマー坊は店から出て行った。

私は呆然としてジーパンを見ていた。厨房スタッフがフライパンを振る音で我にかえり、ジーパンを紙袋にもどして更衣室にはこんだ。もう一度、紙袋の口をひろげてにおいを嗅いでみる。さっきよりさらに強く、アメリカのにおいを感じた。


彼はまるで表で待機していたかのように七時きっかりに店の戸を開けた。そしてカウンターの隅に座った。ヒロミママには予め知らせてあったので、私がビールを提供することは快諾してくれた。それよりも私が学校に友達がいたということがよほど嬉しかったようで彼と乾杯までした。

「いっぱい飲んでいいのよ。お父さんに請求するから心配いらないわよ」と、その夜の口開けの珍客に上機嫌だった。

「やっぱり日本のビールは濃いから、酔うな。アメリカのは薄くってさ」

タグチのマー坊は瓶ビールを一本だけ空けると席を立った。

「じゃあ、またなコウスケ。今度ウチに来いよ。もっと色々な物を見せるよ」

そう言って、きっちり三十分で帰って行った。

ジーパンの入った紙袋を尻に敷いてモンキーにまたがり、アパートに帰った。

その夜、私はアメリカのにおいのする馬使いのジーパンを早く穿いてみたくて階段を駆けあがった。

ドアを開けて明かりをつけると室内が整然と片付いている。母がやって来たのだった。隅から隅まで掃除され、ベッドは整えられ、冷蔵庫のなかには飲み物と食材があふれ、テーブルには置き手紙があった。

始業式に登校していなかったことで学校から電話があり、心配になってやって来たという書きだしだった。一枚の写真がそえてあり、私が八歳のときに重賞で逃げ勝った叔父の馬が、その余生を親戚の酪農牧場の牧草地で送っている姿が写っている。

手紙をクシャクシャにまるめて部屋の隅に投げた。

ベッドに腰かけて束の間、部屋の隅にころがっている手紙を眺めながら煙草を喫った。

しばらくして手紙を拾い、皺をのばしながら母の書き文字に眼をおとす。高校から学校に来ていない旨の連絡が何度かあったことなど、いつもの母親の心配が短くつづられている。

室内には寝藁のにおいがかすかに残っていた。

叔父の車を洗うと連れて行ってもらえる競馬場は楽しく、あんなにも待ち遠しかった。それなのにいまはその競馬場に入り浸り、両親と叔父の期待に背いている。涙が流れた。

授業がはじまるまえの喧噪（けんそう）が開け放たれた校舎の窓から聞こえた。

私は駐輪場にモンキーを停めて二年生の男子校舎に走った。廊下で屯（たむ）ろしている先輩らのなかに長身のタグチのマー坊を見つけた。

「昨日はジーパンありがとうございました」

「おう、わざわざ来てくれたのか」

白い半袖開襟シャツの前ボタンを全部はずして、中に着ている黒地に白くＪＵＮと染め抜かれたＴシャツを覗かせている彼は私の肩に右腕をまわし、屯ろしていた仲間から二、三歩、離れた。

「サイズは大丈夫だったか」

「ちょっとウエストが大きかったけど大丈夫でした。裾は折ったので」

「そうか、良かった。もし幅の太い革ベルトが必要なら駅前のＶＡＮショップで売っているはずだぞ」

私はうなずきかえした。

「おまえ、パチンコもやるのか」

「数えるくらいしか、やったことなくて」

「もし競馬資金が必要になったら、いつでもおれんちの店に来いよ。釘の甘い台を教えるから。そのかわり良い競馬情報があったら教えてくれよ」

一時間目の授業開始を知らせる鐘がスピーカーから流れた。

「ママによろしくな。じゃ、またな」

タグチのマー坊は開襟シャツの前ボタンを留めながら教室に入って行った。

一年生の男子校舎の教室に走りこんだ私の姿に、すでに席に着いていた同級生らがふりかえり、一瞬、表情が固まった。私は無言でひとつだけある空席まで歩を進める。

教室の前方の戸が開いて姿を見せた担任のカマタ先生は室内を見渡し、「おっ、今日は珍しい顔がふたつあるなあ。幾日ぶりかな、こうしてクラス全員が揃ったのは」と、白髪を染めた濃い茶色の髪を左手でかきあげた。彼の癖だった。

周囲がにやけた。私は後方に視線をめぐらせる。おなじ列の最後方の席にツチヤの姿があり、私に頬笑んで軽く手をあげてくれた。

彼は父方の遠縁にあたる。温泉地の高校教師の息子で、スキーヤーだった。冬季シーズン中は国内外への遠征でまったく登校していなかった。眼のまわりだけが白く、ほかの部分は雪灼けして鼻の皮が赤くむけている彼は飄々と喋り、筋肉質でスタイルが良く、シーズンオフには女子校舎の窓から手を振られることがしばしばだった。

カマタ先生はツチヤを教壇に呼んだ。

「海外遠征でなにか面白いことはなかったかい？　あったら、ちょっと話してみて」

「みんな、ひさしぶり」と彼は頭をさげてから話しはじめた。

「スイスでのことなんだけど、練習で山の急斜面を滑っていたら、おれのまえを凄いスタイルが良くて綺麗な金髪女性が滑っていて、なんか無意識におれはその人を追うように滑ってしまって。そしたらその金髪女性がバランスを崩して木に体当たりして転倒してしまった。おれはそこに滑り寄って、『アーユーオーライ』って声をかけた。そしたらなんと彼女の右腕が折れていた。これはまずい、すぐに添え木をして山を降りなければと思ったけど、周りには誰もいないし、添え木になる物もない。そこでふと自分の下半身を見たら、ギンギンにつっぱったおれの棒があったから、その棒を添え木にして彼女の腕をしばり抱えて麓まで滑り降りて行った……という夢をスイス遠征中に見たよ」

沈黙がとけて笑いが起こった。指笛で囃したてる者もいた。

担任は手を叩いて、「ベリーファニー」と半ば呆れ顔をつくった。

つづいてカマタ先生は私を教壇に呼びつける。周囲はいぶかる表情を見せた。

担任に手招きされ、私は渋々ツチヤと入れ替わって教壇に立った。

「実はこの二人は親戚だ」

唐突にカマタ先生が言うと、「えー?」と驚く声が教室内に起こった。

「あれ、知らなかったん。そうなんさ。どうもこの二人の家系には理由はどうであれ、不登校の血が流れているようだよ」

そう言ってクラスから笑いをとった。それから、授業をサボってまで夢中になっている競馬の面白い話があれば喋ってみなさい、と促された。

「親戚に負けるなよ!」と声があがった。

べつに面白い話などなかったので、中学校の体育の授業で印象的だった話をした。

生徒のひとりが校庭の二〇〇メートルトラックを指さして競馬もおなじ距離を走るのかと先生に質問した。それに、「そうだよ、一緒だよ」と答えた見識のない先生のいい加減さを正した話をした。それから競馬の距離別と左右の周回についても補足して説明した。中央競馬の開催は土曜日曜のみで、地方競馬ならば全国津々浦々どこでも平日と祝日に開催されていることもつけ加えた。ツチヤのようなオチもない内容だったが、クラス全員が真顔で聞き入ってくれたことが意外だった。

「なにごとにも精通して極めることはいいことさ。ただし、学生の本分はまっとうするように」

そう言ってカマタ先生は私の話を締めくくり、それから今学期の授業方針について説明して、その日の一時間目の社会科の授業を終わらせた。

私は教室を出た担任のあとにつづき、廊下で呼びとめる。

「二年生から聴いたんですが、来年から留学制度がはじまるって本当ですか」

「ああ、そうさ。日米交歓学生派遣制度の手始めに今年はおれが引率してオレゴン州に行って来たけど、興味あるん？」

「はい、もし行けるものなら……」

「まだ一年も先のことだから、まずは学校に来いよ。ソノダの家系が競馬関係なのは知っているけど、だからって学校休んでまで競馬場に行っていい訳じゃないしな。アメリカ行きを希望するならまずは学校に来いよ。分かる？」

私は無言で頭をさげた。そして、これから一年先とはひどく長い話だな、と思った。

それでも中学で出遭った翻訳本で惹きつけられたアメリカの情景が、遠い世界のものではなく、自分の担任の手の中にあるかと思うと、そこに行けるかもしれない可能性に賭けたかった。

通い癖がついてくると同級生たちとのたわいない戯れあいも愉快になっていた。このままサボらずに一年さきまで学生生活を送れるのではないかと思いはじめた。それを量るかのように通学路にある酒屋に貼られた競馬開催のポスターを眼にすると、気持ちが逸り、居ても立ってもいられなくなった。そんなとき開店まえのバイト先にひょっこりとタグチのマー坊がやって来て、「月曜日から開催だから、競馬行こうぜ」と追い討ちをかけられてしまう。

そんな彼を恨みはしなかった。アメリカのにおいと福音をもたらしてくれた張本人であり、それに酬いる態度はしめしたかった。

開催初日、タグチのマー坊とお揃いのラングラーを穿いて競馬場に行った。

土曜の夜にイワヤから得た情報と実際のパドックと返し馬での馬の仕上がり具合をチェックして、私はタグチのマー坊に狙える馬を伝えた。彼は彼でパチンコ屋の常連客からもたらされた情報と私からの進言を照らしあわせて吟味し、各レース単勝千円ずつ賭けていた。

よほどの幸運に恵まれないかぎり、五日間開催のうち、一日だけぽっと来て勝てるほど競馬はなまやさしいものではない。私はすでにそれを体得していた。

初日からの流れ、リーディング争いをする上位ジョッキーらの勝率、厩舎の格とその仕上げ。その日の出目と連目（数字の連鎖）。それらすべての要因のなかに勝機は潜み、それを臨機応変に探り当てるのが公営競馬の必勝法だった。

中央競馬のように各レースの距離の変化、ダートと芝、関西からの遠征馬などレース構成が多岐にわたる競馬は、博徒のイワヤをしても「国営競馬はむずかしい」と言わしめるのだった。

だから私には開催中は競馬場で過ごす悪癖が身にそなわってしまい、その間に登校する意欲は削がれてしまうのだった。タグチのマー坊のほうがよほど賢かった。彼は初日だけ私と一緒に賭けて一万円ほど稼ぎ、その週はもう顔を見せなかった。

けっきょく私は元の木阿弥で学校をサボり、それまでの収支はトントンで最終日をむかえる。午前中の流れを研究しながら、軽く張って様子をみて、勝負は午後からと決めていた。

その週の開催中、イワヤは組関連の寄り合いと余所の賭場での義理立てに行くと言って、街にはいなかった。私はひとりでトッカン席のあるフロアに隣接した食堂で遅い昼食をすませてから、カウンターの隅のピンク電話からヒロミママの自室にかけた。店に行くまえに買いそろえる物はないか、ヒロミママに確かめる、いつもの電話だった。

受話器を置くと背後から声をかけられる。

「おい、おまえ、バーテンだよな」

カウンターの隅に座っていたその男の顔に見憶えはない。店の客でもビリヤード屋の常連でもない。ガタイのいい中年で、左耳の穴に五十円玉をはさんでいる。

「客商売のバーテンがなにを人さまの顔にケツむけていやがる。わかってんのか、こら」

事態が飲みこめずに黙ったままその場に立ちつくす。

「なんとか言え、こら」

威勢よく立ちあがった男は、私の左頬を一発はった。

まばらに座っていた客と厨房内が静まりかえった。

「人さまの眼のまえでケツをむけて喋るんじゃねえ、素人じゃあるまいし。覚えておけ」

男はそのまま勘定をすませて立ち去った。

モンキーを走らせながら悔しさがこみあげる。あの場でなにも言いかえせなかった……追いかけて反撃できなかった……とっさのことに対応できないで晒し者になった自分が、情けなかった。そのことで平静さを欠いてしまい、けっきょく競馬も負けた。


ヒロミママに競馬場での一件を話していると、街にもどったイワヤが顔をだした。

「バーテンって言われたらしいの。まんざら知らない人じゃないのかも」

「この店は有名だからな。従業員の顔が知られていても不思議はない」

「それにしたって殴ることないじゃない」

「おれ、あいつ絶対に許せねえ。いきなり人まえでビンタされて。しかも競馬場で」

イワヤの威を借りてでも、競馬場であの男にビンタをし返してやりたかった。

「よっぽど負けていて腹がたってたんだろうな」

はじめてイワヤに会った夜、スナックのカウンターに突っ伏していた中年男が脳裡に浮んだ。

「コウスケ、どうしたい。そいつにオトシマエをつけたいのか。その男はすぐにでも見つけだせる。でもな、その男が言ったことは間違いじゃないぞ。ましてバクチ場だ。ケツをみせる、ケツを割る、はご法度だ。そこからさきはもうないっていう意味だ」

イワヤは両切り煙草のピースをくわえた。すかさず私は火をつける。

「バクチ場で人から火を借りることもご法度だ。ツキを取ると言ってな。相手と場面によっては揉め事になる」

紫煙をはいて、ウイスキーを一口流しこんでから言った。

「どうしたい、コウスケ。その男を連れてくるか」

瞬きもせずに私の眼を見ている。

いったん顔をふせ、それからイワヤの眼にむかって答えた。

「自分が悪かったので、これからは気をつけます」

「そうか、わかった」

6

一九七三年の有馬記念の前夜、カウンターに競馬新聞をひろげたイワヤと私は予想に没頭した。ちまたではハイセイコーの強さに衆目が集まり、一番人気に推されている。

「有馬はシンザンで勝ったコウスケの記念レースだろう。しっかり予想してくれ」

八歳のころの記憶をたどり、ヒントをさぐりながら物語をこしらえ、ひとつの結論にいきつく。

「第十八回有馬記念。どうしても8枠のストロングエイトのエイトが気になるんです。強い8という意味でもあるし、調教師も奥平（おくひら）で、8枠は奥の枠。それと2枠の桜花賞馬ニットウチドリのニ、この牝馬（ひんば）一頭だしを押さえるのは競馬のイロハ。桜花の色はピンク。桃色の帽色の8枠とのつながりも完璧で、枠なら2－8、どうですか」

「ケントク買いか、面白い。大穴だ。去年は一番人気のイシノヒカルが勝って、乗り役は増沢（ますざわ）だった。今年もハイセイコーの一番人気でヤネ（騎手）は増沢だ。二年連続とはいかないな。しょせん、おれらは逆張り人生よ。ストロングエイトの単複、ニットウチドリの複勝。枠連2－8本線で勝負。押さえで8枠から総流しするか」

イワヤは迷いもなく店から手下に電話した。

そして翌日の有馬記念をヒロミママの自室で一緒に観て、その結果に歓喜した。

ハイセイコーは三着に敗れた。ブービー人気のストロングエイトが勝ち、単勝四千二百円、複勝七百円。二着はスローペースで逃げ残った牝馬のニットウチドリで複勝は三百九十円。枠連2－8は一万三千三百円の万馬券配当となった。

「勝ち金だ。とっておけ」

翌日、イワヤは百万円の束を持ってきた。

「コウスケ、また頼むな」

幾ら勝ったのかはとうとう教えてはくれなかった。


七三年式いすゞの白いベレット１８００ＧＴを運転するヒロミママの横顔を、飽きずにずっと見ていた。県境まで走り、国道沿いのモーテルに一泊した。

翌朝、実家の近くまで送ってもらい、その年はそこで別れた。去りぎわに握った彼女の手が昨夜とは異なってひどく冷たくていまにも凍ってしまいそうで、いつまでも温めていたかった。

大晦日と元日は実家で、すぐ上の兄も一緒におだやかに過ごした。元日の夜にやって来た叔父に、有馬記念の予想が的中したことを話すと感心された。イワヤから貰った金額や近況はなんとか誤魔化した。

二日の朝、ゴールドタンクのホンダＣＢ７５０ＦＯＵＲ（父は私の留守の間もエンジンを回してくれていた）にまたがって地元の仲間と初詣へと走った。

そこから単独でイワヤの組の親分宅を訪ねて新年の挨拶をした。来客が多くてしばらく台所で待たされたが、区切りのよいところで座敷にとおされ、私は親分とイワヤに新年の挨拶をしたが、なんだか照れ臭くて胸の奥底がむずがゆかった。

玄関まで見送ってくれたイワヤから訊かれる。

「来週の日曜日空いているなら、ひさしぶりにちょっと付き合わないか」

「競馬ですか」

「まあ、お楽しみだ。店は明日から開くのか」

「はい、開けるそうです」

「二十九日から休みだったんだろう。どうした、ヒロミとは年末にちゃんとシタのか」

「えっ?」

「おれにトボける気か」

「そんなつもりは……」

「あいつは凄い女だぞ。自分の身を切ってでも人の面倒を見る女だ。コウスケを学校に行かせたいんだよ。おれもおまえを誘いづらくなってきた。日曜日はひとりで来い。昼にむかえに行く」

イワヤと別れてヒロミママのマンションまで走った。フォーストエンジンのトルクが私の鼓動を震わし、弧を描くラインを攻めながら、一月の寒さなどまったく感じなかった。ナナハンの振動で昂まって分泌されたアドレナリンで火照った躰をヒロミママにぶつけたかった。

ヒロミママの車庫にバイクの前輪を突っ込む。モンキーがあるだけで、ベレット1800GTはなかった。エレベーターで最上階の五階まであがって部屋の呼び鈴を長く押しつづけたが留守だった。

モンキーに乗り替えてアパートまで走った。暮れかける外気が冷たかった。

そろそろベレットのエンジン音が轟いてきて停車するのではないか、階段をかけあがる靴音が響くのではないかと冷えた躰をベッドのなかで丸め、息を潜めて待ちつづけた。

とうとうそのときは訪れないまま夜明けちかくに眠りにおちた。


アパートのまえに場違いなアメ車が停車する。

まわりからの好奇の視線を感じながら、後部座席に潜りこむ。黒いタートルネックのうえから紺ブレを着て、大柄なチェックのグレーのパンツに黒革のコインローファー。念のために財布には多めに現金をつめてきた。

「なにも聞いてなかったので、こんな恰好で大丈夫ですか」

「おう、上等だ」

イワヤは細いピンストライプのダークスーツで、本業感たっぷりの出で立ちだった。

「今日はどこに行くんですか」

「旦那衆との新年会だ」

黒塗りのリンカーンは市街地から温泉地へとつづく国道をしばらく走り、そこから唐松の群落を抜ける道に折れてそのまま走ると、一軒の豪華な旅館に突きあたった。玄関前の駐車場には何台もの高級車が停まっている。背広のうえから半纏を羽織った番頭に誘導されて駐車したリンカーンから降りるとき、運転手のテッちゃんが「面白いぞ」と白い歯をのぞかせた。

テッちゃんは私より五歳うえで、イワヤの運転手をしている。

イワヤと私は、石燈籠（いしどうろう）とつくばいのある庭に沿った長い廊下を女将に導かれ、離れの座敷にむかう。廊下で正座した女将が「イワヤ様がおみえです」と障子を開けた。

和装の旦那衆や背広姿の男たちが芸者衆に酌をされながら宴会に興じていたが、イワヤの登場に座は一瞬静まった。K温泉での賭場で私がお茶をだした客の顔もちらほらあった。

「よう、イワヤさん」

和装の老人が手をあげた。

イワヤは座敷の奥にさっと移動すると、正座してから畳に両拳をついて角刈りの頭を深くさげた。私はそれを見てあわてて入口の脇で正座をした。

頭を持ちあげたイワヤは大勢のほうをむき、畳に拳をついたまま仁義をきった。

「ご一統さん、新年明けましておめでとうございます」

すると手をあげた老人が「こちらこそ宜しくお願いしますよ」と畳に両手をついて頭をさげる。それに倣い、座敷にいた二十人ほどの男たちが畳に両手をついて頭をさげた。気づくと、いつのまにか全員が座布団を退けて正座をしていた。

乾杯につづいて拍手がおこり、ふたたび宴席は賑わいをみせた。

旦那衆との乾杯をひととおりすませたイワヤは、仲居に言いつけて丼を用意させ、背広の内ポケットからサイコロを三つ取りだす。

「ご一統さん、新年の運試しと参りましょう」

床の間を背に座布団のうえに胡座をかいて眼のまえに丼を置いた。

旦那衆も座布団を持ちよってはイワヤを中心に車座になった。各々に札束を握りしめている。

はじめに親を張ったイワヤを中心としたチンチロリンは、丼のなかでサイコロが弾ける音が緊張をあおり、歓声と落胆の声が入り交じる狭間で札束がいき交う。

イワヤのヒキの強さは圧倒的で、彼の座布団のまわりには札束が見るみるうちに積まれていく。そこにはなんの仕掛けも偽りもなく、ただ丼のなかで転がるサイコロにツキをたくすだけなのに、その場は完全にイワヤを軸にした渦に旦那衆が翻弄されていた。

サイコロをつまむ指さきの華麗さと札束を流れるようにさばく手の動き。そしてサイコロの目を歌うように読みあげる符丁。どれをとっても博打の神はイワヤを使者として、その場を仕切らせていた。ツキをも支配する彼に、素人の旦那衆がかなうはずはない。いったん座が和んで、イワヤに言われ、十万円ずつ束ねて数えた札束は一千万円ほどあった。

「新年早々、良いものを見せてもらった。これにあやかって我々も今年はそれぞれの商売に励みますよ」と和装の老人が言った。

「イワヤさん、もうひと勝負たのみます」

せがむ者もいて、イワヤはほくそ笑んでそれを受けた。

勝負が一段落すると女将から風呂敷をもらった。

札束を包もうとしたら、イワヤはそこから百万円をつかんだ。

「これで万事よろしく頼みます」と女将に手渡して頭をさげた。

車にもどると辺りはすっかり暗くなっている。

「お疲れさまでした」

テッちゃんがスーサイドドアをあける。私は助手席に座った。

車内は暖かかった。

「凄かったよ、イワヤさんのひとり勝ち」

私はベンチシートの運転席との間に置いた風呂敷包をさすった。

テッちゃんは黙ってうなずいて発車させる。

「今日はコウスケが一緒だと勝てる気がしたんだ」

イワヤが唐突に言った。

「え、おれっすか」

「おまえはなんかツキを持っているからな」

「そうですか……」

「コウスケには天性のなにかがある。おれには、はじめからわかっていた。今日はそれを確かめるいい機会になった。有馬記念のストロングエイトとニットウチドリ。胸のすく思いだったぞ。あれは単なるケントク買いなんかじゃなくて、コウスケの持って生まれた直感のようなものだ。そんなツキを呼びこむ奴がいる。そこに乗れるかどうかも博打の見極めだ。逆に一緒にいるとまったく目の出ない相手もいる。女にたとえればアゲマンとサゲマンだな。おまえが女ならほっとかねえ」

テッちゃんが声を殺して笑った。

「去年の夏の出入りの一件も、ラッキーボーイがいたから大事に至らなかったのかもなあ」

「おれ、あのとき死ぬかと思いましたよ」

「最初からコウスケを連れていく気はなかった」

「おれの手にも刀を縛ったじゃないすか。あれ以来、『笑点』の主題歌を聞くとおれ、恐怖で身がすくんでしまいます」

「煙草を取ってもらいたくてコウスケって呼んだら、おまえが眼を泳がせながら手をだしてきたから縛ってやったまでよ。でもな、あれがあったから、このテツも、ほかの若い者もおまえに一目置いたと思うぞ。おれが子分でもない者を可愛がって連れ歩いていれば、面白くねえ奴だっているだろう。あのときおまえも一緒になってやる気になった。それを見て、みんなコウスケも身内だと認めた」

テッちゃんは黙ってうなずいた。

「よく考えてみろ。高校生のおまえが学校にも行かずに馬場でウロチョロしていたんだぞ。どっかの馬鹿なボンボンに違いないだろう。こちとら稼業だ。そんな小僧をカタにハメて親元だろうがどこだろうがオトシマエをつけにいくなんて朝メシまえだ。もっとも、おれらは博徒だから、そんなセコい真似はしないけどな。それもおまえの持って生まれた幸運みたいなもので、おれと行き合ってなければ、そこいらの愚連隊のエジキになるのがオチだった」

イワヤは車の窓を少しさげてピースの両切り煙草に火をつけた。

冷たい空気と煙が車内をめぐる。

「風呂敷から百万だせ。いいか忘れるな。博打は退き際が肝心だ。シモ（打ち止め）だ」

イワヤは胸もとで右手を水平に振った。

「いつまでもやっていれば最後はかならず負ける。ハシりすぎるな」

私はうなずき、札束を膝のうえに積んだ。

「五十ずつおまえらで分けろ」

「ありがとうございます！」

テッちゃんは間髪をいれず言った。私は戸惑った。

「お年玉だ。オヤジさんやほかの連中にはおれから渡しておく。それとなあ、コウスケ、新年早々こんなことは言いたくはないが、そろそろ学校がヤバイらしいぞ。キシダ先生が言っていた。このままだと落第らしい。だから今年はちゃんと学校に行け。ヒロミもそれを望んでいるから、バイトも適当にきりあげて学校に専念したらどうだ」

口籠ってしまう。

「ヒロミから聞いたけど、アメリカに行きたいそうだな」

テッちゃんがとっさに私を見た。

「その金はアメリカ行きの足しにすればいい。おまえらしいトッポい発想だけど、一ドルが幾らか知っているか。三百六十円だぞ。アメリカ野郎はとてつもない高利を貪るなあ（実際には一九七三年に変動相場になって一ドルは三百円位だった）」

「なんでもお見通しだったんですね」

「年季がちがう。おれも馬場でハンチクにゴロまいてくすぶっていたころがあってな、ロクにメシも喰えなかった。そんなときに拾ってくれたのが、いまの親分だ。ほかにも眼をかけてくれて、ひもじいときにメシを喰わしてくれた旦那や馬主さんもいた。コウスケのオジキのような人がな」

私は後部座席に身を乗りだす。

「成功したければ馬を選べ、だろう。だからおれはいまの親分についた」

イワヤはその細く鋭い眼をさらに細めた。

テッちゃんがアクセルを踏み込み、加速する。

車は街道からそれて道幅の広い二車線道路に折れる。

街明かりのむこうに競馬場の監視塔が黒く見えてきた。

7

河川の土手の青草を刈りとっている芝刈り機の音で眼をさます。

枕もとの目覚し時計の針は午後一時をまわっている。

木枠窓を開けると草のにおいが流れこむ。柔らかい陽ざしが河の水面で乱反射している。

階下の板壁沿いに停まった車のドアが閉まる音が聞こえ、それから、ゆっくりと階段をあがって来る靴音につづいてドアがノックされた。

「ちょっと待って……」

上掛けの毛布をベッドのうえに畳み、台所の流しで顔を洗い、うがいをしてから勇んでドアを開ける。ヒロミママではなかった。

小首をかしげて室内を覗きこんだのはカマタ先生だった。

「悪いな、突然。お邪魔してもいいかい」

私は黙ってうなずき、招き入れた。

「なかなか綺麗にしているもんだな……」

六畳一間の室内を見まわしながら座り、低い座卓のうえのブリキの灰皿に眼をとめた。

私は慌てて吸い殻をゴミ箱に捨ててから、灰皿を流しでさっと洗ってティッシュで拭いてふたたび卓上にもどした。

「やっぱり気がきくなあ、バーテンは。喫わせてもらうよ」

カマタ先生は黄色い百円ライターでハイライトに火をつけた。

開け放たれた窓から紫煙が流れでていく。

芝刈り機の音がさらに近づいて来たので窓を閉め、冷蔵庫からチェリオグレープの瓶を二本だして栓を抜き、座卓に置いた。

「そんなに気を使うなよ。今日は知らせたいことがあって来たんだ。居て良かったよ。今週は一度も登校してなかったからな」

「すみません……」

「そんなに競馬は面白いかい」

すぐには返答できなかった。

「実はさあ、ソノダの留年が決まったよ。体育のキシダ先生が一所懸命出席日数をだしてくれたけど、それでも足りなかった。自分でも分かっていると思うけど、月の内の半分は登校していなかったんだから仕方ないよな」

「はい、すみません……」

「おれも担任としてなんとか頑張ってみたけど、現実は厳しいなあ……まあ、退学になった訳じゃないから、新学期からやり直したらどうだ。またおれが担任だからさ」

カマタ先生は煙草の火を消して、「もらうよ」とチェリオグレープを飲んだ。

「クラスも一緒ですか……」

「そうだよ。一年三組、おなじ校舎のおなじクラス。それとも、もうおれじゃ嫌なら、担任とクラスを変えるかい」

「いや、そのままで……先生、おれ、アメリカ行けますか」

「条件はみんな同じだから、まあ、最終的には希望者の数とその資質と校長との面談で決定するけど。留年したからって行けない訳じゃないし、それもこれも本人次第としかいまは言いようがないな」

そう言ってふたたび室内を見渡した。

「今日これから、うちに来るかい」

「え、先生の家ですか」

「たまには家庭料理が恋しくないか」

「でも、急にバイト休めないし……」

「そのバイトもあまり大っぴらにやっていると、それこそアメリカ行きの審査に影響しかねないから自重しないとな。まあ、色々と事情はあるんだろうから、いまのところは黙認しているということかな。キシダ先生とおれしか知らないから」

彼は二本目のハイライトに火をつけ、煙草の切り口をこちらに差しだした。

「どうだ、やれよ」

「いただきます……」

一本抜きとるとライターを手渡してくれた。

「競馬予想がうまいんだってな。なんでも年末に凄い馬券を的中させたって。キシダ先生が感心していたよ」

「たまたまです。語呂合わせみたいなもので……」

私は煙草の灰を灰皿に払った。

「イージーカム、イージーゴーか」

「どういう意味ですか……」

「簡単に入ってきても簡単に出ていく。ギャンブルに喩(たと)えるとすれば、悪銭身につかず、とでも言ったらいいかな」

「競馬で勝った金は悪い金なんですか」

私は煙草を灰皿に強くおしつけて火を消した。

「そうか、一概にはそう言えないか。競馬で生活をしている世界もあるんだからな。すまない、撤回するよ。でもさあ、その意味の答えを自分なりに考えてみたらどうだ。そのための知識や見識を学ぶ勉強もあるはずだから、学校もまんざら捨てたものじゃないぞ。英語の授業もあるしな」

先生は立ちあがり、「ごちそうさん」と、あげた左手で髪をかきあげた。

私はお辞儀をして黙って見送った。

留年したことで両親との関係は悪化し、とりわけ兄弟との交流はそこから途絶えた。子供のころから私を競馬場に連れて行ったせいでまっとうな進路を見失ったのだと、母は父から責められたらしい。そう叔父から聞かされ、焦げつくほど胸が痛かった。

それでも夜の街のバイトと競馬場とを行き来する生活から抜けだせない私は、ひたすら貴重な時期を浪費していた。親からの仕送りとバイトの収入は途絶えなかったし、イワヤからの有馬記念の祝儀やお年玉もあって、十七歳にしては多すぎる現金を持っていた。

だから、いつでも行動をおこす準備はできていた。

カマタ先生に懇願してでも、アメリカ行きのきっかけを得るつもりだった。もしそれが駄目でも、自力で渡航する心構えはできていた。自分は意気地のあるハチッピラキなんだと鼓舞した。

競馬開催明けの月曜日に登校した私は放課後、市内の旅行代理店を訪ねて渡米にかかる費用などの詳細を調べた。それからヒロミママの自室にいつもの出勤前の電話をした。

「昨日、イワヤさん達が逮捕されたらしい。今朝早くに常連さんから連結があった」

予想外の内容に一瞬、狼狽えた。

「いつもの温泉の花会で。詳しくは店でね……」

ヒロミママは沈んだ声音の電話をきった。

ふだんより早めに出勤したヒロミママは、カウンターのうえに地元新聞の夕刊の社会面をひろげた。K温泉の旅館に警察が踏みこみ、一網打尽でイワヤの組の組長を含む組員らと常連客が逮捕された記事が載っている。

「イワヤさんには気の毒だけど、コウスケ君はほんと運がいいね。わたしも行っていれば一緒に捕まっていたんだよ」

もしかしたらイワヤはキナ臭いものを感じていて、私とヒロミママを賭場に呼ばなかったのかもしれない。新年会のチンチロリン博打以来、私を遠ざけている節もあった。

「でも、なんでいまさら。いつものことだったんでしょう」

「この記事によるとタレコミがあったみたい。きっと大きく負けた客が腹いせにやったのよ。警察も通報があれば踏みこむしかないから。最近はちょっと派手にやりすぎていたし、敵も多い稼業だからね」

昨年の夏の、パチンコ屋での揉め事の一件が思いだされた。


店の常連の事情通から事件の粗筋がしだいに伝わってくる。

逮捕直後はK温泉の地元警察署に収監されていたイワヤ達だが、いまは市内の警察署に移送されたという。賭博の常連客は間もなく釈放されるようだが、イワヤらの勾留は長引き、まだ接見はできないらしい。ヤクザの資金源となる常習的な賭博場開張等図利罪は罪が重く、厳重に処罰されるという。

イワヤが留め置かれている場所を想像するだけで胸がしめつけられた。

ヒロミママの店も事件発覚当初は火が消えたように沈んだ空気だったのに、やがて彼女の持ちまえの明るさと機転で、イワヤらの逮捕の詳細を肴に常連客が盛りあがるほどになっていた。だが私にはどうしても一抹の寂しさがつきまとい、すぐにでもイワヤに会いに行きたかった。

そんななかで、アメリカ行きの話は進展していった。

夏休みの留学制度の詳細を説明する資料が校内で配布された。

私は親の承諾もとらずに申請用紙を書きこんでカマタ先生に提出した。心得ていたかのように彼はそれを納めてくれた。いよいよ校長とカマタ先生との三者面談の日となり、校長室のソファに私と並んで座ったカマタ先生は身を乗りだして言ってくれた。

「たしかに出席日数が足りずに留年をしていますが、面白い一面もありますので、こんな生徒も我が校にはいるという意味で私は推薦したいと思います。昨年の夏に感じたことは、どこの国でも町でも、言語こそ違えども若者はみんな一緒だということです。彼もそのうちの一人だと思います……」

頭髪の薄い丸顔に金縁の四角い眼鏡をかけ、太った躰を茶色い背広でつつんだ校長は、黙って手元の資料に眼を落としている。卓上には赤いパッケージのラークの煙草と金色の長方形のデュポンのライターが置いてある。

校長室のドアがノックされ、教頭が顔を覗かせた。

「校長、ちょっといいですか。むこうに電話が入っていまして……」

「では、ちょっと失礼」と校長は中座した。

カマタ先生はなんの躊躇(ためら)いもなく校長の煙草に手をのばし、中からラークを三本抜きとり、自分のハイライトの箱の中に隠した。

「あっ」と思わず声を出した私に、「一本だけだぞ」と、もう一本抜きとり、「早くしまっておけよ」と校長の煙草の切り口に残っている煙草をずらし、ラークを四本くすねた証拠を隠滅した。

その日、バイトの休みをもらった私はカマタ先生の車で、三つの連山のひとつの麓にある彼の自宅にむかった。ブラスバンド部の顧問でもあるカマタ先生の楽器車もかねた初代10系の白いハイエースワゴンを酒屋で停車させた彼は、新発売の缶入りカクテルを二本買い、私と分けた。

「なかなかうまいな……」と一口飲んでから、校長からくすねたラークに火をつけ、「やっぱり洋モクはうまいなあ」と頬笑んだ。

沖縄のひめゆり部隊の生き残りという奥さんと二人の中学生の男児、末っ子の小学生の女児と六人でビーフシチューを食べた。夕食後は家族全員が私に向けて奏でる管弦楽器の演奏のなかで、ポツンとひとりでコーラを飲みながら、ここにもまったく知らなかった世界があることに、覚えのない照れ臭い感覚を味わった。


三者面談から二週間後の昼休み、職員室に呼ばれた私は担任から留学制度の枠から外れたことを知らされた。その理由は明かされなかった。

「残念だったな。校長のラークを盗んだのがバレたのかなぁ」

冗談まじりに同情する顔を見せたカマタ先生だったが、A４サイズの一枚の紙を私に手渡した。英字で所番地と電話番号と思しき数字が記されてある。

「もともとは今回のホストファミリーの一軒として候補にあげた場所だけど、ちょっと田舎すぎて無理になった。おれの農大時代の友人の知り合いが、カリフォルニア州で家族で小さな牧場を営んでいる。馬にも乗れるようだし、どうだ、行ってみるか？　おれの個人的な紹介になるけど、競馬やバーテンをやって過ごすより有意義な夏休みになるんじゃないかな」

私は小さく震えた。未知への不安より、期待がふつふつと込みあげ、自分がこれまでとは違う一歩を踏みだそうとしている興奮があった。

私は職員室から学食まで走った。

タグチのマー坊はすぐに見つかった。

「おれもアメリカに行けるかも」

「おお、良かったじゃないか。どこの地域になった。おれと近所ならいいいな」

「今年も行くの？」

「あたりまえだろう。おれはそのまま帰国しないで、九月からむこうの高校に編入するつもりなんだ」

タグチのマー坊は、ただのトッポい奴ではなく、肝の据わった男だと私は思って彼との世界観の違いに圧倒された。


決意を固めてから実家にもどり、父のまえで正座をした。

「若いうちに海外を観るのはよいことだ」

意外に快く承諾して費用も負担してくれた。放蕩息子を厄介払いするには丁度よいくらいに思うだろうと考えていた自分を恥じた。

渡米の仕度はすべて整った。出発の前日、最後のバイトを終えてヒロミママを求めた。

アパートに帰ってからと焦らされ、彼女と合流してからは夢中で思いのたけを発散した。それから彼女を見送り、ふたたびベッドに潜りこんだ。

悔いの残る気持ちをまだ拭いきれない私は、モンキーで市街地まで走った。

もうすぐ五時になろうとしている。

官庁街の一角に停まってエンジンをきった。

まだ辺りの空気も白く涼やかで、そこに遠い山並みのふちから朝陽がさしこもうとしている。

店の事情通の常連客からあらかじめ聞いてあったので、だいたいの階数と位置関係に見当をつけた。

追いかけられることを想定して、鍵に指をかけ、アクセルを握り、キックペダルに足を乗せる。いつでも走りだせる準備をしてから、警察署を見あげて叫んだ。

「イワヤさん！　聞こえますか！　イワヤさん、色々ありがとうございました！　おれ、アメリカ行ってきます！　元気で頑張ってください！」

モンキーのエンジンをかけて大きく何回もカラ噴かしをする。

誰もいない早朝の街路に甲高いエンジン音が反響する。

走り去る私の背中を追うように、「気をつけて行ってこいよー」とイワヤの声が聞こえた気がした。慌ててふりかえる。

警察署の門番が長い警棒を持って飛びだして来るのが見えた。

第二章

1

暗い夜道をいつまでも走っていた。

七一年式の白いフォード・トリノステーションワゴンを運転するのは、サンフランシスコ空港でネームプレートを持って出迎えてくれた、ジェシーと名乗る白人女性だった。

長い赤毛に細面で鼻筋がとおっていて、眼は切れ長でそばかすがあり、歳は三十代後半と思しきおっとりとした雰囲気の人だった。

トリノワゴンはカーブを幾つも曲がりながら峠を進む。行き交う車はごくまれで、左ハンドルと右側車線走行を除けば、ヘッドライトに照らされる森林の景色は実家のある北関東の峠道に似ている。アメリカに到着したという実感はすぐにはわいてこなかった。

彼女の気づかうような問いかけと、カーラジオから途切れとぎれに聞こえてくるガサついた音質のカントリー&ウエスタンの曲が、しだいに私を外国の空気のなかに引きずり込んでいく。

山間部を抜けると真っ平らな大地で、その中をひたすらまっすぐ走った。

やがて暗い車内が柑橘系のにおいで満たされ、唾が湧いてくる。辺りはオレンジ農園だった。そのうちに家畜のにおいが漂いはじめる。暗い路肩の有刺鉄線のむこうに牛の影が黒く群れていた。カーラジオの音質が安定してくる。ようやく車は未舗装の道に折れ、牧場のゲートをくぐった。深夜十一時を過ぎていた。

母屋から離れたガレージ付きの平屋のまえに停車させたジェシーは私の荷物をおろしてくれた。出迎える人は誰もいなくて牧場はひっそりと眠っていた。

暗がりから一匹の灰色のオスの中型犬がやって来て、私の足許のにおいをかいだ。

「コウスケ、サム。サム、コウスケよ」

ジェシーが彼と私を引きあわせてくれた。

それから平屋のリビングの奥にある部屋と洗面所に案内した。大きくて柔らかなベッドに腰をおろす。枕もとの棚にはデジタル式のラジオ時計があり、ここからも微(かす)かにカントリー&ウエスタンの曲が流れていた。

ボリュームのツマミをひねって音を消した。周囲には物音ひとつない。カーテンを開けて外を見る。窓明かりに照らしだされた軒下の草地に乾いた馬糞が落ちている。あとは漆黒の闇がすべての視界をさえぎっている。外灯の明かりひとつない。

ベッドに入っても熟睡できず微睡(まどろ)みつづけていた。ようやく差しこんできた光にひきつけられるようにカーテンを開けてみた。昨夜の軒下だけの視界とはまるで違う。どこまでも草地がひろがり、その遥か彼方に連なる山脈の藍色の稜線が見てとれる。

窓を開けてみると音も風もない。窓枠を乗りこえて裸足のまま草地におり立った。とたんに馬の嘶きが聞こえて、昨夜の灰色の中型犬サムが走りよって来る。

とてつもなく茫洋とした北米大陸の洗礼をうけた。どこまでもただ広大で、際限なく彼方まで空は大地を蔽っている。

あの山脈のむこうにはさらにどんな土地が待ちうけているのだろうか。裸足のまま二、三歩、足をはこんでは立ちどまり、ふと我に返って部屋に戻った。

はじめてのアメリカの朝はこうして迎えたのだった。

ヨセミテ公園のほど近く、『T&T　RANCH』と彫られた鉄板をゲートにかかげるその牧場では、ジェシーの六十代になる両親、彼女の夫、二人の男の子の兄弟が暮らしていた。

ジェシーの母のダイアナは地元の農業専門学校の校長で、父親のルークとジェシー夫妻は週末に牧場にやって来る養護施設の生徒たちの面倒をボランティアでみている。

牧場には西部開拓時代の街並みがあった。養護施設の生徒たちに古い西部の生活様式を学ばせたりしている。体験乗馬も実施していて、私も生徒を乗せた馬を曳いて手伝いをした。そこではじめてサラブレッドより小ぶりで性格のおとなしいアメリカン・クォーターホースとカウボーイスタイルの鞍と馬装を知った。

ジェシーの夫のジェフは長身で、いつも黒いカウボーイハットをかぶっている。濃い茶色の毛髪に眼のほそい神経質そうな顔つきで、格子柄のウエスタンシャツと擦りきれたジーパンにブーツという出で立ちだった。

私が到着して一週間が過ぎた日の夕方、ジェシー夫妻は馬小屋の裏で烈しい罵りあいをしていた。英語がわからない私でも、彼女の口から「ギャンブリング、ホースレーシング」とヒステリックに叫ばれる単語は聞きとれた。

たしかにジェフは平日に姿をくらますことが多かった。競馬のせいかもしれない。

そんな彼に親近感をおぼえて、幼稚な英語で話しかけた。あらかじめ聞いていたのだろう、彼も日本の競走馬についてしきりに質問をしてくる。持参した辞書を引いてはジェフとの会話にチャレンジした。

滞在二週目の月曜日の朝、ジェフから馬小屋の裏に呼びつけられた。彼は英語教師のごとくゆっくりと喋りながら、現金を幾ら持ってきているのかと手振りを交えて訊いてくる。

私は右膝をつき、指で砂地に数字を書いて持参金を教えた。彼は両手をひろげて大袈裟に戯けてみせた。競馬場に連れて行くからジェシーには内緒にしろ、と右手の人差し指を口のまえで立てた。

私は気をきかせ、カリフォルニア出身の小説家スタインベックの生家に行きたいと言った。そして小声でホースレーシングにも行きたい、とつけ加えてジェフを喜ばせた。

こうして私とジェフは火曜日の早朝から、彼の六〇年代後半の古びたフォードV8の黒いピックアップ・トラックで、サリーナスの町まで走った。

スタインベックの生家とその周辺を手短に観てまわった。アリバイ工作のための数冊の著作本を（幼少の作家がポニーに乗っているポストカードも）買い、そこから一〇一号線をひたすら南下してサンタアニタパーク競馬場を目指した。

途中、ロードサイド・モーテルに泊まり、ジェフが電話でジェシーに、もう一日私を小説の舞台に案内すると伝える。そして片眼をつむってみせた。

夜明けまえからピックアップ・トラックを走らせる。尻が鉛のように硬くなったころ、ようやく競馬場に到着した。

走路のむこうに連峰を望む、陽炎ゆらめく競馬場の景観に圧倒される。駐車場の広大さもさることながら、日本の競馬場が縁日でにぎわう神社の境内とすれば、アメリカの競馬場はまるで馬事公苑に似て文字通りパークと呼ぶにふさわしい。

あたたかい陽光につつまれるなか、パームツリーが天をつくように伸び、低木の木立ちと白い木柵に囲まれ花木が植えられたパドックで、馬と厩務員ものんびりと周回している。

浮きうきする私とは反対に、ジェフはどこかゆとりのない険しい表情で、レーシングプログラムに見入っている。それから私をスタンドに残して馬券を買いに行った。

本馬場入場する競走馬をカウボーイスタイルの随伴者が馬に乗ってゲートまで誘導していることに感動した。そして各ゲートの上段にはひとりずつ係員が付き添い、興奮する馬をなだめながら発走の補助をしている。日本の競馬場では見たことのない光景に、カメラを持って来なかったことを悔やんだ。

ゲートが開いてベルが鳴り響く。砂塵を舞いあげていっせいに駆けだした馬群にむけ、ジェフは声援を送った。かん高い早口の実況はなにを言っているのかさっぱりわからなかったが、臨場感は充分だ。左回りの最終コーナーをまわって実況がさらに早口でまくしたてる。

ジェフは立ちあがって興奮していたが、レースが決着すると表情はくもった。

それから親指と人差し指をこすって私に金を要求してきた。タグチのマー坊からもらったジーパンのポケットから百ドル札をジェフに渡してやった。そこでイワヤの言葉を思いだす。これが日本円で三万円か、それならば千ドル勝って帰国して両替すれば三十万円になる。がぜん勝負してみたくなった。

ジェフとパドックで周回する馬を吟味した。レーシングプログラムは読めなかったので、オッズと馬を交互に見くらべながら、一頭の馬にいきつく。

肩の出も柔らかく、全身を伸びやかに使い、リラックスして周回している。頭と首を上下にふりながら後肢をふかく踏みこむ姿にも好感がもてた。眼も集中している。尻張り（しりっぱ）も見事で、尾離れもいい。

ウイン（単勝）で百ドル勝負することにした。人気薄だ。

距離は一六〇〇メートル、八頭立て。私が賭けた馬は内枠にいる。

ゲートが開いた。まずまずのスタートを切った。私が賭けた馬は内でためて我慢している。前二頭がせめぎ合う。時計は速くなっている。賭けた馬は内の三番手でひかえている。

四コーナーをまわって馬群がぐっと凝縮した。まだひたすら耐えている。前方がわれて進路が開く。埒に沿って全身をダイナミックに弾ませて先頭に躍り出る。

となりでジェフが立ちあがった。そして、「インサイドホース！」と叫ぶ。

外の馬から並び競られたが頭ひとつしのいでゴールした。

ジェフは両眼を見ひらき、「ジーニアス！」と私の両肩をつかむ。

単勝で六倍ついた。アメリカ初競馬で百ドルを十八万円にした。

次のレースの人気馬の複勝に五百ドル勝負して一・五倍にした。そこでふたたびイワヤの言葉を思いだす。これで終了、シモだ。私は胸もとで右手を水平にふった。

勝ち金からジェフに二百ドル渡して、残りをジーパンのポケットにしまう。

「ネクストウイーク」

ジェフは片眼をつむった。

「イージーカム、イージーゴー」

カマタ先生から教えられた言葉をさっそく口にして、右手の親指と人差し指をこすってみせる。ジェフが笑ったので、うまく通じたようだった。

いっぱしのギャンブラー気取りで、乾いた空気のなかを駐車場まで大股に歩いた（十年後のこの場所で、空っ穴になって途方に暮れ、野宿をする自分がいることなどまだ知るよしもなく）。

二人は、もと来た道をひたすら北に走って彼方の牧場を目指した。


牧場にはトタン張りの蒲鉾型の格納庫があった。

ピカピカに光沢を放つ二台のビンテージカーと、こちらも古い（機体がオレンジ色で翼が白のツートンに塗り分けられた）複葉機が一機格納されていた。

案内してくれたジェフは、天井の採光窓から射しこむ陽光のした、得意げに車体を手の甲でビロードにふれるように撫でる。

流線型の黒い車体にメタルのバンパーや窓枠が眩しく光るセダン。カーキ色の曲線美の重厚なトラック。その二台の間に立ったジェフは、ゆっくりと自慢げに言った。

「四八年キャデラック60スペシャルと、四八年フォードピックアップ・初代Ｆシリーズだ。ジェシーの父親の所有物だよ。どれもいつかはおれたちが受けつぐ。ジェシーとおれの代になったら、もうボランティアはやめて、競走馬の繁殖と育成をする。『J&J STABLE』だ」

「ジェシーとジェフ厩舎か」

そう解釈しながら私は二台のビンテージカーと複葉機を見ていた。

ジェフがいつか金にかえて競馬につぎこむのかもしれない。ちょっとさびしい気持ちになったが、いったい幾らになるのだろうかと値踏みをしてしまった。

ふたたびジェフと競馬に行くことは叶わなかった。その代わり、彼と馬で牧場の周辺の草地を走ったり、ココナッツ畑の木のしたで嚙みタバコを味わってくつろいだ（乾燥した草地では火をつける煙草は喫えないのだと教えられた）。

ジェシーは二人の息子たちも一緒にヨセミテ公園やサンフランシスコ市街の観光に連れて行ってくれた。はじめて食べたマクドナルドのハンバーガーの旨さに感動した。最終日は牧場の家族みんながバーベキューでもてなしてくれ、三週間のアメリカ滞在は終わった。

別れ際に農業専門学校の校長ダイアナが「いつでもいらっしゃい。こっちで学校に通う準備も手伝えるから」と言ってくれた。

2

ひと夏我慢していた欲望をヒロミママにぶつけた。

「むこうでも競馬して勝つなんて……」と呆れ顔で褒めてくれた。

イワヤに会いたい気持ちを伝えたが、「このまま会わないほうがいいよ」と白い肢体をよじってベッドサイドテーブルからとった煙草をくわえる。

「裁判で、もう賭博開帳はやめてヤクザも廃業すると宣誓すれば執行猶予がついたのに、おれはヤクザも賭場も一生つづける、親がいなければ子を食わせられない、死ぬまで博徒として生きる、と宣言して懲役二年。前にも逮捕されているからね。親分さんや若い衆は釈放されたけど、イワヤさんが主犯格ですべて被ったから。そういえば、コウスケ君が早朝にバイクで警察署に行って叫んだことを呆れていたよ。うれしそうに」

「会ったの？」

上体を起こしてヒロミママの顔を覗きこむ。

「面会に行って来たけど、どこの刑務所かは教えない。元気だったから心配いらないよ。コウスケ君がアメリカに行ったことも喜んでいた」

紫煙を吹きかけられ、その喫っている煙草をくわえさせられた。

新学期になり、ラークのワンカートンボックスの土産をカマタ先生に渡した際に、タグチのマー坊が彼の宣言通り、オレゴン州ポートランドの高校に編入したことを知った。

休み時間に三年生の男子校舎に行ってみたが、そこにタグチのマー坊の姿はなかった。

私の知る限りの彼の幻影を追い、寂しさが込みあげる。

その後も、言わば腑抜け状態の私は、アメリカに焦がれる日々を送っていた。

カマタ先生に対する恩義は強く感じていたものの、相変わらず月に十日の競馬場通いから遠ざかることができずに登校をおろそかにしていた。
もっと馬の優劣を見極める相馬眼を養いたかった。そうすることでサンタアニタパーク競馬場でのあの勝利はふたたび叶うのだと思いを馳せながら、ジェフとの再会と、彼の地の競馬場を再訪する機を狙っていた。

地平線へとまっすぐのびるハイウェイをひたすら走ってたどり着く競馬場。広大な土地の、その一角で競馬に携わる人たちや馬券勝負に一喜一憂する人らの風体と存在感、そして勝ち馬の仕上がり具合は国の違いこそあってもどこも一緒だった。たった一日の滞在では物足りなくて、もっとレース展開と馬券配当の流れを研究しながら、勝負してみたくてたまらなかった。

その年の晩秋、私はモンキーをひとつ年下の同級生に売った。そのこととアパートを放置することを詫びる手紙を部屋に残し、カマタ先生には報告せずにふたたび渡米した。

今度は自力でサンフランシスコ空港からバスで市内の長距離バスターミナルに行き、ひと夏を過ごした牧場を目指した。乗車まえに電話してあったので、ジェシーが近くのバス停で待っていてくれた。

ジェフと彼のピックアップ・トラックは不在だった。その夜はなにも訊かずに眠った。

朝食をとりながらさりげなく、「ジェフは元気なの」と口にしてみる。

「もう、彼はここにはいないの」とジェシーは首を横にふった。

あれからたった三ヵ月、ジェフは牧場から姿を消していた。

表情をとりつくろい、「格納庫の車が見たい」と言ってみる。

彼女は一瞬こちらを見つめたが、「行きましょうか」と口角をあげてみせた。

灰色の中型犬サムも一緒に旧い西部の街並みを抜け、馬小屋のわきをよぎり、牧草地に隣接して建つ格納庫の扉をジェシーは開けてくれた。

コンクリートがうたれた灰色の床が採光窓からの陽光にてらされて、ガランとしている。そこに二台のビンテージカーはなかった。複葉機が奥にあるだけだった。

言葉に窮していると背後から、「コウスケ、わたしについて来てごらん」とジェシーの父ルークが手招きをしている。

ルークはときおりふりかえっては頬笑みをつくり、さきを歩く。

旧い西部の街並みの角をまがり、養護施設の生徒たちがピクニックをする広場に出た。そこに隣接して焦げ茶色の煉瓦で造られた、はじめて眼にする建造物があった。

サムがしきりに鼻腔をひろげて辺りを嗅ぎまわっている。

白く塗られた角材で縁取られた広い開口部の入口に私を案内したルークは、右腕を建物のなかにむけてエスコートした。

天窓からふりそそぐ柔らかい光、真っ平らにコンクリートがうたれた広い床、木製のスライド式の大きな扉が幾つも並んでいる。そのなかはトイレとシャワーとに分かれている。脱衣場とロッカーも完備されている。そこはまだ新築の、木材とペイントのにおいが漂う、バリアフリーの広々としたトイレだった。

「どうだい、コウスケ。素晴らしいだろう。実はあの二台の車を処分して、養護施設の生徒たちのためにこの建物を造った。以前から計画していてね、先週ようやく完成したのさ」

ルークは嬉しそうに説明した。

ジェシーはジーパンの両方の尻ポケットに手を入れてうつむき、右足のブーツの爪先でピカピカの床をこすっている。そのキュッキュッという摩擦音が新築トイレの高い天井に反響した。

3

牧場に三日間滞在してから、グレイハウンド夜行バスでサンタアニタパーク競馬場にむかった。開催日程はサンフランシスコ空港にあった観光ガイド冊子で予め調べてあった。そこでジェフと再会できるかもと気持ちが逸る。彼がジェシーのもとから去ったことは驚きだったが、どうやらまだ正式に離婚したわけではないようだった。

ロスアンゼルス市街地のバスターミナルから乗り継ぎ、競馬場のバス停に降り立ったのは正午だった。パドック周辺やスタンドに眼を凝らし、ジェフを捜す。そもそも彼がそこにいる確証などなかったが、こんな遠い土地の競馬場に知人がいるかもしれないという期待の中で、彼の影を追っていた。

馬券勝負は、なかなか上手くはいかなかった。すでに二百ドルも負けていた。せめて負け分を回収しようと、ウイン（単勝）はやめてショー（複勝）に賭けることにして、穴馬狙いに集中する。パドックで一頭の馬に眼をつける。身を屈めて歩様を入念にチェックしていると、「その馬に賭けるのかい」と背後から日本語が聞こえてふりむく。

「さっきから随分と熱心に馬を見ているけど、日本人でしょ？」

その眼は私を見ている。

細身で全身白ずくめの中年男性だった。

灰色の髪に赤茶けた顔、丸縁の薄茶色いレンズのサングラス、コットンの白いカッターシャツに白いジーンズパンツ、そしてコンバースの白いスニーカー。覗ける歯まで白い。その人は実家の近くの峠のバイパスで勝負をしたポルシェの褐色のドライバーと見紛うほど雰囲気が似ていた。

「あのう、日本人の方ですか……」

「LAで生まれたけど両親は日本人だよ。ディックだ。よろしく」

握手した。華奢な見た目よりも力強い握り方だった。

「コウスケです。友達を捜していて」

「ここで若いジャパニーズなんてはじめてだよ。日本からの競馬関係者はときおり見かけるけれど。どんな友達を捜しているの」

「アメリカ人のカウボーイのような恰好の……」

ディックは丸縁のサングラスをちょっとズリさげて辺りを見まわす。眼尻の皺が白く刻まれていて顔は陽灼けしていることがわかる。

「友達とはハグレたの」

「ここにいるかと思って捜しに来たんです。ヨセミテのほうからグレイハウンドで」

「オーマイガー！　タフだねえ。バックパッカーなの？」

ディックは、黒いナイロンバッグを斜めに背負って、Tシャツとジーパンにワークブーツ姿の私をしげしげと見た。

「まあ、ひとり旅ですけど」

「ごめん、競馬するよね。あの馬はロングショットホース（穴馬）だから、気をつけて」

「二百ドル負けているので」

「馬券、買って来たら。そこのスタンドにいるから、よかったら少し話そう。日本語ひさしぶりなんだ。コークおごるよ。それともビアーがいい？」

コーラを飲みながら、ディックと観戦した。

私が賭けた馬はぎりぎり三着にねばり、複勝で二倍の配当となり、ほっと一息ついた。

「競馬うまいねえ」

「たまたまです」

「たまたまでトゥーハンドレッドバックス（二百ドル）の勝負しないよ。強気だね。ところで、どこに泊まっているの」

「今朝着いたばかりで、まだ決まってないです。駐車場のむこうのホテルにしようかな」

「サンタアニタ・イン？　もっと安いホテルあるから。ドライバーズライセンスは？」

「持っていません」

「OK、安いホテルまで乗せて行ってあげるよ。友達はいいのかい」

「今日は来ないと思うから……」

いくらか上体を反らせてディックを見た。

「心配ない、ぼくはストレート。ゲイじゃないってこと、女好きさ。この辺の連中のほうがよっぽど危険だよ。どうする？　伸（の）るか反るか、君次第だよ」

六五年式マスタング289コンバーティブルのイグニッションをディックは回す。ボンという点火音がしてターコイズブルーの車体が横にゆれる。それから一気に噴きあがる。ホイールをスピンさせて駐車場から走り出た。西陽がまぶしい。ボンネットは陽光を反射している。サングラスが欲しいと思った。外気は乾いていて心地よく、風をきって走るマスタング・コンバーティブルのエンジン音とカーラジオから流れるロックが、西海岸全体を象徴していた。右手で空気をつかんでみる。アメリカ全体に触れた気分になった。

「声をかけられたとき、一瞬、日本で見た人に似ていて驚きました……」

私はポルシェ911Sの中年紳士のことを、父から聞いた通りに喋った。

するとディックは「もしそのポルシェのドライバーがミスター・シラスなら、そんなすごい人と似ているなんて言われて光栄だよ」と目尻に笑い皺を作って、シラスジロウという人の生き様と功績について語ってくれた。

「よかったらウチに寄ってみるかい。サンタモニカだけど」

「いいんですか……」

「ウェルカムだよ。家族はだれもいないから」

マスタングはハイウェイに乗った。ロスアンゼルスのダウンタウンを遠巻きに見ながら西にむけて走った。辺りは青い黄昏の色につつまれて風は冷たくなっている。桟橋に突きあたって左折してから、海岸沿いの白い板壁の平屋のまえで停まる。白く塗られたシャッターがあがるとマスタングはガレージに滑りこんだ。中には丸目の銀色の旧いベンツのクーペと、こちらも旧い白のポルシェ・カブリオレがあった。

一面ガラス張りのリビングルームからは海が望める。ディックが戸を開けると涼しい風がカモメの啼き声をのせて海岸から吹きこむ。白いブラインドが音をたててゆれた。

「お腹空いたね。ピザ食べようか。よかったらここに泊まっていけば。コウスケは信用できそう、でしょ？」

「でも、まだ会ったばかりでいいんですか」

「この国の若い連中なら親切になんかしないさ。ジャパニーズの善良な旅行者だよね。それにユーはなんか面白そう。競馬場で勝負しているなんて。でも危険な感じはしない」

「ディックさんも競馬するんでしょう」

「もちろん。でも、その話はまたあとで。今日はひさしぶりにマスタングを走らせたかったから、サンタアニタパークまで行ったんだ」

ディックは電話でピザを注文した。それからテラスの椅子に二人して座り、バドワイザーを飲んだ。辺りは暮れはじめていて、海岸のボードウォークで若いカップルが抱き合っている。

「ピザが届くまえに一服するかい」

「あ、はい」

バッグから煙草をだした。

「マリファナだよ。心配ない。酒と一緒でハッピーになるだけだから」

ディックは、冷蔵庫から取りだしたビニール袋から緑の草の塊をつまみだしてほぐし、器用に煙草の巻紙でまいた。細い先端に火をつけると、ぐっと煙を吸いこんだまま私に渡した。

彼に倣って吸いこんで煙をはくと草の焦げた香ばしいかおりがひろがった。

「煙をはいたらだめだ」

言われてもう一度吸いこむ。今度は咳きこんだ。

「それでいいんだ」

ディックは笑った。

数回繰り返しているうち、なにやら意識が波打ちはじめ、ディックの声がどこか遥か遠くから聞こえてくる。それがまるで音楽のように耳もとから遠ざかっては、また近づいたりして、愉快になってくる。そのうちに今度は自分がいまいる場所を見失いかけ、おぼえのない怖さにみまわれる。しきりにその日の出来事を脳裡でなぞって気を鎮めようとした。

玄関のチャイムがパイプオルガンの旋律のように響いた。

ディックにピザをすすめられて、ひと囓りする。口中の神経と味覚が過敏になりすぎていて、サラミ、ピーマン、オニオン、チーズ、トマトソース、ピザ生地の旨味が歯茎から脳に伝達する。それをコーラで流しこむ。身ぶるいした。

「こんなにうまいピザははじめて！」

ディックの低音の笑い声さえも、旨味のひとつとなって全身に浸透していく。

こうしてサンタモニカとマリファナを初体験して、もう言葉を放つエネルギーさえ失い、案内された寝室でシャワーも浴びずに泥のように眠った。かりにディックに襲われようが、その場で命をなくそうが、私は気づくことすらなかっただろう。

ノックにつづいて寝室のドアが開いた。

「よく眠ったね。はじめてのマリファナのせいかなあ。どうだろう、これからドライバーズライセンスを取りに行かないかい。パスポートは持っている？」

「え、どうやって」

「この家の住所を使えばいい。ここは近いうちに手放す。この辺りも最近は騒々しいから、もっと静かな町に越すよ。ぼくはひとりだから。なんかコウスケは別れた女房が連れていったひとり息子に似ている」

「幾つなんですか？」

「ぼくかい？」

「ええ、ディックさんも、息子さんも」

「ぼくは四十五。息子は十五歳になる。そういえばコウスケの歳を訊いてなかった」

「おれは、十七です」

「そんなに若いとは……」

「だめですか、若いと」

「ドライバーズライセンスなら問題ない。十六歳から取れる。運転はできるの？」

うなずきかえした。ヒロミママのベレットを幾度か無免許で運転したことがあって自信があった。テッちゃんが深夜にこっそりリンカーンを運転させてくれたこともあった。

ディックが運転するベンツで出かけ、途中、巨大なショピングモールの駐車場で運転をかわった。オートマティックで快適な車だった。

「ＯＫ、これなら大丈夫だ」

ふたたびディックがハンドルを握り、ＤＭＶ（運転免許センター）にむかった。あらかじめＤＭＶにいる知人に連絡してあったらしく、「日本から甥が来たんだ」と保証人になってくれ、申請用紙のしたに十ドル札をそえて提出した。とてもスムーズに手続きは進んだ。筆記試験は日本のマークシート形式で、わからない問題はそばでディックが耳打ちしてくれた。

それから私がベンツのハンドルを握り、助手席に女性の試験官が座る。後ろにはディックが乗って運転試験をした。試験官から言われるまま右左折したり、縦列駐車をした。わずか十分程度で運転試験は終わり、うしろから身を乗りだしているディックが女性試験官をファーストネームで呼んで、「色々とありがとう」と助手席のかたわらに十ドル札を落とす。試験官はさりげなくそれを拾ってから車を降りた。

「この国はなんでも金次第だから、ケチっちゃだめだよ」

わずか三十ドル足らずで、人生初の車の運転免許証をカリフォルニア州で取得した。ディックに五十ドルを渡そうとしたら、三十ドルだけ受けとって笑った。

「気にしなくていいから。ドライバーズライセンスが届くまで、ぼくの所にいればいい。それにもう、その仮免許で運転できる。一緒にドライブに行こう」

たったいま取得したばかりの仮免許の英文書類を見なおす。この国での人格を得た気分になった。

「こんな歳でリタイアしてひとり者だと毎日が退屈だよ。別れた女房からはもういっさい連絡はないし、息子もロンドンに留学していて、ほとんど連絡はくれないしね。両親はとうに他界していて、ぼくには兄弟もいないんだ」

「ディックさん、仕事はなにをしていたんですか」

「こっちの大学を終えてから両親の仕事を手伝い、けっこう、うまくいっていた。一九三〇年前に両親がヨコハマからリトルトーキョーに移り、日系レストランで働いていた。ぼくはそこで生まれた。十二歳のときに日本軍のパールハーバーアタックが起こって、両親と収容所に入れられたんだ。そのときに日系人が集められたのが実はサンタアニタパーク競馬場だった。みんな馬小屋に収容されたんだよ」

ディックは諭すような眼で私を見た。

「狭くて汚くて臭い馬小屋に押しこめられ、大和魂を傷つけられた人がたくさんいた。でも、ぼくは気にならなかった。はじめて父親と長く一緒にいられたし、収容所といっても刑務所じゃなかったから、けっこう自由に遊びまわれたからね。それからバスで北の砂漠の収容所に連れて行かれ、一九四五年にまたリトルトーキョーに帰れた。そこは無惨なゴーストタウンになっていたけど、両親が奇跡的にラッキーだったのは、スーツケース数個だけでアパートを去るとき、レストランの同僚で隣室の黒人青年にそれまでの蓄えをあずけたことだ。ずいぶん乱暴な話だけど、それしか思いつかなかったらしい。でも、その彼が全額を正直に保管してくれていた。日系人の財産を持ち逃げしたり、キャッシュに換えてしまう連中が多かったなかで、彼は違った。お陰で両親はやり直せた。それで今度は銅の鍋を売るビジネスをはじめたのさ。これが成功して、銅鍋用のガラスの蓋も売りはじめ、戦後の好景気もあってとてもよく売れた。とくに日系人は圧力鍋を好んだから、重いガラスの蓋が人気になった。重いガラス蓋を落として割ってしまうこともあるから、リペアーも沢山売れたよ」

ベンツはハリウッド通りを抜けてビバリーヒルズに入る。周辺の空気が他を寄せつけない贅沢さを醸しだしていた。

「ぼくが二十八歳のとき、父が肺癌で亡くなった。あとを追うように母も亡くなってしまった。しばらく途方に暮れたけど、父の取引先が会社を買いたいとオファーしてきて、弁護士に相談して父の事業をすべて売却した。それを元手に遊びまくってしまった。パーティーでハリウッド女優の卵と出会い、彼女と結婚した。でも、ぼくの女遊びが原因ですぐに別れてしまった……」

路肩に停車したディックは「運転してみなよ」と車から降りた。

私は運転席に移ってハンドルを握った。

西陽が眩しくて、ちょっとした緊張はあったが、道は空いていて走りやすかった。

「この国、とくにこの町はすべて金だよ。金に誰もが群らがる。ヴェガスにもずいぶん行ったさ。妻と別れてから自暴自棄のときがあって酒に溺れて、ギャンブル漬けになってしまった。サンタアニタパークにもよく行った。両親の影を追うようにね。離婚裁判で親権を奪われてしまったことで嫌気もさした。コウスケ、人はなにを失うのがいちばんつらいと思う」

正面を見すえて運転に集中しながら、「なんですか」と訊ねた。

「子供を失うことだよ」

「でも、会えるんでしょう」

「いままでこそ息子の意思で会えるようにはなったけれど、別れた当初はまったく会えなかった。

いちばん可愛い時期だったのに」

太陽が稜線に隠れ、辺りが夕陽に染まりはじめる。

ディックが運転席のサンバイザーをさげてくれた。

「誰でもそれぞれに耐えていることや寂しさがあって、それと戦っているはずさ。ぼくもまわりから見れば悠々自適でハッピーに生きていると思われている。それが嫌で友達からも遠ざかってしまった。ほんとうは毎日の寂しさとの戦いなんだ。ガールフレンドをつくっても、どこか心から夢中になれなくて」

車は海岸線に突きあたる。ディックが窓を開けると潮風が車内に渦巻いた。

「ヴェガスにつきあってくれないか。いまの家を離れるまえに、思いっきりギャンブリングして、きっぱり静かな土地に引きこもって絵を描いて暮らすつもりさ」

「絵を描くんですか」

「画家になりたくて、大学では絵の勉強をしていた。父の会社ではもっぱらパンフレットやポスター制作の仕事をやらされていて絵を描く時間なんてなかったけど」

家に着くと、ディックがリモコンを操作してガレージのシャッターをあげる。

私は慎重にベンツをしまってから、ほっと一息もらした。

4

黒い地平線のむこうに宇宙船が不時着したかのような光のドームが見えてくる。

ポルシェは丘陵を越えてひたすらまっすぐ突き進む。私はハンドルに上体を押しつけ、しだいに迫りくる煌めきに眼を見ひらく。夜空に放射している光線、点滅するネオン、路肩に連なるカジノホテルの看板。車は光のドームの中央部に吸いこまれて行き、車内も私の躰もディックの顔もすべて虹色の光に染められた。

ディックの指示で一軒のカジノホテルの車寄せに滑りこむ。

ポルシェをポーターに預けてチェックインをした。部屋には二つの寝室があり、それぞれにボーイが荷物を置いてくれた。早速カジノに向かう。

「カジノは二十一歳にならないとプレイできないから、コウスケは、ぼくの勝負の見届け人になってくれないか」

ディックは幾つかのブラックジャックテーブルの脇を歩き、ふと足をとめる。じっとゲームを眺めた。ポニーテールにした長身の女性がカードを配っている。

「女性のディーラーが苦手で、勝てたことがない。女性から男性ディーラーにかわった直後のテーブルにいつもツキがある」

ディックが言ったそばからポニーテールの女性は、太っていてオールバックに顎鬚（あごひげ）をたくわえたディーラーにかわった。すぐさま彼はそのテーブルに座り、二千ドルを両替して手許にチップを積む。そのテーブルにはほかにも三人の若い男性客がいたが、そのチップの量を見て、お互いに視線をからめて肩をすくめた。

はじめにディックは百ドルのブラックチップ一枚を張った。伏せてあるカードをめくり、右手の人差し指でテーブルを叩いてヒット（次のカードを要求）する。十九となって勝った。

私は彼の斜め背後からそれを見ていた。

ディーラーが私に顔をむけ、「いかがですか、張らないですか」と愛想を込めて言ったが顔を横にふった。

ディックは一進一退の攻防をつづけながらも、しだいに手許のチップは積みあがっていく。その数が増えた分、彼のテーブルからほかの客は離れて行き、とうとうひとりになった。そこでディックは大きく張った。五千ドル分のチップを押しだす。ディーラーは眉ひとつ動かさず、手際よくカードを配る。ディーラーもプレイヤーも一枚は絵札だった。もう一枚をめくったディックは右手を水平に振ってステイ（手持ちの数で勝負）する。十八だった。ディーラーは三枚目をひいてバースト（合計が二十一を超える）した。

ディックは百ドルチップをディーラーにやってから、私をふりかえって片眼をつむってみせた。するとディーラーがかわり、さきほどとは違った金髪の女性がニューカードを手にした。

「いったん引きあげよう」とディックは胸もとにチップの入ったケースを抱えた。そのなかからチップ二枚を私に手渡してくれた。彼が両替すると一万五千ドルほどあった。日本円にして四百五十万円かと思うと凄みがあった。たった一時間あまりの出来事だった。

腕時計を見ると深夜〇時になろうとしている。

「部屋にもどって一杯飲もう」

ディックは満足そうに右腕を私の肩にまわし、灼けた顔に白い歯を覗かせた。

ルームサービスでクラブサンドイッチを注文してから、シャンパンで乾杯をした。

「明日がほんとうの勝負だよ」

言いながらディックはマリファナのジョイントを巻いた。

一服してから、どこかに電話をした。

「いい子を呼んだから」と、ほくそ笑んで私にジョイントをまわす。

セーブしてゆっくり吸いこむ。指さきがじわっと痺れてきて意識がぼやけてくる。

届けられたサンドイッチで空腹を満たし、もう一服する。睡魔が襲ってきたが、ディックにすすめられてバスタブに湯をはり、ジャグジーにつかった。

水流の音にまじって遠くでチャイムが鳴った。話し声がしてから、バスルームに短い金髪の小柄な赤いワンピース姿の女性があらわれた。まだ二十代に見える。

「気持ちいい？」と小首をかしげた彼女は腕を組んでバスルームの入口に身体をあずけた。眼は大きくて唇は薄く、白い肌で身体の線にメリハリがあって、細い脚がすらっと伸び、銀色のラメのハイヒールを履いている。

「エレンよ。よろしく」

一歩踏みだして握手を求めてきた。

「コウスケ。こちらこそよろしく」

「むこうで一服しているから」

エレンはバスルームの白いタイルの上でゆっくりと踵をかえした。

もうひとりの女性と寝室に入っていくディックの背中を見届けたエレンは、洋服を着たまま右手で私の手を取り、ベッドに移動した。私をベッドの端に座らせ、それから寝室のドアを閉めた。窓には街の灯りが煌めき、そこに私とエレンの姿が映っている。

エレンは左手に持っていたジョイントに火をつけ、私の口に持ってきたので、吸いこむ。意識はしだいにぼやけながらも、全身の感覚は敏感になってくる。映画館のスクリーンを幻視するかのように、洋服を脱ぎ捨てていくエレンの姿が窓ガラスに投映されている。

白い肢体のエレンが私のバスローブの胸もとをひろげ、首筋から乳首まで舌を這わせる。その快感に鳥肌がたち、思わず呻き声がもれる。すると今度は部屋中に彼女の顔が大きく浮かびあがり、私の下半身もさながら大砲のように巨大化して視界を占領した。そこにエレンの巨大な唇がスッポリとかぶさってくる。

根元から吸いあげられて、のけぞり、喘ぎ、トリップのなかで浮遊している。つづいて白い肢体が私を跨ぎ、沈み、上下し、弾み、また静かに抱きあい、香水のにおいが脳裡をみたす。絡まる二人の様子がすべて窓に映しだされている。何色ものネオンが点滅してサイケデリックに私とエレンの裸体を染めている。

躰を入れかえてエレンのうえになる。ピンクの乳首と均整のとれた肢体に見惚れながら、ペニスから全身がゼリー状に溶けていく感覚に耐えきれずに、はじめての白人女性の体内にトリップしながら果てた。体内の液体という液体のすべてが先端からほとばしる。そのまま全身が空中に浮きあがっていった。

朝になるまで一切の意識は途絶えていた。エアコンで冷えた肌にあたる体温を感じて薄眼をひらく。となりにエレンの裸体があった。

彼女は腕と脚をからめてきて、「眠れた?」と訊いた。

カーテンの開いたままの窓から白い光が射しこみ、街は昨夜とはまったく異なった灰色の景色だった。辺りのカジノホテルのネオンさえ、いまは消えてひっそりとしている。

四人でルームサービスの遅い朝食をすませて、エレンたちと別れた。

別れ際に抱擁しながらエレンが「また呼んで」と言った。

廊下まで彼女を見送り、もう一度キスをする。

ディックはジャグジーに湯をはって汗を流した。

私はシャワーを浴びてから、ベッドに入ってエレンの残り香のなかで微睡んだ。

ディックは白いデニムのセットアップに身をつつみ、白いシャツに白のスニーカー、唯一黒のワニ革の長財布に二万五千ドルの現金を入れた。それを上着の内ポケットにしまう。

私はジーパンにディックから借りたシャツで身支度をした。

カジノに降りたときには、午後二時を過ぎていた。

「頼むよ、今日もしっかり見届けてくれ」

彼は五千ドルを百ドルチップに替えた。昨夜とおなじテーブルに行くと、幸運にもそこには男性ディーラーがいた。テーブルはディックがひとり占めで、まずはその日の調子を見るようにブラックの百ドルチップを張っていく。

私は彼の斜め背後から見ていた。三十分もしないうちにディーラーが女性にかわって、ディックはテーブルを移動する。ひとりの女性ディーラーに眼をつける。しばらく様子をうかがう。すると首尾よくディーラーチェンジとなった。

口髭をたくわえた神経質そうなディーラーは、両腕をひろげてディックを招き、カードを配る。そこでディックはいきなりブラックジャックをひき、強気になった。勝つとその倍額を張った。熱く勝つと私をふりむいては口角をあげる。

チップはすでに一万五千ドルを超えていた。彼のツキは今日も持続している。テーブルにちょっとした人集り（ひとだかり）ができたときだった。ディックは一万五千ドルのチップすべてを張った。絵札が配られ、全員が息をもらした。その直後、体格のある黒服の二人の男が私に近づく。

「失礼ですが、お幾つですか。ＩＤを見せてください」

私は狼狽して、人々はざわついた。

ディックが慌ててふりかえる。

「彼はわたしの甥っ子だよ」

「甥御さんは幾つですか」

「実は十七なんだが……」

「では、二十一歳未満ということで退場ねがいます」

二人の黒服に挟まれてカジノから追いだされた。

視界の端でディックのチップの黒い山がディーラー側に移行するのが見えた。

追いかけて来たディックが「このままでは引き下がれないから、部屋で待っていてくれないか」と言ったが、その表情は強張っている。

「ごめん、ディックさん。頑張って」

私はホテルのエレベーターに乗るほかなかった。見とどけた黒服二人はカジノへと踵をかえした。ディックは両手をひろげて天井を見あげてから、ブラックジャックテーブルへともどって行った。

「すべてあいつらに仕組まれた。ぼくを動揺させてぼくからツキを奪うためにコウスケを追いだしたんだ。ぼくをカメラで監視しながらコントロールして、ぼくをルーザー(負け犬)にするために……」

部屋にもどったディックは、興奮して言葉も混乱して罵った。そして寝室から現金を持ってきて、「リベンジしてくる」と言った。

「もう、やめたほうがいいよ。今日は無理しないほうがいいよ」

「そう思うのかい」

「昨日、一万五千ドル勝って、それを負けただけでしょう。もう充分、ディックさんの勝負を見せてもらったよ。張り方もチップの積みあげ方もクールで感動したし……」

「このまま引き下がれって言うのかい」

「おれ、ディックさんと知り合って、親切にしてもらってほんとうに感謝している。免許も取れたし、ここにも連れて来てもらって、それに昨夜もすごい経験ができて楽しかった」

このまま彼がカジノにもどっても完敗することは明白だった。イワヤの言う、「引き際」をディックは見誤ろうとしていた。理屈ではない。未熟な小僧の私でもわかった。

「ＯＫ！　そうしたらこうしよう。食事に行ってから考えよう」

ディックは一万ドルの札束を財布に入れてから、「ジャストインケース（念のため）」と硬く笑った。

窓の外にはネオンが灯りはじめ、砂漠から夕闇が迫っていた。

遠い空に旅客機がライトを点滅させている。

ひどく寂しさが高まって日本のことが思いだされた。

5

彼はコテンパンにやっつけられたのだった。持参した三万ドルを失った。かろうじてホテル代とコールガール代だけは初日の勝ち金で払えた。帰る車中もずっとカジノホテルのやりようを罵り、いつまでもそれを引きずっていた。

私が運転するポルシェは砂漠を抜け、幾たびも丘陵を越え、ロスアンゼルスのダウンタウンをすぎて海辺の家に帰った。

翌日、出会ったときとおなじマスタング・コンバーティブルで、ディックが市内のバスターミナルまで送ってくれた。

「ドライバーズライセンスをコウスケに送るときに新しい住所を書いておく。ドアはいつでも開いているから」

きつく抱擁をしてくれたディックのターコイズブルーの車を、二の腕から刺青の覗ける三人の髭面の道路作業員の男たちがとり囲む。

「何年物なんだい」と、ひとりの男の視線が車体を舐めている。

「六五年、２８９。完璧なオリジナルだよ」とディックがかえす。

男たちは右手の親指を立てると、力強く突きだした。

「いいかい、コウスケ。ポルシェもフェラーリも一瞬にしてハイウェイを制することができる。でも、ああいう連中はそんなもの金があればいつでも買える、と思うだろう。乗ってみたいと憧れる車を維持することが、この国では本当の男さ。それはこの国で生まれた完璧なオリジナルでなければならないんだ」

ディックはもう一度、きつく抱擁をしてきた。

それから運転席に座り、サングラスをさげて頬笑んでみせた。

ホイールをスピンさせて走り去るディックの車が陽炎（かげろう）の中に消えるまで、その場から動けなかった。道路作業員のひとりが、こんどは私にむかって親指を立てていた。


十日後に免許証が届き、同封のメモに彼の新しい住所が記されてあった。

免許証を手に、小躍りした。どこまでも夢がふくらみ、果てしない可能性を秘めた新たなパスポートを得た気分で笑いがこみあげる。もうこれからは自分でハンドルを握ってどこへでも行けるのだ。彼からのメモにあった、エレンの店の連絡先も、私をより浮かれさせてくれた。

バイトと競馬で蓄えた資金はまだ残っていた。

ダイアナの紹介で専門学校に通うことになった。そこは地元の学生や獣医を目指す留学生が、言語や馬や牛の基礎知識と牧畜業を体験できる専門学校だった。出入りは自由で、その都度授業料を払えば、学びたい科目ごとに生徒を受け入れているクラスがあった。

馬の蹄鉄の打ち方、筋肉注射や静脈注射、点滴の方法などを教わりながら、その合間に、クリーム色の七二年式フォード・ピント2ドアのレンタカーで西海岸全体を走った。

スタインベックの小説の舞台を巡ったりもした。

ジョージとレニーが野営した鬱蒼と葦の茂ったサリーナス川の岸辺。マックらが戯けていた潮風吹き荒ぶモントレーの缶詰横町。そしてトム・ジョード一家が越境した、冠雪が旋風に舞うロッキー山脈の峠道とルート六六号線。そこに至るまでのハイウェイとその路傍の広がり。馬に乗ったオールドカウボーイが驢馬(ろば)の背にキャンプ道具をくくりつけて路肩を旅していた。そのうしろを犬がトボトボと追う。

いつも谷深い道を抜けて学校や町まで行っていた私にとって、平坦な土地に身をおくこと自体が喜びだった。叔父と馬で遠乗りに出て、峠を越えて隣接する町のゴルフ場の緑のうねりを眺めるだけで、そこを西部劇の大平原に見たてて心は躍ったものだった。

乗り物も好きだった。馬、バイク、車と自らが操って移動する手段に魅かれていた。

アメリカでどれだけ運転しても苦にならなかった。むしろ彼方までもひとりで走る快感にひたっている。移動は感動を生み、走行した距離こそが自らの感覚を育ててくれるものと信じていた。

グランドキャニオンを見てまわり、一週間ほど走った。

ラスヴェガスのエレンの店に電話をしてみたが、すでに彼女は店をやめていた。もっと早く連絡しなかったことを悔やんだ。

レンタカーを返却して牧場に帰ると、見覚えのあるピックアップ・トラックが停まっている。

ジェフのものだ。うれしくなって彼を捜したが、牧場には誰の姿もなく、むかえてくれたのは中型犬のサムだった。

母屋の窓から居間をうかがう。ジェシーとジェフと祖父母が神妙な面持ちで語りあっている。私はそこから離れて馬に鞍をのせ、サムを連れて小一時間ほど遠乗りに出た。もどってから馬小屋で夕飼をつけ、それからサムと一緒に夕食を待った。

日曜日、養護施設からの生徒は来ないということで、ルークのはからいで牧場のみんなでピクニックをすることになった。ジェシーと二人の息子たちは大騒ぎしながらサンドイッチを作り、ジェフはあたかもそれが日常の慣わしのように黙々と馬にハーネスをかけて馬車の仕度をした。私も乗りなれた馬に装鞍をした。

サムが先導役で、御者のジェフのとなりにジェシーが座る。ルークとダイアナは手をつないで膝にブランケットをかけて馬車の荷台の縁に座った。兄ライアンは裸馬(はだかうま)に跨り、弟マイクは自転車に乗った。そして私も馬を歩かせる。

だれひとり喋る者はいなかった。ハーネスの擦れる音や鎖のぶつかりあう音、車輪の軋む音、馬の息づかいと蹄の音、自転車のペダルをこぐ音がさまざまにかさなりあい、一行は轍(わだち)を進む。

牧場の敷地内にある池の水辺に十分ほどでたどり着くと、赤樫(あかがし)の枝に馬をつなぎ、草地にブランケットを敷き、思いおもいに腰をおろしてピクニックに興じた。

陽ざしも風も水面もおだやかで、ときおり風車櫓の羽根が金属音をたてて微かに回るだけだった。牧場全体が日曜日の静けさのなかで安息していた。

十九歳になってクリスマスが近づき、とうとう資金がつきて帰国を考えていたところ、牧場からさきに姿を消したのはジェフだった。その前夜、彼は私の離れの寝室を訪ねて来て、「ハリウッドパーク競馬場でいいレースがあるから一緒に来ないか」と右手の人差し指を立てて唇にあてた。

「もうキャッシュがないよ」

「だったらなおさら増やせばいいじゃないか」

ジェフは食いさがった。

「そっちは資金があるのかい」

「実は少し回してくれる仲間がいる」

「だったら問題ないじゃない」

「ほんの少しだけさ。あの二台の車をルークが売り飛ばしさえしなければ、こんなザマにはならなかったんだ」

ジェフは黒いカウボーイハットを脱いで両手で鍔(つば)を丸めた。

「そうだ、コウスケ。おれのピックアップを買ってくれないか。千五百ドルでいい。いや、それが無理ならワンキー（千ドル）でもいい」

「すまないけど、ジェフ。もうそんな金はないんだ。学費もジェシーに渡す食費もつきたよ。日本に帰って仕事を見つけて稼ごうと思っているくらいなんだ」

「親からの仕送りはないのか」

私は無言で首を横にふった。

「そうか……すまなかった。いまの話はわすれてくれ」

彼はハットをかぶってから寝室のドアを閉めかけ、「もし、気がかわったらハリウッドパーク競馬場のジョッキーズクラブにおれを訪ねてくれ」と念をおすように言うと、ふたたびドアを閉めた。

その夜の明け方、フォードV8の低く轟くエンジン音が牧場から遠ざかって行くのを聞いた。

6

羽田空港に到着してすぐに求人誌を買った。

住込みでバーテンを募集している店を見つけた。空港から電車一本で行けるS駅に隣接した商業ビル内の店だった。しかも店から歩いて五分のところに個室付きの寮があり、東京の地理にうとい私にとっては好条件だった。このアルバイトを足場として、これまで知らなかった都会の暮らしを味わってみたいと思っていた。

さっそく履歴書に記入してから、公衆電話で面接の約束をとりつける。

レストランパブという形態の、その店の男性オーナーは「バーテンをしたり、カリフォルニアの牧場にいたり、か。君は運動神経がいいのか」と、ついさっき帰国したばかりの私に関心をむけてくれた。

「子供のころから馬に乗っていますから、運動神経には自信がありますが」

「英語も話せるのか」

「挨拶程度なら……」

「ここには外国人プロレスラーも頻繁に来る。じゃあ、採用しよう。今夜から寮に泊まっていいけど、一応、親の住所と連絡先を書いてくれるか」

言われて履歴書に偽りなく書き足した。

ランチとパブとの二部制の店で、オーナーとマネージャーと二人のコックがいた。全員男性で、夜になるとひとりの若い女性パートが加わった。夜の部のバーテンダーとして雇われたのに、毎日ランチタイムまえに出勤させられた。なぜなら、その店の男性スタッフのだれもが競艇ファンだったのだ。競艇は場外舟券売場がないために、スタッフ全員の舟券を頼まれて電車で平和島競艇場まで買いに行くのが主な仕事だった（夜になるとバーテンダーの仕事についた）。

おかげで競艇の仕組みをおぼえてしまった。

また舟券を頼む四人のうちのだれかが勝つと、律儀にその配当分の十パーセントを買い役分としてもらえた。なのでバイト代のほかにもなかなか潤った。

競艇場のプールサイドに行き、各選手のラップを計っている人から、そのタイムを百円で買い、すぐさまピンク電話から店に報告し、みんなの予想をあらためて書き留め、それから券売場まで走る、という連続技を仕込まれた。運動神経の良し悪しを面接で問われたのはこのためだったのか、と気がついた。

のんびりとしたＢＧＭが流れるなか、「この音楽が鳴り終わりますと第○○レースの投票を締め切ります」という女性のアナウンスが聞こえると、パブロフの犬的に必死に走ったものだった。BGMとアナウンスが夢のなかで聞こえて飛び起きたことすらあった。

忙しすぎて私自身が競艇にのめりこむことはなかった。

あるとき平和島にむかう電車内で漫画雑誌を読んでいると、二六ページのしたの右角が裁断ミスで余分な紙がページの内側に折れこんでいた。母がこれを福紙といって縁起がいい、と言っていたのを思いだす。そこで、2-6の連を千円買ってみて万舟券を獲った。意外に簡単に稼げたことで、眠っていた博打の虫がふたたび頭をもたげてしまう。

帰りしなに翌日の予想紙を買ってケントク読みに没頭した。

艇王と呼ばれた彦坂郁雄（ひこさかいくお）の選手登録番号が一五一五だったので、彼が1と5の枠に入ったら買った。彼の誕生日は一月五日だと店のオーナーが教えてくれた。

加藤峻二（かとうしゅんじ）の2枠を買ったりしてみた。彼の誕生日は一月十二日だったので、1枠2枠に入れば押さえた。

だが、たった六艇だけのレースなのに、そう簡単に的中しないのだから（競艇は1コーナーでほぼ勝負が決まるので）、よほどの信念の展開予想を強いられる。素人には難しすぎることを知り、そこから熱中することはなかった。


日曜は休店日だったが、早朝から競艇場に行ってトッカン席をスタッフ全員分購入するのも私の役目だった。最前列に陣取り、ガラスに予想紙をあてがって赤ペンで縦線を引く。片眼をつむってその線を基準に、その日のレースまえのエンジンテストで二艇が並んで走るのを見比べる。1番艇より2番艇が一艇身リードといったふうにすべての選手の艇のメモをとる。あとからやって来る店のスタッフにそれを渡すのである。

その作業にも、「ほら、プールに金が浮かんでいるぞ」と店のオーナーは手当てをくれた。

ギャンブラーには、こうした類いの気配りをする習性があるのではないか。見栄っ張りと言われればそれまでだが、なにか弱者を擁護するような性分を持ち合わせているように思う。ギャンブル資金のためなら、どんな嘘をついてでも調達するくせに、妙なところで思わぬ律儀さをみせる。いわば神経質なのにズボラ、そのアンバランスさが博打うちの人間性なのだろうか。

バーテンダーの仕事などそっちのけで、重賞レースがあると新幹線で関西方面にも行かされた。けっきょく都会住まいの仕事といっても、そのごく狭い一角で過ごしているだけ。競艇場のなかで波打つ喚声に流され、人の欲と怠惰の渦に巻かれながら若い日々を消耗しているのだった。それでもバイト代を稼げることに不満はなかったが、都会にある、もっと違う世界を知ってみたかったのだ。電車のなかで見る同世代とはあきらかに異質な自分が疎ましかった。学生服姿には嫉妬さえおぼえた。

そこでふたたび求人誌を開き、休みをもらって面接に行った。

こんどは民放テレビ局の小道具係のアルバイトを得た。

「近くを通ったらいつでも顔をだしな」

オーナーは、こうなることを察していたかのように、「よくやってくれたよ」と半年間の労をねぎらってくれた。

ヒロミママとイワヤのところに帰りたい気持ちと、都会で経験をつんで成長した姿で恰好よく再会したい意気がりが交錯していたのだが、実際にはそこからずっと流転してしまい、気づけば不義理をしたままだった。

アメ横を歩きながら雑貨店の店員に聞きこみをして仮住いを探した。古着屋のミリタリー姿の男性店員が、西新宿のゲストハウスの地図を書いてくれた。白人の男女数人が暮らす古い洋風の一軒家で、カーテンで間仕切られた部屋を見て一ヵ月分の部屋代一万五千円を払った。

銀行で口座を開いた。現金は七十万円ほど貯まっていたので気持ちにはゆとりがあった。場外馬券売場で翌日の競馬新聞を買ってからゲストハウスまで歩く。

もう夏競馬のはじまるころで、梅雨はあけていて陽ざしは強かったが、街の空気は生ぬるかった。歩道のわきの植えこみが刈りとられ、そこから噎せるような草いきれがあった。牧場の情景が胸のうちに湧きあがり、なつかしさに駆られた。

7

二十歳になった私を祝福してくれたのは、ロケバスの運転手のナカタだった。

細身の中背、骨ばった体軀で肌は浅黒く、いつもジャイアンツの野球帽をかぶり、デニムシャツに黒革の細いネクタイを緩くしめている。

熱烈な競馬愛好者で、撮影の合間には形振り(なりふ)りかまわず、運転席や木立のしたのベンチで煙草をくわえ、ポータブルラジオのイヤホンを右耳に差し、競馬新聞をひろげている。

土曜日のスタジオ撮影の待機中にはスタッフの馬券を取りまとめて場外馬券売場まで行ってい

た。競馬が原因で妻とはずっと別居中の三十九歳で、幼稚園児のひとり娘がいるという。

私は民放テレビ局の小道具係のアルバイトに就くと、ワイドショーの再現ドラマの担当となっていた。履歴書からどうもアメリカ帰りで馬に詳しいらしいとの話がひろまって、馬券予想のアテにされてしまい、ナカタから意見を求められたりもした。

ところが逆にこのナカタの言うところの単勝鉄板という予想に乗せられてしまう。一ヵ月の給料十二万円をそっくり彼に渡したところ、あっさりと負けてしまった。その落胆ぶりを見ていた映像監督が「無鉄砲で、面白い奴だなあ」と気にとめてくれ、彼の家での夕食にありつけた。そこでディックから聞いた、サンタアニタパーク競馬場が日系人収容所として使われた話をした。

「馬小屋に閉じ込められた敗戦国の東洋人が、キリストの復活ではないが、そこから奮起して世界を席巻するとはあちらさんも思いもしなかっただろうな」

そう言った映像監督の視点と考察と語彙は、アカデミックで新鮮だった。

翌日、監督はスタジオで刷りたての台本にしげしげと眼をやりながら、小道具係の名前が記されたページを見て、「ソノダコウスケ、こんなに偉そうな名前だったのか。君はアメリカ帰りのジョージだろう」と言って撮影スタッフから笑いをとった。

その日から、私はジョージと呼ばれるようになった。


「ジョージは子供のころから牧場で育って、アメリカでも馬の世話をしていたから、無茶苦茶、競馬に詳しいからね」

ナカタの行きつけの居酒屋「ヤブサメ」の常連客にそう紹介された私は、誕生日のその夜、しこたま飲まされた。羽田空港にほど近い町にある戸建てのその居酒屋では、店主も常連客も競馬まっしぐらで、レースの話はずっと尽きない。いくら酩酊しても過去の競馬の記録さえ唱えれば、会話の中心にいられた。

「おれはその場の流れとか、その日の馬の調子とか展開を推理して予想するだけ。馬の名前もおぼえないし、終わったレースは忘れてしまうし、ヒラメキ馬券だから」

「いやいや、ジョージともっと早く知り合っていれば、去年の春天のエリモジョージの逃げきりだって獲れたかもなあ」

「第七十三回天皇賞春、十二番人気、逃げきり、単勝八千百九十円、複勝千円か。あれは獲れないだろう」

「ヤブサメ」の店主が怪訝な顔をつくる。

「いや、わからないぞ。ジョージは第十八回有馬記念でストロングエイトからの枠連を当ててアメリカ行きの資金にしたんだから、なっ。おれが張ったハイセイコーの単勝馬券分、返せ！　この野郎」

ナカタが私の肩をゆさぶった。

「凄いね、その若さで。二着のニットウチドリの牝馬一頭だしを押さえるとは」と常連のベテランが言う。

「ニットウチドリのニは2枠のニ。それに牝馬一頭だしは押さえるでしょう。エリモジョージは休養中のえりも農場で火事に遭って十七頭が焼け死んだなかで奇跡的に生き残って以来、気まぐれジョージと渾名される逃げ馬になったんだから、人気薄のときほど押さえなければいけない馬でしょう。死の恐怖を体験した馬は種の尊厳が高まって群れから抜きんでる力を発揮するそうですよ……」

「ジョージだけにジョージには詳しいか。今日は二十歳の誕生日だろ。さあ、もっと飲みな」と店主がビールを注いでくれた。

代わるがわる飲まされて潰れてしまい、ナカタに担がれて彼のアパートで眠った。

畳の居間で眼をさます。座卓には『競馬四季報』と古典落語のカセットテープが積まれていた。台所には競馬カレンダーが貼ってあり、シンクの足許にはビールの空き瓶が転がり、その横には古い競馬新聞が堆く積みあがっている。

なんの因果か、このような環境で成人を迎えた。

いつもそのつど、ギャンブラーたちは親切にしてくれた。そんな巡りあわせを与えてくれる境遇と先祖と馬頭観音に感謝して、思わず手をあわせる。

すると寝室の襖が開いた。

「なんか宗教をやっているのか……」

ナカタが訝しそうな顔をした。

その夜、ゲストハウスのピンク電話で母と話した。

三年ぶりだった。帰国して都内でアルバイトに就いていることを伝え、学校を放棄したことを詫びてから、成人となった礼を言った。

再現ドラマの常連女優と仲良くなり、ある雨の夜、彼女から誘われた。他局で共演したアメリカ人エキストラに誘われたので同行して欲しいと言う。その白人男性は英会話教師で、ときおりドラマやCMに出演しているらしい。呼ばれた場所は新宿にあるカントリー&ウエスタンのライブハウスだった。

ここぞとばかり、アメリカで買いそろえたウエスタンシャツとジーパン、銀のバックルに牛革のベルト、カウボーイブーツといった出で立ちで歌舞伎町（かぶきちょう）まで雨のなかを歩いた。

金曜日で店内は混雑していた。日本人バンドがクラシックなカントリーソングを演奏しているステージ前の席に彼女と白人男性はいた。

よどみない日本語を喋る白人男性で、私の恰好を見ると、「日本人カウボーイを紹介するから、このあと一緒に行こう」と言う。「北海道のシャロレー牧場のカウボーイで、新宿でバーもやっているよ」

「北海道から通っているということ？」

「牧場の仕事が忙しいときにはむこうに行って、ふだんは新宿にいる」

三人でカウボーイのバーまで歩いた。

狭くて雑然とした通りには奇抜な看板やネオンがひしめいている。行きかう酔客もホステスもボーイも、性別の判断がつかない特殊な街で、私にははじめてのエリアだった。

カウボーイという響きからはかけ離れたその街角に、板張りの小さな店『居留地』はあった。

雨に濡れた木製のドアを引くと、狭い店内の七席しかないカウンターの内側に、細身で長身、オールバックに口髭をたくわえたカウボーイ姿のマスターがいた。

「いらっしゃい。おっ、カウボーイだな」

なるほど内装もカウボーイ一色の店で、カウンターの隅でひとりの男が飲んでいる。その彼も上下デニムに身をつつみ、こちらに一瞥をくれた。

「どこで買ったの？」

マスターは私のブーツをカウンター越しに覗きこむ。

「カリフォルニアで……」

立ったまま答えた。

「じゃあ、こんなのも着ている？」

ウエスタンシャツの胸のホックをはずし、前ボタンで留める赤いワンピースの下着の一部を見せた。オールインワンといわれるカウボーイの下着だ。

マスターは腕を組んで細い上体を反らせた。

カウンターの隅の男も意地悪な眼をむける。

「すべてに凝っていますねえ」

「だろ！　で、なに飲む」

手を差し伸べられ、そこではじめてカウンターの椅子をすすめられた。

私はこのマスター、コーチャンに魅かれてしまい、ほぼ毎晩通っては、カウボーイに憧れる常連客や日本人カントリー・シンガーを紹介された。なかにはマスターと親交のある、ハワイアンソングが得意なレコード大賞歌手や鬼才の落語家とそのマネージャー、いつも編集者が捜しまわっている売れっ子漫画家もいた。知らない世界のことにミーハーだった私は、興奮した。東京の街の深淵を垣間見ることができたと思った。

8

マスター夫妻から、彼らが行きつけの乗馬クラブに誘われた。

「馬券の足しになるから、車をだしてよ」

ナカタにせがむと、「幾ら」と値踏みされた。

「高速代と燃料代はみんなでワリカンにするから、それとは別に一万円でどう」

「会社のロケバスはだせないから、おれのランクルで行ってやるか」

七四年式B型の白と黄色の上下ツートンのランドクルーザー・ディーゼルで、日曜日の早朝から八ヶ岳のすそ野にあるアメリカン・スタイルの乗馬クラブへとむかう。ほぼ不眠で来たというマスターに染みついたアルコールのにおいが車内にほんのり漂っていた。

朝の靄に蔽われた乗馬クラブに到着する。草いきれ、風にゆれる樹木の葉音、厩舎と馬のにおい。躰に染みついている懐かしい情景がそこにはあった。

マスターと連れ立って馬で山林を歩いたりして一日を過ごした。

その夜、山のにおいや乗馬で昂ぶった私はひさしぶりに母に電話をした。

「まあ、あなたはほんとうに勘がいいねえ。叔父さんが癌でもう助からないと思うから会いに来てください」と言われてひどくうろたえた。

このまえの誕生日の電話では、叔父のことはなにも言ってなかったじゃないか、たった五ヵ月で人は死ぬものか……。

楽観的に考えることで狼狽から逃げたり、また怖気づいたりしながら、始発電車が走りだすまで朦朧(もうろう)としていた。

県境の病院のベッドに叔父はいた。

すでに到着していた母に介抱されている。

「コウスケが来てくれましたよ」

母の呼びかけに彼はかろうじて薄眼を開ける。

筋肉が落ちてしまって細くなった腕を伸ばし、すでにおもかげの失せた痩せた手で私の手を力なく握る。そして、やつれて窪んだ眼窩(がんか)から頬に涙がつたう。

言葉にはならない呻き声があり、力なく私の手を引き寄せる。

この人は別人だ……自分の叔父ではない……。

こんなに様変わりしてしまった姿に、しきりに自己暗示をかけてその場に立ちつくす。だから涙は出なかった。

叔父と手を握っていた時間に匹敵するくらい長く母も私の手をとった。

「なにかあったら知らせるので連絡先だけはきちんとしておいて」

繰りかえし釘を刺され、病院の玄関で別れた。

ゲストハウスを出た私は、実はテレビ局内の某所に潜んで暮らしていた。そこは便利でなんでも揃っている。ベッド（ときにはソファで）、風呂、食堂、酒と煙草（消え物という小道具費用で手に入った）などがあり、着替えをつめたバッグひとつで、じゅうぶん生きていける場所なので活用しない手はなかった。

社食で昼食をすませてスタッフルームに行くとナカタがやって来た。

「おい、ジョージ。八ヶ岳の乗馬クラブで馬を貸してくれるかな」と訊いてくる。「連続ドラマで馬を使いたいらしい。牧草地も探しているらしいから、一緒にロケハンにつきあえよ」

そう言われて乗馬クラブに電話をした。

ナカタと連続ドラマスタッフとロケハンに行き、その後のロケ日も決まった。私は直接の担当番組ではなかったが、ナカタにつきあって持ち前のカウボーイ衣装で同行した。

馬を使った撮影シーンだけを手伝って初日を終え、近くのペンションにスタッフと一緒に泊まった。翌日は馬を使うシーンはなかったので、ナカタたちとは別行動で乗馬クラブの厩舎作業を手伝っていた。ところが偶然にも撮影がかさなった他局のドラマで乗馬シーンを撮るので力を貸してくれとクラブから頼まれ、撮影現場の牧草地まで馬を曳いていった。

教会で結婚式をした新婦が白馬に乗るというシーンを撮り終えると、そこにいた俳優陣が乗馬体験をしてみたいと言うので、西陽のさす牧草地でひとりずつ乗せて満足させた。

そこで出会った主演俳優とは乗馬をつうじて長年の交流がつづいた（十五年後のことだが、高利貸しから引いた競馬資金の返済ができなくて追い込まれたとき、彼から多額の借金をしてしまった。その金はまだ返せてない）。

他局の撮影を手伝い終えて乗馬クラブに引きあげるとナカタのロケバスがなかった。

「ウチの局はどこかに撮影に行きましたか」

乗馬クラブのママさんに訊く。

「ジョージはここのほうがあっているからって、もう帰ったよ」

ナカタの悪戯（いたずら）にしてやられた。

「明日の朝の電車で帰ればいいじゃない。今夜はここに泊まって、一緒にご飯食べよう」

撮影で使った馬の手入れをしてから夕飼をつけ終え、厩舎の戸口に腰かけた。

黄金色の陽光が遠い山並みの稜線を映しだす。辺りは暮れようとしている。

飼葉桶を吊るしている鎖が金属音をたて、馬たちが飼葉を食（は）む音にかさなる。

脳裡に叔父のやつれた姿がうかんだ。


早朝から馬に飼葉をつける。それから朝食をとり、ひと休みしてから、馬にブラシをかけて装鞍をする。つづいて馬小屋の掃除がすめば、馬の運動と調教の合間に客のレッスンだが、ときには外乗（がいじょう）の先導をして森林に馬で分け入ることもある。この繰りかえしが、その場にとどまれば果てしなくつづくのだった。

私は昼食まえに新宿行きの列車に乗ろうと試みるのだが、客が来て乗馬の支度を手伝うとタイミングをのがしてしまう。夕方になればまた厩舎作業に追われた。どっと疲れた躰で厩舎の戸口に腰かける。そこで山並みの黄昏に癒される。

「お疲れさま。今夜は美味しいオムレツだよ」とママさんが作る夕食の誘惑に負け、東京行き最終列車に乗りそこねる。朝になれば人の都合よりも馬が最優先されて列車に乗りそびれる。そうやって結局、私は三年間この場所に住みつづけてしまうのだった。

母に手紙で事情を伝えた。

すでに手遅れだった。母からの返信で叔父が亡くなったことを知る。

厩舎で、好きだった馬の首を撫でながら泣いた。その場にとどまっている自分を叔父はきっと許してくれる。心のなかでそう言い訳するしかなかった。

翌週になって母が訪ねて来た。八歳のときに撮った口取り写真の額縁と叔父の葬儀の際の写真をたずさえて。母には内緒で葬儀の写真のなかにイワヤの姿がないか眼をこらしたが、それらしき人物は写ってはいなかった。彼の個人名での花輪はあった。

眠るように逝ったという叔父の最期、葬儀のこと、書斎から見つかった外れ馬券を河原で燃やしたこと、そして牧場を閉鎖するということ、歳をとったロックは親戚の酪農牧場に放牧にだしたことを母は事務的に淡々と話した。

そのほか母親らしいことはなにひとつ言わず、厩務員に運転させてきた叔父の、七四年式からのマイナーチェンジでフロントグリルとテールランプが変わった黒いクラウンのドアを開けた。

「ここで少し待っていて」と車から厩務員を降し、それから「ちょっとこの辺りを走りましょう」と母は私にクラウンを運転させた。

晩秋の乾いた陽光が射しこむ白樺の林を抜けて、冠雪した南アルプスの連峰を望める道に出てから、八ヶ岳を背後にして枯れた草地のわきを走って乗馬クラブにもどった。

その途中、母はなにも喋らなかった。だが私の叔父、つまり彼女の末の弟を失って悲しんでいることは、助手席で彼方を見ながら固くハンカチを握りしめている細くて白い指から感じとれた。

9

乗馬クラブでの私の立場は、給料はもらえず居候に過ぎなかった。

全身が擦り切れるような鍛錬の毎日だったが、衣食住はあてがわれて煙草は配給され、究極の乗馬修業と言うべき環境だった。

そこは馬の聖域であり、その愛すべき大動物を優先的に思慮し、行動する。それらをすべて肯定させてしまうのが乗馬クラブでの暮らしだった。

馬との関わりが心のよりどころであり、乗馬技術の上達と愛馬精神が最上の目的とされた。そしてクラブの常連客やビジターを魅きつけて遠ざけないように気を配ることも、乗馬インストラクターの重要な役割だった。

私が経験したことのある競走馬の領域とは異なる面もあった。そこに集っている誰もがいっさい、競馬のことを口にしないのだ。もしかしたら競馬好きもいたのかも知れないが、それを口外する者はいなかった。

実際にそのころの乗用馬の大半は、競走馬をリタイアした馬で、関西のトレーニング・センターまで貰い受けに行ったりもしていた（アメリカの乗用馬とは比べ物にならないくらい気性が荒い馬もいて、乗馬への馴致に梃子摺ったものだ）。

だから競馬中継を観る者も聴く者もおらず、競馬の話題を口にしようものなら、人間のエゴで鞭を鳴らして馬に金を賭けて走らせている、などと軽蔑されることすらあった。鞭で馬の肩や尻をたたいて乗馬訓練をしている連中から、だ。

そんな私のジレンマを見越したかのように、ある日、不意にナカタがやって来る。

一九七八年の二月の土曜日、乗馬クラブは凍てついて閑散としていた。

朝の厩舎作業もひと区切りついてクラブハウスでコーヒーを飲んでいるところに、七四年式B型の白と黄色のツートンのランクルが駐車場に走りこんできた。

とっさに立ちあがって表に走った。

「よう、居残り！　元気にやっているか。スタッフルームに置いてあったおまえさんの身上(しんしょう)を持ってきてやったぞ」

ナカタが運転席から降りて競馬新聞をかかげる。走り寄って手をとった。

「ヤブサメ」の店主と常連客の二人が、次々にランクルから降りてくる。

「よう、ギャンブラー！　元気そうだな。いい競走馬を育てているか」

店主が茶化した。

クラブハウスの窓から、ママさんが「みなさん、コーヒーをどうぞ」と言う。

「いただきます！」

ナカタはまっさきに声をはりあげた。それからクラブハウスのなかの揺り椅子に座っている主人、通称ボスにむかい、トレードマークの野球帽を脱いで深々と頭をさげる。

「社長すみません。まことに突然で恐縮ですが、今日と明日の夜、ジョージを拝借できませんか。またかならず撮影でこちらを利用させていただきますので、それに免じてぜひとも……」

揺り椅子から身を起こしたボスもカウボーイハットを脱いだ。ハットで隠れている部分の額は白く、顔は黒い口髭が見分けがつかないほど陽灼けしている。

「暇な時期ですし、ジョージは休みをとってないので、どうぞ煮るなり焼くなりお好きなようにしてください」

ボスは寛容で私と話も合った。

私がクラブに来たいきさつを乗馬客から訊かれるといつでも、「ある日、テレビ局が置き去りにしていってしまったんです」と笑わせている。

ボスこそはアメリカン・スタイルの乗馬クラブの先駆者であり、私の師匠でもあった。乗馬技術にかぎらずクラブに集まる様々な人間の人となりも伝授してくれた。

「近くのペンションを予約したから今夜は宴会だぞ」

ナカタは眼を細める。

「どうせ競馬予想でしょ」

「明日は京都記念春、エリモジョージが走りますよ」

「気まぐれで負けるかもよ」

「少頭数で鉄板よ！」

「得意の鉄板ですか。かわらないねえ」

そう言うと「ヤブサメ」の店主が割って入る。

「七六年の京都記念秋を五番人気で勝ってから、七連敗。去年、中京でひとつ勝ったけど、また二連敗中。明日もあやしいな、気まぐれは」

「そんなこと言うなって。ジョージもこんなに元気にやっていることだし、明日は鉄板よ」

思わぬ珍客と酔って競馬まみれの一夜を過ごせた。

気まぐれジョージはナカタの期待を裏切ることなく二番人気で勝ち、遠く訪ねて来てくれた友人と私を喜ばせた。

それから鳴尾記念二番人気一着、宝塚記念二番人気一着と三連勝して、ナカタをよほど潤わせてくれたことだろう。そのあとは持ちまえの気まぐれが炸裂して、高松宮杯一番人気八着、京都大賞典一番人気四着、京都記念秋一番人気六着と三連敗した。

ナカタをひどく失望させたに違いなかった。


「ざっと五十万円。有馬記念で勝負する。ジョージ、つきあってくれ」

その年の暮れになり、ナカタから唐突な電話があった。

私は乗馬クラブから休暇をもらって東京行きの列車に乗った。

ナカタは第二十三回有馬記念の指定席を手に入れたと言う。

そして、「有馬記念ではエリモジョージは人気を落としているから今回が狙い目だ」と。

叔父と観戦して以来の有馬記念に、ナカタの車で二人してむかう。

車中、亡くなった叔父との思い出や三冠馬シンザンを観たことを話したが、ナカタは年末の大一番をまえに口が重い。

「ほんとうに五十万も勝負する気？」

「そのつもりだ。今日で競馬やめてもいい。みんなの金を集めたんだ。もう、あともどりはできない」

「撮影スタッフの？」

「ジョージも知っているいつもの連中の金さ。みんなボーナスも出たから、エリモジョージの単勝と複勝に乗った。それとヤブサメの連中からもたのまれた」

「まあ、複勝で押さえておけば安心かな」

「そう思うか」

「いまのところ三連敗中だから、そろそろ怖いしね。それにしても大博打だなあ。自分の予算は幾らなの」

「おれのはたいしたことない。京都記念秋で勝ってからエリモジョージは三連勝したけど、そのあとが一番人気で三連敗だからな。資金不足だよ。夏競馬もパッとしなかったし。みんなから、いつもの買い役分をもらうさ」

「なんか弱気だなあ。らしくない」

「実はよう。ここのところ体調がよくなくて、会社の定期健診で肝臓が悪いって言われてしまった。だから酒も飲んでなくて、そろそろ競馬もひかえようかと思っている」

「だったらなおさら、大勝負は神経によくないよ。いくら人の金でも」

「だから、おまえさんと来たかったんだ。ゲンがいいから、な。馬屋にいるジョージと一緒にジョージで勝負だ」

これもナカタ流のケントク買いなのだろう。

こうして他人の置かれた環境や運に便乗しようとする博打うちのなんと多いことか……。私にしてもそうではあったが。

「……そんなの荷が重いって」

ランクルは中山競馬場の駐車場に着き、ナカタは深緑のアーミージャケットの内ポケットに手を入れて財布を確認した。

場内はごったがえしていて立錐の余地もない。亡くなった叔父との思い出を手繰りよせることに精いっぱいで、ナカタの大勝負につきあえるほどのゆとりはなかった。


有馬記念の出走馬をパドックで下見する。名馬と名手の祭典だった。

一番人気の菊花賞馬プレストウコウの鞍上は郷原（ごうはら）、天皇賞馬グリーングラスと岡部（おかべ）、ダービー馬サクラショウリと小島（こじま）、そしてエリモジョージと福永（ふくなが）は五番人気。

激戦を予兆させるように、牽制しあう古馬の闘争心がパドックをみたしている。

「どうだい、エリモジョージの調子は」

「良くはわからない。悪くはないだろうけど、単騎で逃げさせてはもらえないと思う」

「メジロイーグルか」

「あの馬は絶対に端（はな）を主張する。エリモジョージは単騎だとしぶといけど、並ばれるとヘソを曲げる恐れがあるから」

「展開は速くなるかなあ」

「有馬で行ったいったはキツイなあ。単騎大逃げならまだしも。逆に牽制しあってのスローペースで前残りか。おれがストロングエイトで予想したときは、枠の２－８決着だったけど、あのときも牝馬一頭だしが２枠にいて、連にからんだ。今回も８枠のインターグロリアが牝馬の一頭だし。同枠にエリモジョージ。おれなら、８枠から総流しをする。８枠からなら相手はなにがきてもいいでしょう。ガミ（取損）はないから」

「そうだな」

深くナカタはうなずいた。

「でもさ、いまさら展開もなにもないじゃない。エリモジョージに乗ったんだから」

「ああ、まあな。返し馬のまえに買ってくるわ。混むから」

ナカタは券売所にむかって人混みのなかに消えた。

私は、８枠から二千円ずつ総流しをした。

複勝二頭買いなど邪道だが、８枠の二頭の複勝を一万円ずつ押さえた。

「そのまま！」と私は叫ぶ。

メジロイーグル、エリモジョージ、インターグロリアとつづき、レースはスローペースで流れて四コーナーを過ぎてもそのままの隊列だった。そしてエリモジョージは脚つきてさがったが、８枠同枠のインターグロリアは残して二着でメジロイーグルも三着。漁夫の利で突っこんだ人気薄２枠のカネミノブが一着。またしても２－８の枠の人気薄だ。

気まぐれジョージは七着に敗れ、となりのナカタが大きくはいた溜息が震えている。

そして私の腕をきつく握っていた。かける言葉が見つからない。

「仕方ないよ、気まぐれなんだから」

そう声にするのが精いっぱいだった。

「それより牝馬一頭だしは押さえた？」

気をとり直すように訊いた。

「……ああ、押さえたさ」

ナカタはつぶやいてから消え入るような声で、「はじめから8枠から総流しで、みんなの馬券は全部ノんだ（頼まれた馬券を買わないで、その金を自分のものにする）」と付け足す。

「え、どういうこと」

むき直るとナカタは、野球帽を脱いで額の汗を上着の袖でぬぐった。

「はじめからジョージとおなじ予想で、8枠から流すと決めていたんだ。それをパドックで言われたから怖くなってよ、インターグロリアの複勝だけは買いたした」

「で、幾ら買ったの」

「8枠からの総流しに五万円ずつ。インターグロリアの複勝にも十万」

確定して慄く。枠連が2－8で七千三百三十円。インターグロリアの複勝が五百七十円。

ナカタは枠連で三百六十六万五千円、複勝で五十七万円を獲ったのだ。しかも仲間から預かった金をすべてノんで勝負したとは恐れいる。

「これで競馬やめるよ。勝ったけどなんだか後味が悪い。はじめはみんなにエリモジョージの単複をすすめておいて、実はゆうべ予想をかえたんだ」

「気にすることないって。エリモジョージが単複にからんでいたら、ナカタさんがすべて払うんだから。逃げない限りね。これも競馬、勝負の世界だよ」

「ジョージ、一杯飲んでもいいか。運転してくれるか」

「もちろん、もう心おきなく飲んでいいんだよ。だけど肝臓が悪いならこれが最後の祝杯だよ。約束して。でないと今日のこと、おれ、みんなにバラすから」

「ありがとう。でも、やっぱり、飲むのはやめとこうかな……」

「どうしたの」

「夢になっちゃうといけねえから」

「おいおい、『芝浜』かよ」

脇腹をつついてやった。

ナカタは肩をすぼめ、内ポケットの馬券の入った財布を上着のうえから摑み、「東京に帰ってから換金するよ」と売店で缶ビールを買い、喉を鳴らして一息に飲みほした。

こうして馬券を頼まれた金をノんでしまうことも一か八かの博打ではあったが、人の金に頼っていることは紛れもない事実だ。

ナカタを気遣いながらも、のちに同じように人の金で競馬をする罪悪感が麻痺していく自分がいた。

第三章

1

フルフラットにした後部座席に敷いた寝袋のなかで、ふと眼ざめ、夢であってほしいと財布の中身を見る。そこに入れてあった札束はやはりもう無かった。負けたことが夢であってほしい。これまでのすべてが夢であってほしい。その幻のなかで眼をさますことが幾度もあったが、容赦なく現実に引きもどされる。

四十二歳になって定職にも就かずに金もなく、運からも見放された私は車上暮らしをしていた。九七年式ガンメタのランドクルーザー80ガソリン車にキャンプ用具を載せ、ぎりぎりのところで競馬で食いつないでいた。金が尽きれば車金融に頼るほかなかった。

車中泊の駐車場所を選ぶのはなかなか厄介で、場所によっては夜中に自動車警ら隊に窓をノックされ、職務質問(バンカケ)（コンバンハと声をかけることから）をされてしまう。

高速道路のサービスエリアだけは気がねなく安眠できる駐留地だった。

その日は府中（東京競馬場）で負けて茫然として彷徨い、中央高速のサービスエリアで、深夜に悪夢にゆすり起こされたのだった。

トイレに行って顔を洗い、自動販売機のホットコーヒーを飲んでから、サービスエリアから東京郊外の河川敷まで走った。思い出を辿ることは時として自らを苛めることになるのも覚悟のうえで。かつて私はそこで乗馬クラブを経営していた。そして結婚をして家族を作ろうとした。その河川敷はそういう場所だった。

二十三歳まで山梨県の乗馬クラブに世話になった私は、ひょんないきさつから思いがけなく秋川の河川敷に隣接する公園内に作った乗馬クラブのオーナーになってしまった。そこで、はじめて経営というものと直面して、その能力がまったく自分には備わっていないことを痛感させられた。

八ヶ岳の乗馬クラブのおない歳の同僚から、彼が所有するポニーを使って稼いでくれないか、という申し出があった。遊園地で子供たちをポニーに乗せて営業できないかと言うのだ。放浪の虫が疼きはじめ、ふたたび渡米したいと考えていた矢先だった。渡航資金欲しさに、すぐさま、その提案に乗った。

ゴールデンウィークまであと一ヵ月という時期、いったん乗馬指導から離れ、常連客の歯科大生の横須賀のアパートに泊めてもらい(彼は自室に電話を引いていた)、遊園地のリストをもとにポニーの曳き馬のできる施設探しに奔走した。私の乗馬の生徒から発展して交際をはじめていた彼女も親身に協力してくれた。

どこからもすげなく断られ、途方に暮れていたところ、駄目もとで室内プールを売り物にしている東京郊外の遊園地に電話をしてみた。対応してくれた副支配人は「支配人に相談してから、折りかえす」と内容を理解してくれ、「明日の午後なら支配人が面会できる」との返事がきた。

翌日、私は交際していた屈強な体軀に角刈りの支配人はこう言った。

待ち受けていた屈強な体軀に角刈りの支配人はこう言った。

「君はウチがこういう会社と知っていて来たのか」

遊園地の総支配人とは別の名刺をテーブルに置く。

競馬場を所有する会社の管理職も兼務する名刺だった。

「たいへん失礼しました」

よりによって競馬場も経営する会社に、「自分らの馬を使って稼がせてくれないか」と申し込んでしまったわけだ。

椅子から腰を浮かせる。

「まあ、待ちなさい。ウチも君の言うような営業をしてはみたいんだが、いきなり直営というのもなかなか障害があってね。一時的なテナントなら実験的な営業にもなるので、どうだろう、ゴールデンウィークの期間中やってみないか」

意外とあっさり承諾が出た。

遊園地から河川に沿って進む。そこには広大な自然公園があり、木立ちの合間には遊歩道があった。子供たちを乗せたポニーはその小径を曳かれることになる。敷地のはずれに使われていない温室があり、そのなかにポニーを繋留(けいりゅう)させることにした。

「君はどこに寝泊まりする？　むこうに宿泊ロッジも大浴場もあるけれど」

訊かれて、「ここで馬と一緒に寝ますから大丈夫です」と答えた。

「君は北国の生まれなのか」

白髪で細身の背広姿の品のいい紳士が、寝起きの私にいきなり問いかけた。

ゴールデンウィーク中は悪天候にたたられ、その日も雨だった。ふて腐れて温室にいるポニーの脚許のゴザのうえで新聞紙にくるまって寝ていたのだが、物音がして戸が開くと、その紳士と支配人と、とりまきの背広姿が数人立っていたのだ。

「北国ではありませんが、寒さには強いので」

身なりを直して立ちあがる。

「雨で馬をだせないもので、すみません、つい」

「この青年を見なさい。馬の糞尿にまみれて新聞紙にくるまって寝起きしながら商売をしようとしている。これこそほんとうのフロンティアスピリットだ」

興奮気味に白髪の紳士は言った。

「支配人、彼にもう少し施設利用の期間を延長してやったらどうだ。この天気では商売にならないだろう」と哀れんでもくれた。

聞けばこの紳士が競馬場と遊園地を所有する会社の社長だという。

まさに鶴の一声だった。契約が一年に延びた。私は渡米をあきらめ、チャンスに賭ける思いでそこにとどまった。便宜を図ってくれる支配人のお陰で稼ぎの場所を得たのだった。

馬の施設作りは専門企業だけあって、厩舎、事務所、宿舎と相次いで整備してくれた。申請の稟議（りんぎ）が承認されれば要望した施設が増えるという、夢のような環境がそこにはあった。リタイアした競走馬をもらい受けられるという特典までも。

温室での寝起きからわずか一年足らずで、いっぱしの乗馬クラブのオーナーとなった。さらに契約は更新され、厩舎の二階にはスタッフの寝室もできた。さらに丸太小屋のレストランも建ち、その二階には私のベッドまで用意してもらったのである。

まるで自分の手柄のごとくナカタは七四年式B型のランドクルーザーで、都内から客をはこんでくれた。週末には丸太小屋レストランのテラス席を囲み、「ヤブサメ」の常連らと何はばかることなく競馬新聞をひろげるありさまで、競馬をやめたなど嘘八百だった。

新宿のカウボーイマスターも乗馬仲間とやって来て、バーベキューなどを楽しんでくれていた。八ヶ岳のクラブの常連客も訪ねてくれ、温室の跡地に建った厩舎には十頭の馬が飼葉を食むまでになった。

馬とスタッフ、施設が増えればおのずと経費も膨らむ。そもそも社会通念にうとかった私にはひとりでそれを差配する能力がなかった。どうしても交際をしている彼女にスタッフの食事の世話や経理など、面倒なことのいっさいを任せきりにしてしまっていた。彼女もまだ二十二歳なのに酷な役割を押しつけていたわけだ。

そんな状況がどこからか伝わったのだろうか。ある日、私の両親がやって来た。

彼女を紹介して、レストラン二階のベッドを両親にゆずり、厩舎の二階でその夜は眠った。早朝にハナマエ（厩舎の前庭）を竹箒ではく音が聞こえ、そこに馬の嘶きがかぶさり、窓を開けてみる。

「馬が到着しましたよ」

寝室に置いてあった私の赤いバンダナを頭にかぶって掃除をしている母に言われた。

ゲートに競馬場からの馬運車が到着している。

「ご苦労さま」と母はゲートを開ける。その一連の動作からは年季の入った落ち着きが伝わってきて頭のさがる思いだった。クラブのスタッフも母のあとを追うように馬運車を誘導していた。

「経営という言葉の意味がわかるか」

朝食のあとに父から問われる。

腕組みをしてじっと私を見る父に、曖昧にうなずく。

「経理と営業が備わっていなければ成り立たないということだ」

父はしずかにお茶を飲んでからつづけた。

「おまえは営業には長けていると思う。でなければこんな大会社の一角をなんの裏づけもない風来坊には借りられないだろう。感謝すべきだ。しかし、経理という概念がまったく備わってない。ここを見まわしても無駄な物にあふれている。はたしてここに必要なのか、という物だらけだ」

「でも、こういう飾りもお客さんにとっては刺激になって嬉しいんでしょうねえ」

一八三七年式初代モデルからコレクションしているジョンディア・トラクターのメタルモデルの棚に、母は眼をむけた。

「まだ、軌道に乗れるだけの収入もなくてスタッフの皆さんに助けてもらっている状況なのに、個人の趣味などもってのほか。ここできちんと暮らしを立てるというのなら、彼女との将来を考えてきちんと誠意を示すべきだ。ご両親もいらっしゃることだろうし、そのうえで経理の部分でも助けてもらいなさい」

父は彼女を見た。彼女は黙ってうなずいてから、さらに深く頭をさげた。

こうして私は結婚をした。カウボーイマスター夫妻が仲人を引き受けてくれた。

披露宴での父の謝辞は、いま思い起こしても息子として誇らしい。言葉がよどみなく湧き出ながら、端的で迎合もなく、誕生したばかりの拙い夫婦を見守ってもらいたいという親の切なる願いにあふれていた。

テレビ局の衣装部から借りた礼服を着たナカタが、父の挨拶のあいだずっと泣いていたのがおかしかった。別居中のひとり娘のことでも想っていたのだろうか。

出席はなかったものの、支配人からも祝儀をもらい、これから乗馬クラブも順風満帆に進むだろうと誰の眼にも映ったに違いなかった。

2

靄の這う河川敷の暗がりにランクルを停め、金網のフェンス越しにかつての乗馬クラブの跡地に眼をこらす。外灯に照らされた芝生が茶色く枯れたままひろがっている。厩舎も事務所も跡形なく、丸太小屋レストランだけが闇のなかにうっすらとその輪郭を浮かびあがらせている。かたわらにあった馬場の埒は撤去され、オートキャンプ場の敷地が整備されていた。

夏の昼間、盆地特有の酷暑に疲弊する馬のために、馬場を囲む照明塔を要望すると、それが叶い、当時では珍しい乗馬クラブのナイター営業をはじめた。しかし、経営はしだいに行き詰まっていく。客は休日に集中するために平日の維持費との収支が合わなかった。売上の二十パーセントのテナント料も重い足枷となった。その埋め合わせのため、支配人に頼んで遊園地の会社が経営する競馬場でもポニーの曳き馬の営業を始めた。その売上に私はとうとう手をつけてしまう。

競馬開催日に数頭のポニーを馬運車ではこび、アルバイトを雇って内馬場で曳き馬をするその合間に、パドックと馬場とを行き来して、穴馬に入れあげつづけた。せっかく稼がせてもらっているのに、その場で返納するという、まさに愚かな行為にとり憑かれはじめていたのだった。

私の、それまでの競馬予想はあまり欲に囚われない閃き馬券だった。ところが、どうしても金を増やさなければならない競馬となったときからツキに見放され、足掻(あが)けばあがくほど勝ち目は予想の合間をすり抜ける。焦りが平静を奪う。胃はきりきりと痛む。

妻には打ち明けられずに孤立した。

ついには競馬場から払いさげられた馬を横流しして、それを元手に勝負した。

「おれにもっと甲斐性があったら、ジョージと一緒に経営に携わってやれるのに……」

そう言ってくれたナカタに泣きついて援助してもらい、その金すら溶かしてしまう。

まさに賭博常習者のお決まりの転落劇だった。

ゴメンナサイ（競走能力不足で引退）する馬を見に行ってくると妻に嘘をつき、隠し持っていた金で勝負した。

降りはじめた雨に濡れ、最終レースに負けて困憊し、馬場の埒沿いから引きあげる私に、ひとりの男がぶつかった。

「気をつけろよ！」

腹いせに怒鳴った。外れ馬券を丸めて地面にたたきつける。

「すんません」

坊主頭で太った男は背中を丸めて頭をさげる。

「すんません、ゆるしてください」

上眼づかいにふたたび詫びる男の鼠色のシャツは黒く雨に濡れ、熊のように背中を丸めた躰は締まりなく太っていて見苦しい。サンダル履きの裸足の爪も長くて汚い。

肉づきのいい丸い手の拳には黒くて硬そうな瘤があり、爪の汚れた指さきで数枚の馬券を握りしめている。よく見ると耳は格闘技をする者独特の変形の仕方をしている。この男の体内からは得体の知れない恐怖のにおいが漂ってくる。

「もう、いいよ。負けてつい怒鳴ってしまって……」

「はい、すんません」

男は背中を丸めたまま、そそくさと去って行った。

「どうかしましたか」

初老の警備員が歩み寄って来る。

「いや、大丈夫です」

「なにかあったら言ってください。いまの男は通称クマというジミヤです」

「ジミヤ?」

「地面を見て馬券を拾っているヤツだから、ジミヤですよ。落ちている馬券のなかにはけっこう当り馬券や取り消しになった馬の返還馬券もありまして、クマの野郎はそれ専門で拾っているんです。場内に落ちている馬券は本来、競馬場のものですから、ああやってコソコソとやっているわけです」

警備員の饒舌はつづく。

「中山競馬場あたりでは一年間で二千万円分くらい落ちているそうです。クマは土日には国営の馬場にも行っているそうですよ」

「凄いね、それが彼の仕事?」

「あれで嫁と子供を養っているというんですから。なにか騒ぎでも起こせばこっちも摘みだして出入り禁止にするんですけどねえ。いまみたいに、まあ腰が低いもので」

クマが本気で抵抗したら警備員が二人がかりでもかなわないだろう。

雨足が強まってきたので駐車場まで走った。

乗馬クラブに帰る車中、ジミヤのクマの姿が頭から離れなかった。

自分を圧し殺してでも馬券を拾って生業にしている。しかも家族を養っているという。にわかには信じ難い話ではあったが、思い起こせば、その姿を以前にも何度か見かけたことがあった。あらためてその貪欲な生き方に圧倒された。私にはそんな胆力もなく、ただ自暴自棄になっているだけだった。

飼料屋との取引が現金払いとなり、馬運車のローンが滞り、スタッフの給料は遅延し、その上彼らにも援助を頼むありさまで、その責任を放棄したくて逃げたがっている。

こんなはずじゃなかった、アメリカにもどって牧場で働くはずだったのに、そもそも自分には父が言うように経営者なんて不向きなんだ、と身勝手な言い訳ばかりを並べたて、逃亡を企てようとしていた。

路肩の公衆電話の前で停車して、農協への飼料代が滞っていることを理由に、母にはじめての借金を申しこんだ。

3

一九八三年のクリスマス、北米大陸は五十年ぶりの大寒波にみまわれ、テキサスの地平線は白く凍てついていた。六年ぶりにもどって来たアメリカの大地は懐かしい。

見渡すかぎりの荒野に、二十六歳の私はあらためて度肝を抜かれた。

八一年式の茶色いダッジバンは、うっすらと雪の積もったハイウェイを慎重に進み、煉瓦道の旧い西部の街並みの一角に停車する。板張りの庇屋根に蔽われた歩道に面した食堂に入った。ガスストーブがうなりをあげて店内を暖め、シーリングファンがそれを攪拌(かくはん)している。

赤茶けた日乾煉瓦の壁一面に幾つもの旧いテキサスの街並みの写真を飾ったその店で、私とヤスダと撮影スタッフは、商工会議所の会頭ポール・マッカラムと、この街の大物でロデオ会場オーナーの牧場主スティーブ・マーリンを待っていた。彼らの協力でロデオを日本に紹介する番組を作ることになったのである。

ひとつ歳上のヤスダはテレビ番組のプロデューサーだった。

彼が制作しているテレビ番組で、猛牛乗りのロデオに挑戦できる日本人を捜していて、私が抜擢されたのだった。かつて八ヶ岳の乗馬クラブに導入されたロデオマシンを使ったイベントで、私が乗り役をやっていたことが、ヤスダの耳に伝わったという。

ヤスダからの依頼は渡りに船だった。現実から逃避したい衝動に駆られる毎日だっただけに、そのテレビ番組の企画に救われた。

母から借りた百万円で滞っている支払いを減らして、この話に乗ったのだ。でなければその金も愚行に費やし、年末の競馬ですべて溶けていたことだろう。

ヤスダの制作した番組が放映されて私が世間に露出すると、物見遊山よろしく乗馬クラブはにわかに混雑しはじめた。だが、もうすでに私の思いはそこにはなく、テキサスの街や牧場主たちのことばかりが浮かんでくる。そんな背中をあと押しする事件が起きて、事態は決定的になる。

テレビ放映の影響でやって来たある一家族の幼稚園男児が、夜になって帰り支度をしている母親が眼を離したすきに、ひとりで厩舎のなかに繋がれたアラスカンマラミュート種の番犬に近づき（クラブには飼いきれなくなった客が預けていく犬がほかにも五頭いた）、立ちあがった犬の歯が彼の頬を刺してしまった。私は男児を連れてすぐさま病院に行った。親はしごく恐縮して詫びていたにもかかわらず、翌日になって業務上過失傷害罪で訴えられてしまう。

警察車両と捜査員と咬まれた子供の母親とその代理人がやって来て、厩舎や番犬の写真を撮りはじめる。尻尾を巻いた番犬は吠えることもなく怯えた眼を私にむける。頭を撫でてやるのが精一杯だった。

乗馬クラブの経営概要の説明と番犬を飼う意味、事故発生当時の時刻と状況、犬は繋がれていたのか否か、その鎖は何センチだったのか、咬む危険性のある犬だったのか……うんざりするほど杓子定規な聴き取りと調書作成が、警察署の狭い取調室で朝から夜までつづいた。

私は口のきけない犬を庇ったつもりだった。咬んだのではなく、戯れようとして立ちあがった拍子のアクシデントだったのだ、と。夜に子供から眼を離した親の責任は問われないのか。

なにを言っても自己弁護と受け取られるだけだった。

警察署から車で帰る途中、河川敷にさしかかったところで停車し、拳でハンドルをたたいて怒声をあげた。

刑事告発は不起訴になったものの、民事訴訟は長くつづいた。私は弁護士を雇えずに、自ら答弁書を綴って争った（そのあとテキサスに行ってからも裁判はつづき、途中帰国をしたりして裁判所に出頭することになった）。

心底嫌気がさした。その場所を引きはらう準備に入った。見透かしたかのように支配人が訪ねて来た。施設の責任者である支配人にも追及はあったはずだった。彼は多くは語らず、別れ際に無言で私の肩をたたいた。

彼らが与えてくれた好機も私は台無しにしていた。この事故がなかったとしても、博打で再起しようとした私の愚かさのせいで経営はつづけられなくなっていただろう。

学校も定職も放棄して身勝手気儘に、人との巡り合わせだけに頼って流転してきた自分が情けなかった。

私はふたたび逃走をはじめた。

ヤスダからテキサス州フォートワース市の商工会議所の連絡先を手に入れ、会頭ポール・マッカラムに手紙を書いた。テキサスに一縷（いちる）の望みを託して。

乗馬クラブのスタッフは離れ、馬と犬は常連客の伝手（つて）で余所の施設へと移っていった。

ナカタとカウボーイマスターには連絡しなかった。私の現状は誰からか伝わっているに違いなかった。

一九八四年、妻を日本に残し、親への挨拶もそこそこにテキサスへとむかった。

成田空港まで車で妻に送ってもらう道すがら、山桜の花吹雪が見えてふりかえると、泣いている妻の顔が眼に入った。彼女と二人でポニーの曳き馬のアルバイトを始めようと車中で語った夢を放棄して、私はひとりで逃げる卑怯者だった。

4

幾重にも折り重なる緩斜面の牧草地の草を食む牛の群れが、陽炎のなかを少しずつ移動している。窪地に群生するメスキートの低木の陰では放牧された馬たちが尻尾を振り、わずかな涼をとりながら休息していた。

風車櫓のブリキの羽はきしりとも動かず、強い陽ざしに晒されている。

テキサスロングホーン牛の頭蓋骨を吊るした牧場ゲートを、ポール・マッカラムが運転する八〇年式GMCの青と銀のツートンのサバーバンがくぐり抜ける。すると三匹のブルーヒーラー（牛の踵を咬んで群れを操る牧羊犬）が走って来る。

車から降りたポールが手をあげる。膝下までのカウボーイブーツを履いた長身の牧場主スティーブ・マーリンが拍車を鳴らしながら歩み寄り、二人は握手をする。

それから牧場主はセイウチのように両側に長く垂れた口髭をゆらし、南部男独特の鼻濁音で、「よくもどって来たな」と私とも握手した。

ポールとスティーブの二つのカウボーイハットの影が草地に落ちる。

テキサスにもどった意味をあらためて自問する。もう、乗馬クラブで指導をするなどまっぴらだった。この地でカウボーイとして働く決心でやって来たのだ。

しかし、その意気がりも、たった一日で打ちのめされてしまう。

テキサス州フォートワース家畜取引所（ストックヤード）から西へ二十マイルの丘陵にあるウエストフォーク牧場では、牧童頭のロイを筆頭に、荒馬乗りロデオチャンピオンのボー、私と同世代のニック、そしてメキシコ人の老牧夫のダンが働いていた。スティーブと幼なじみのダンは、電動カートに乗って下働きをするメキシコ人のヘルパーとは違い、馬で作業に出られる稀なメキシコ人牧夫（バケーロ）だった。

ニックと同室のベッドと五歳騸馬の栗毛馬と鞍をあてがわれ、私のテキサスでの暮らしがはじまった。その初日の早朝から馬に鞍をのせて作業に出た。

風車櫓の地下水の汲みあげポンプの点検と、放牧されている牛の群れを見まわるのが仕事だった。ロイ、ボー、ニック、そして私の背後にはダンがつづき、一行はゆっくりと馬を歩かせる。

うねる牧草地のむこうから朝焼けが大地を赤く染めはじめた。

やがて先頭のロイのカウボーイ姿が草地の斜面に長く影をひき、私は自分の影をふりかえる。馬の影が大きく頭を上下に振り、鼻息を吐きながら、緑の緩斜面を登る。その馬上の影はあきらかに自分そのもので、私はその大地に存在していた。

うれしくなってしまい、チッチッと舌鼓（ぜっこ）を鳴らして馬を急きたてる。馬はそれに応え、歩きから速足にかわる。つづいて軽い駆け足になって私は頬に風をうけ、馬の鬣（たてがみ）はゆれた。

これ見よがしに得意満面でロイの横まで駆けあがる。

「乗馬を楽しみたいのなら乗馬クラブにでも行ったらどうだ」

ロイは地平線のさきを見すえたまま言った。

頭から冷水をあびせられた思いで狼狽（うろた）え、ニックを見やる。

ニックはとっさにうつむき、上衣の襟を右手で立てた。

私はいったん立ち止まってボーとニックをやりすごす。ダンが横に並ぶ。メキシコ人老牧夫は眼尻の皺をさらに深く刻んで頬笑み、庇ってくれた。

「ここでの一日は長いから相棒の馬をいたわってやりなされ」と。

すべてがあべこべだった。

日本の鋸は引いて切るが、そこでは押して切る。

馬の調教方法も考え方も日本とはまったく異なっていた。馬が頭を上げてしまえば手綱を引き下げるのではなく、逆に馬の頭の上からさらに手綱を上に引っ張る。もしくは馬の頭頂部を拳でコツコツとたたく。それを嫌って馬は頭を下げる、という考えで、馬の心理を最大限に利用しての合理性が最優先され、労力を最小限にするというものだった。

そんな環境で、私は徹底的にテキサスの牧童精神を尊ぶ暮らしを送っていた。週末には牧場内のアリーナや、家畜取引所のある街に牧場主スティーブが所有するロデオコロシアムで猛牛乗りに挑戦させられ、カウボーイの意気地をたたきこまれていた。

妻からの手紙には、乗馬クラブを放棄して逃亡した私に非難の声が集中していて、彼女も肩身が狭いということが書かれていた。妻は乗馬仲間の紹介で、六本木にある飲食店のマネージャーとして働きはじめていた。

その店に、私の不始末を清算しに行く者はいないだろうかと急に不安になった。

私は一頭の馬を二人で所有している客のひとりから、所有権の売却を頼まれ、結果的にその金を競馬にあててしまうという為体（ていたらく）だった。その客は地元の地方公務員の老紳士で、土日しかクラブに来なかった。月曜日にほかの客に売れた所有権の八十万円を持ったまま競馬場に立ち寄り、三日間ですべて負けてしまった。

勇を鼓して老紳士に打ち明けたが、まだ半額しか返せていなかった。

ある日、家畜取引所の脇にある画廊で、一枚のリトグラフを見つけた。

老牧夫がもう乗れなくなった老馬の蹄鉄を外して放牧にだす絵だった。描かれている老牧夫は私が迷惑をかけている老紳士に背格好が似ていた。三十五ドルの額装付きのその絵を購入し、手紙を同封して当人に送った。絵の解説もそえて許しを求めたが返事はなかった。まさか妻が責められはしないか、気が気ではなかった。

5

「ロスアンゼルスに行くけど会えない？」

東京の女友達からの手紙に、妻への後ろめたさを振り切り、なんとかもらった休日と蓄えた幾ばくかの給料を、その日のために費やすことにした。

テキサスにも慣れたころで、いっそこの機会に西海岸を再訪したかった。

八ヶ岳の乗馬クラブと私のところでレッスンを受けていたカナは洋服の販売員で、友人との女二人旅でサンタモニカに宿泊していた。

ルート六六の終着点の桟橋の見えるホテルを訪ね、カナのために八三年式の黒いマスタング・コンバーティブルをハーツレンタカーで借りてドライブした。

ディックの面影を追いながら、かつて彼が住んでいた白い板壁の平屋のまえを通過して海岸に沿って走り、そこからダウンタウンを巡った。春の西海岸の空気にひたれた。

テキサスでの厳しい寒暖差と乾きのなかで、大動物のにおいにまみれた牧場暮らしから束の間でも解放された喜びに浮かれる。しかもひさしぶりの日本人女性だったことも加わり、サンタモニカに帰ってからの海辺のシーフードレストランで、私は酔った。

その夜は二人の部屋に泊めてもらい、私はカナのベッドで一緒に寝た。おとなしく眠れるはずもなく息を潜めながらじりじりと迫った。

彼女はとなりのベッドを気にしながらも小刻みに乱れはじめ、とうとう交わった。

翌日はサンタアニタパーク競馬場が開催していたので、二人を案内すると意外にも喜ばれた。ディックやジェフがいるかもしれないというわずかな期待もあったが、それらしき姿は見つからなかった。

二人に場内を散策させるその裏で、航空券、レンタカー、食事と見栄で費やした分を回収しようと私は躍起になっていた。帰りの航空券は買ってはいなかった。少額で本命馬の単勝や複勝に賭けても埒はあかず、決断しあぐねているところに彼女たちがもどって来た。

「ねえ、何年生まれ。干支は？」と二人に訊いてみる。

「わたしは巳年だよ。どうして」とカナが言った。

「巳年はギャンブルに強いから。それに金に困らないっていうのを聞いたことない？」

巳年の女性と交わると自然と勝ち目が浮かんでくる。日本のギャンブラー作家がそんなことを書いていたのを思いだしたのだ。さすがにそれは口にできなかったが、巳年の彼女の力にすがってでも勝ってきり抜けたかった。

「気になる馬はいる？」

走路に出てきた馬をカナに見てもらう。

「わたしは2番の馬がいいな。芦毛が好きだから」

オッズも気にせずに2番の馬の単勝を十ドル買ってみる。

するといとも呆気なく、２番の馬は勝ち、三倍の配当がついた。

カナたちは手をとって喜びあい、次のレースの出走馬に意識を集中する。

ふたたびカナの目に乗った。ビギナーズラックはつづかず、三着に敗れた。複勝で勝負していればと彼女たちは悔しがった。たしかに出目は捕らえている。私にはそう思えてならなかった。

ホテルに帰って私は部屋をとった。

二人は翌日には帰国してしまう。そこで深夜にカナを自分の部屋に招いた。

もう彼女の連れには気がねなく大胆に、生身の巳年を幾度となく攻めた。

馬乗り、騎乗位、思い当たる縁起のよさそうな体位を駆使した。すべては明日の競馬のために、と倒錯した思いにまみれながら。シャワーは浴びずにカナの体液さえも明日につなげた。

LAX（ロスアンゼルス）空港まで二人を送り、交互に抱擁してから別れた。

そこからサンタアニタパーク競馬場まで一目散にマスタングを走らせる。

パドックで昨夜の交わりの余韻にひたりながら、集中する。勝つ気にあふれていた。

手はじめに穴馬に複勝で張ってみる。ジーパンの左前のポケットに馬券をしまう。昔から縁起のいいポケットだ。勝てた。やはり巳年のギャンブル運は侮れない。

つぎに眼をつけた馬の単勝と、その馬からの馬連馬券を買い、また左前のポケットに入れる。そうすることで、単勝が当たればその熱が馬連馬券を引っ張ってくれるのだ。

負けてしまったが、三着で複勝には絡んでいる。複勝なら勝っていた。巳年の運は間違いない。つぎの馬は複勝にして、右前ポケットにしまう。そうやって、その日にツキのあるポケットを探してみた。その運試しは、一九七九年一月にサンタアニタパーク競馬場で劇作家でハリウッド俳優でもあるサム・シェパードがやった手法に倣ったのだ。「たった二日間で八十二ドル八十セント負けた」と彼は自身の著書『Motel Chronicles』のなかで記述している。

巳年の恩恵はたったの一度だけだった。躰中のポケットを馬券は一巡したが、その日、ツキはどこにもなかった。帰りの飛行機代はおろか、長距離バス代の最後の五十ドルにまで手をつけて、すべてをすった。

マスタングのエンジンを回し、屋根をオープンにする。精一杯の虚勢。もう金は尽きていた。

サンタモニカでレンタカーを返却してもどってきたのは十ドル足らずだった。

桟橋近くのデリでトーストとスープをとってから、テキサスにコレクトコールした。

牧場主に給料の前借りを申しこむ。

「仕出かしちまったか、マイカウボーイ」

TEXAN（生粋のテキサス人）の鼻濁音で呆れるスティーブだったが、郵便局留めで小切手を送ってくれることになった。ただし手許に届くまでには二日かかる。

かつてのディックの家まで歩いてドアをノックしてみた。

顔をのぞかせた老女は彼とは無関係で、ここでもあてが外れてしまう。ディックの新居の住所を持っていないことが、悔やまれた。

桟橋のしたの砂地で石垣に背中をもたせ、カーハートの辛子色の上着のボタンを首までとめてうずくまり、夜を過ごす。波音に浅い眠りを遮られて腕時計を見る。針は遅々として深い夜を停滞させていた。カモメの啼き声があざ笑っていた。

翌日も、水とサンドイッチ一食をとってから浜辺をふらついて時間をつぶす。

午後になって郵便局に行ってみたが小切手はまだ届いていなかった。

後先を考えない見栄の代償は大きかった。下半身がにおっていたので、交わったホテルのロビーのトイレで洗った。

日本との時差を計って公衆電話から妻の声を聞こうとした。私の不始末の尻拭いをしながら働いている彼女に、この醜態をごまかす言葉は見つからなかった。思いとどまり、また桟橋のしたにもどった。その夜は霧が巻いて冷えこみ、ほとんど眠れなかった。

翌朝、頭上の路肩のざわつきに眼をむける。停車した教会のシボレーのステップバンの後ろ扉が開くと、どこからともなく集まっていたホームレスたちにパンとスープを配りはじめた。

冷えて痛む膝をさすりながら近づいて行って手をだしてみる。

「余所(よそ)もんは退(ど)きやがれ！」

汚れた老人から突き飛ばされた。気恥ずかしく、すごすごと退散するほかなかった。

ようやく午後になって小切手が届いたとき、躰はきしみ、空腹でフラフラだった。

銀行口座が持てずに給料が振りこんでもらえないメキシコ人不法就労者たちの罵声が飛び交う場末の両替所の列に並ぶ。分厚い防弾ガラス越しに小切手を現金化できたときには、ほとほと疲れて目眩がした。

牧場主への感謝と後悔のなかでテキサスに帰った。

ＬＡＸ空港から電話してあったので、ニックが快く、ＤＦＷ（ダラス・フォートワース）空港に彼の白いフォードＦ－１５０ピックアップで迎えに来てくれた。

すでに大地は暗く没し、フォートワースの遠いビル群がその輪郭を照らし出している。

「すまない、ニッキー」

「You Bet!?（賭けるか）そんな気はさらさらないさ。それより西海岸での友達との再会は楽しめたのか」

「まあ、そこそこには」

「たった一週間足らずでも都会の風にあたればテキサスが恋しくなっただろう」

カーラジオからニックのお気に入りの曲が流れて、彼はボリュームをあげる。

「それがテキサスの真実。離れて焦がれる故郷の遠い地平線……」

ニックは歌詞に合わせて唄った。

「どうだ、一杯ひっかけてから牧場に帰るか」

尖った顎さきを家畜取引所のある街の方向にしゃくった。

「そうしよう。おれから奢るよ」

「ノープロブレモ」

得意のメキシコ訛りでそう言ってから、「ジョージが帰ってこないって賭けた連中の金で飲めるさ」とニックは片眼をつむってみせた。

「おまえに賭けたのさ。すぐに帰ってくるほうに。女に会いにテキサスを離れて西海岸まで行った奴が帰ってくるわけないって言った連中と、おれは賭けたんだ」

「女と会うなんて言ってなかっただろう」

「よせって。どこのどいつが野郎に会いに西海岸くんだりまで行くものか。おれたちはカウボーイだろうよ、ジョージ」

ハイウェイを降り、煉瓦道の街並みにむけてニックはハンドルをきった。

「Mammas don't let your babies growup to be cowboys……（お母さんたち、あなたの子供はカウボーイだけにはするなよ……）」

スティーブの友人でもある、テキサス出身のウィリー・ネルソンの歌声が流れてきた。

ニックは私の肩を摑んでゆさぶり、雄叫びをあげ、ロデオコロシアムのかたわらの酒場の駐車場にピックアップを突っこんだ。

「Yee Haw!（イーハオーッ！）」

6

「なぜ、テキサスに行ったんですか」

訊いてきたのはイガラシと名乗る細身の背広姿の編集者だった。無駄のない骨格に神経質そうで注意深く、それでいて芯に気骨のある一面を窺わせている。

一九八九年、三十二歳になっていったん帰国した夜のことだった。

妻が働いていた飲食店に行き、そこで紹介されたのがイガラシだった。私のカウボーイ姿が奇異に思えたらしい。誘われて同席した。そこで彼からの質問に酔って饒舌に答えた。

「面白いなあ。こんどウチの会社に遊びに来ませんか」

「行ってもいいんですか」

「やめてください、イガラシさん。ほんとうにどこにでも行ってしまうので」

妻は顔を横に振る。

「大丈夫ですよ。食事でもしましょう」

「すき焼き、ご馳走してくれますか」

身を乗りだすと妻が「ほんとにやめて」と両手で自身の顔を蔽う。

「すき焼きでも、しゃぶしゃぶでもご馳走しますから」

静かに笑ったイガラシの会社を、数日後に訪ねた。

約束どおり、彼は昼食にすき焼きをご馳走してくれた。その席でさらに踏み込んで訊ねられた。


脚色なくテキサスで出会った人物の一人ひとりを、愛着を持って話した。

彼らにとってはごくあたりまえな暮らしむきもイガラシにとっては大きな興味の対象で、彼の職業意識をさぞ刺戟したのだろう。

「ここで話していてももったいないので、それ書けないかなあ」

「文章にですか」

「そう、テキサスの街やカウボーイの話を。ウチの雑誌の読者はけっこう世界のあちこちに行っている人が多いけれど、こういった特異な話は彼らの新しい好奇心をそそるんじゃないかな」

「おれ、書いてみます。牧場で暇な夜にむこうに持っていった好きな作家の翻訳本をノートに書き写してひとりで盛りあがっていたから」

「その街やカウボーイのことを、いま喋ってくれたように書いてみてください」

妻の家で（自分の住まいという実感がなかったし、またテキサスにもどる気でいた）、北米大陸でのテキサス州の位置づけやカウボーイの街の様子、彼らの習慣や所作を原稿用紙二十枚ほどに書いてみた。

一週間ほどで仕上がり、イガラシに届けた。

彼はたいそう喜んでくれ、推敲（すいこう）をして掲載してくれた。思いがけずに原稿が売れたことに戸惑った。誌面にスティーブやニックが実名で登場している。不思議な感慨があり、文章表現の楽しさを知った。

彼がついで私に課したのは、なぜカウボーイに憧れてテキサスに行ってロデオにまで挑戦したのかを、小説仕立てで原稿用紙百枚に纏めてみないかというものだった。

人生ではじめて貰った原稿料で中古のワープロを購入して、さっそくイガラシからの課題にとりかかった。一ヵ月のあいだ部屋に籠り、小説らしきものを書きあげた。

イガラシに渡すと、また喜んでくれ、推敲のやりとりがはじまる。原稿は八十枚に凝縮されてなんとか読めるかたちになった。

書きすすめる過程は随分と勉強になった。テキサスでの暮らしが文章に表現されていくことの喜びを噛みしめ、幾度も読みかえしては、舞台と登場人物たちの個性と存在を表現する作業に没頭した。高校の授業をとことん放棄してきた自分が、こうして机にむかって文章を書いている。もとよりそれを喜んで褒めてくれる人がいる。それこそ私にとってはじめての経験で、ふと気恥ずかしくなった。

「これを仕上げたら、小説誌の新人賞の公募に送ってみましょう。大丈夫、きちんと書けていて面白い。それに時代性がある」

テキサスから帰ってたったの半年だった。まだ大動物と過ごしていた環境からの変化にもうまく馴染めてはいなかった。だが書く行為自体が楽しかった。なにも知識のないなかで書いたが、それが小説誌の新人賞を獲った。

自らが穴馬で、そこに自分で賭けて勝利したかのごとくドーパミンが分泌して酔った。

身の回りはガラリと一変した。新聞や週刊誌、写真誌、機内誌で紹介される度に乗馬クラブを放棄したことで疎遠になっていた人たちから妻を介して連絡があった。もちろんナカタやヤスダやカウボーイマスター夫妻とも蟠(わだかま)りなく再会できたのだった（あとになって知ったのだが、高校の担任だったカマタ先生は受賞作をコピーして校舎の廊下中の壁に貼ったそうだ）。

イガラシの職業的な目論見どおり、テキサス州やその界隈の州の風物に日本人は触手を伸ばしはじめていた。当時、好景気を享受していた日本人の間では、それまで馴染みの薄かったニューメキシコ州の州都サンタフェの街角で撮られた写真集がヒットし、南西部の荒涼とした風景やネイティヴアメリカンの絵画や素朴な工芸品に注目が集まっていた。

その渦中に私はアメリカの辺境から帰国して新人賞作家になった。

ところが予想外の人脈や泡銭を得られたことで、しだいに自制心を失っていく。文章を書いて生きる、という確乎たる信念も覚悟も備わってはいなかった。日本人にしてはいささか特異な経験があるというだけで、そこに好奇の眼がむけられ一時的に舞台に上げられたにすぎなかった。

それでも執筆の依頼は引きも切らずにあった。原稿用紙のマス目を埋めてさえいれば人間関係も金銭も均衡は取れていた。エッセイやコラムや短編小説といった連載八本とは別の依頼原稿の執筆や取材に出むくなか、出版界、芸能界（新人賞を貰ったことで、八ヶ岳の乗馬クラブで出会って以来の親交があった俳優の紹介で、彼の所属会社に籍を置いていた）、競馬界へと拡がった人脈にあやかりながら、女と馬の尻を追いかけていた。

面白いくらいに異業種の女性から興味の目をむけられた。なにも誘わない手はなかった。

競馬は潤沢な元手があれば、より大きく賭けることができる。勝負しない手はなかった。

小説の世界に誘ってくれたイガラシにもだんだん克明な報告を避けはじめ、あるかぎりの誘惑と快楽とギャンブルの渦に飲みこまれていった。

世のなかでは狂うほど度を超えたマネーが行き交っていた。どうすれば平常心を保てただろうか。まだ未熟者だった自分をおさえる術などなかった。

海辺の町に妻と引っ越していたが、そこには帰らずにホテルに籠ってひたすら悦楽にふけりながらも、かろうじて約束の原稿だけは書いていた。

競馬界も前代未聞の好景気に浮かれていた。

競馬場はアイドルホースの単勝馬券を求めるコンバットブーツを履いた女子らで溢れ、混雑のあまり券売場の流れが滞って常連客が苛立っているという時代だった。

中山競馬場の入場者数レコードが塗りかえられた第三十五回有馬記念開催日の早いレースで馬連一点に六十万円を賭けた私は、二千円の配当を得て千二百万円に増やした。元手だけを財布にもどして次のレースでさらに一点勝負したのである。

千載一遇の勝機の予感。とりまきへの虚勢もあった。そこに、「意気地」のあと押しがあって、大勝負に打って出た。しかし、長い写真判定の結果、一着三着に敗れてしまう。勝てば一億円を超える払い戻しになるはずだった。

平気な素振りをした。ほんとうは胃液が逆流して心臓を吐いてしまいそうな嘔吐き(えずき)と動悸がおさまらないのだが、震える指さきを悟られたくなかった。二着同着で半額の配当でもいいからと、くつがえるはずもない確定画面をしきりに見なおした。

次の大勝負への意気地を昂めた、などと周囲には大口をたたいてみたものの、ひとりになるといつまでも引きずった。せめて半分は残しておけばよかった、と。

それ以来、写真判定で負けるともう気が乗らずに、勝てなくなった。写真で負けた日はツキに見放されている、さっさと切りあげよう、と自分にルールを課した。それでもそんな決めごとはしばしば破られ、未練がましくチョロチョロと張っては空っ穴になってしまうことの繰りかえしなのだが。

この勝負のいきさつを肴に競馬雑誌の編集者と飲んだら、後日、彼からある大物馬主との会食の場をセッティングされた。

ミヤマと名乗るエネルギーに溢れたその人物は、その時代を代表する名馬を所有していた。本業は不動産業だったが、ゴルフ場も所有していた。

ケントク買いの出目の面白さを話したところ気に入られ、競馬場にもお供するようになった。そこでの彼の払い戻し額は五千万円に及ぶこともあり、私の勝負など足元にも及ばなかった。

ある日、ミヤマから銀座の店に誘われる。

彼はその店のホステスとマカオに行くから通訳として同行しろと言う。

「だれでも気に入った子を呼びなさい」

ミヤマは私に言い、ママにもそれを指示する。

店内を見わたして好みにかなったホステスを指さした。

ママに呼ばれ、ユキと名乗るそのホステスがとなりに座る。

こちらミヤマさんのお知り合いのサッカのセンセイだから、とでもママがユキに耳打ちしたのだろう。

「えー、凄い！　サッカーのセンシュなんですか？」

「そう、ヨミウリのフォワードだよ」

私が答えたところでミヤマが豪快に笑った。

「面白いなあ、二人はちょうどお似合いだ。来週末から四人でマカオに行くから、君も支度をしておきなさい」

「え、わたしもですか？」

ユキは大きな眼をキョロキョロさせた。

さながら湯水のごとく金を使うとは彼のことをいうのだろう。
ミヤマはバカラに高額チップを際限なく張りつづける。しだいにチップの山は堆く積まれてそびえ立ち、二日間で三億円を手にした。気をよくした彼は滞在日数を延ばし、プライベートジェット機を仕立ててラスヴェガスに飛んだ。

私の追憶は一気に遡る。大敗したディックの姿や娼婦のエレンの肢体、マリファナでのトリップ。このラスヴェガス再訪は私にとって本意ではなかった。ディックのポルシェではじめてアメリカのハイウェイを走った思い出を辿りながら、いつか再訪したいと思っていたのだった。こんな短絡的にやって来てしまった戸惑いと時差のせいもあってまだ上手く焦点のあわない私を尻目に、ミヤマはブラックジャックに没頭していた。

そこで彼はなんと二億円負けた。しかし、マカオでの勝ち金は国外に持ちだせず現地のカジノに残したままだった。ラスヴェガスのカジノホテルのピットボスにそれを伝え、マカオまで集金に行かせた。連中はマネーローンダリングできるのだ。

こうしてミヤマは愛人との旅を満喫したのだった。

私はといえば、均整のとれた容姿の二十七歳のユキと戯れたことが唯一の収穫で、あとは疲労感ばかりが募る旅だった。

「マカオに一億残してあれば安心だろう」と帰国の途でミヤマは言っていた。

彼は好景気の崩壊とともに消息を絶ったが、マカオに残した一億のキャッシュのことは、いまでも気にかかっている。

書き手という職業を得て、たったの一年あまりで妻と別居した。気兼ねなく遊びたい一心で私から頼んでのことだった。

彼女は実家の近くに部屋を借りて引っ越して行き、私は見かけ上は海辺の家に残った。

映画雑誌で対談した女優やユキとの逢瀬を重ねているうち、テキサスに独りで逃げた卑怯者を待っていてくれた妻をふたたび裏切ったのだった。

「テキサスに行ったことは許せるの。わたしも好きな馬の仕事だったんだから。でもなに、帰ったらいきなり作家とか、私の知らない世界で、しかも女をつくって遊びまわって……」

そう言った彼女にもどうやら頼れる相手がいるようだった。

いつでも待っていてくれた妻が（私から持ちかけた別居中に）、自分以外の男に魅かれていた現実を知り、それを受け止められなかった。ひれ伏して詫びたり、泣き叫んだりして復縁を望んだが、そのどれもが独りよがりの薄っぺらな演技だった。失いつつあるものの代償の大きさを自覚していた。

離婚の兆しが二人を支配しはじめたころ、思いきって妻を北米大陸横断に誘ってみた。映画雑誌の取材をかねた旅だったが、彼女はすんなり承諾してくれた。出会ってからはじめての二人旅だった。修復のきっかけを作りたいという思いもあった。

西海岸からレンタカーを走らせ、グランドキャニオンを経て、サム・シェパードの『ライトスタッフ』の舞台となったアリゾナのモハヴェ砂漠の満天の星を見あげた。途絶えない流れ星の数に彼女は感動してくれた。

サンタフェの碧く乾いた陽光を浴び、タオスの西、アビキューの「幽霊牧場(ゴーストランチ)」にあったジョージア・オキーフのアトリエを訪ねた。そこでは偶然、『シティ・スリッカーズ』の撮影現場に遭遇して、主演のビリー・クリスタルと黒ずくめの悪役西部劇ガンマンとして有名なジャック・パランスと握手できた。

『天国の日々』のテキサスの大平原パンハンドル地方から南下し、辺境の町 Tokio Texas まで走り、そこから途方もなく平坦な綿畑を抜け、フォートワースを目指した。

かつての同僚たちとは牧場でバーベキューと夜の乗馬に興じて丘陵から町の夜景を眺めた。そして翌日は、「ディッキーズ」本社工場裏の駅でアムトラックに乗り、『パリ、テキサス』で降りた。そこでレンタカーを借りてフォートウェインに向かい、アーミッシュのキルトに包まれて眠り、そこからまたシカゴまで走った。

ふたたび列車に乗り、ニューヨークのグランドセントラル駅に降り立つ。アーサー・C・クラーク、アンディ・ウォーホル、セックス・ピストルズのシド・ヴィシャスと恋人のナンシー、トム・ウェイツ、ジャニス・ジョプリン、サム・シェパードとパティ・スミスらが暮らした「チェルシーホテル」に泊まって摩天楼を望み、ブロードウェイを闊歩するまでには一ヵ月を費やしていた。

レンタカー、バス、列車、飛行機とあらゆる移動手段を乗り継ぎ、船や馬車や馬にもゆられて北米大陸の横断を終えたとき、なにやら夫婦関係も修復したかに思えた。

ところが、この旅で彼女は踏ん切りがついたようだった。意思はゆるぎなく、日本に帰ると同時に現実に引きもどされたかのごとく、離婚手続きに入った。旅の途中にと勧めた、フェミニストのジョージア・オキーフの伝記が彼女の決心をより強くしたと言っていたが、出発まえから彼女の意思は固まっていたのだろう。一夜も交わることはなかった。

彼女が行きたがっていた大地を案内できたことで、私にも覚悟が整った。

妻と彼女の母の二人が私の実家を訪ねるまで、両親への離婚の報告を避けていた。

母はなげき哀しんで私に電話をよこしたが、ただ彼女の幸せだけを願ってくれた。

これで完全に箍（たが）がはずれた。それまでは抜け目なく冷静に勝てる競馬に徹していたのだったが、深追いをした挙句に大敗を繰りかえした。その不甲斐なさに泥酔し、帰宅して洗面所の鏡に映る自分に叫び罵り、腫れるほど顔面を殴った。

7

ナカタは独立して会社を興し、ロケバスと運転手を増やして羽振りがよかった。

賃貸アパートから近くの分譲マンションを購入して移り、快適な暮らしむきになっていた。

そんな彼を頼って一緒に競馬に没頭することで孤独と不安を鎮めることができたが、けっして離婚の痛手が癒されることはなかった。

ひとりになればさらに膨張して降りかかる。眠れず、ひっきりなしに寝返りをうつ夜がつづいた。心身の深いところで、去った人への感傷にとらわれていた。

子供こそいなかったが、はじめて作った、いや作ろうとした家庭を崩壊させた罪に対して、こんな形での復讐が押し寄せてくるものなのか。

夏の休暇まえの編集者との打ち合わせが連日におよんでいたころ、発作を起こした。海に面したレストランで、昼食の、パスタの皿をじっと見つめてしまったそのとたん、なにやら覚えのない感覚にとらわれた。

背後から後頭部の髪を引っ張られた感覚があった。なんか変だなと思いはじめて、そこで経験のない焦りにみまわれる。おれはおかしくなったりしない、と胸のうちでつぶやいた刹那、自分が狂ってしまうのではないかという恐怖に襲われる。その深みにどんどんと墜ちていく。

中座して洗面所に立ち、手を洗いながら、おれは狂ったりなんかしない……と鏡にむかって語りかけた。その瞳孔は繰りかえし伸縮して、掌には冷や汗が滲む。

そうだ海を見よう、ここは海なんだ、とテラスに出たものの、広がる青い海はしだいに灰色に陰りはじめて視界は狭まり、ホワイトアウトしていく。波音も消えた。

海にも救ってもらえないのかと思うと恐怖はさらに膨らみ、打ち合わせを中断してタクシーで自宅まで送ってもらった。不思議なことに羞恥心はあって、編集者に助けて欲しい、とは言えないのだ。ひたすらもがいて平常心を呼びもどそうとするしか手立てはないのだった。

家に帰って冷えたビールを飲むと少し気分が楽になった。

編集者は気遣って帰ったので、思いきって別れた妻に電話をした。

「なんだか気が変になってしまって、自分が狂ってしまいそうなんだ……」

「わたしなんか、いつもそうだったんだよ。気が狂いそうで。わかる?」

無言で電話をきって残っているビールを飲み干す。

すると気が大きくなり、なにをビビっているんだ、意気地がねえ! と叫ぶ。

トイレに駆けこむ。こんどは腹がくだっていた。

叔父から叱咤されてから自身を奮い立たせてくれた魔法のワード、「意気地」はもう通用しなかった。家の外に飛びだし、ただウロウロとそこらを徘徊しながら、気が鎮まるのを待った。

この発作は繰りかえされる。

思い詰めるとなおさら再発の兆しに怯える。そして深みに嵌る。

気のおけない相手と酒を飲むことで気は楽になるのだが、酔いに頼って喋る分、その反動はかならずやってくる。どの場面で反復されるかわからないので、そこにまた怖さが重なって不安が増大する。

北陸でホテル業を展開する企業（社長夫妻とは、カストロ首相にインタビューをしに行ったキューバのナショナル・ホテルのロビーで知り合った）のPR誌の連載を持っていたので、その打ち合わせのために日本海側を走る列車に乗っているときだった。車窓越しに海を眺めながら、ふと窓に映る自分の顔を凝視したらたちまちはじまってしまった。

挙動不審なまま通路を歩く。車掌室のまえで立ち止まり、次の駅で降ろして近くの精神病院に連れていってください、と言おうとしたが、それも羞恥心に遮られる。そこにワゴン販売がきたので缶ビールを買って席にもどり、一息に飲む。

さらにワゴンを追いかけ、ミニチュアのウイスキーボトルを買い占める。缶ビールも買い足す。窓辺の枠に並べたウイスキーとビールを交互に飲みながら、車窓に映る自分にむかってブツブツと言いきかせる。狂ったりなんかするものか、と。

発作の兆しから逃げるように朝も昼も、辺りかまわずに飲みはじめた。

競馬場で酔って騒ぐ連中をあれほど軽蔑していたのに、いつしか自分もそこに踏みこんでいた。酩酊と錯乱。ナカタもほとほと呆れ果てていた。

「よう、ジョージ。少しは競馬に集中しようぜ」

私はユキのスカートのなかに強引に手を入れて顰蹙(ひんしゅく)をかっていた。

「競馬は最終レースで勝てばチャラ。なあ、ユキ」

「そうなの？　あと何レース走るの」

「あとひとつかな……穴で勝負だから」

閉じるユキの白い脚をこじ開ける。

「穴に触ると万券が的中するんだぞ」

「頼む、ジョージ。ちゃんとしてくれ」

ナカタは「ユキちゃんも一緒にパドックに行こう」と言いながら席を立った。

私はナカタに支えられて歩く。


ナカタの車で定宿にしていたホテルまで送られた。

いつもの部屋で気を紛らわしながらビールを飲んで、ユキと戯れる。

やがて眠っていたようだった。

「ねえ、これ。いまドアのしたに入ったよ」

ユキにゆすられて眼を開ける。彼女はホテルの便箋を翳した。

館内のレストラン支配人からのメモ書きで、キタカタ先生の部屋に電話をしてくれ、とある。

この支配人は偶然にもカウボーイマスターの乗馬仲間でもあり、いつも部屋の便宜など親身になってくれていた。

自室の電話機から、ひとつ階上の角部屋を呼んだ。

「どうだ。これから下の寿司屋に来ないか」

「はい、うかがいます」

素直にかえすと、「誰なの」とユキが背後から抱きつく。

「作家のキタカタさんに呼ばれた。ちょっと行ってくる」

「わたしは行っちゃだめなの」

「ごめんな。ルームサービスでもとって食事してな」


「あの支配人はずいぶん心配していたぞ。彼は君の味方だろう」

すでに寿司屋のカウンターで飲んでいたキタカタは私に日本酒をすすめる。

「彼女からも聞いたけど……」

前置きした彼は私のかつての妻をファーストネームで呼び、「離婚したそうだけど、いまはもう落ち着いたのか」と杯を満たしてくれた。

実はキタカタは妻と、彼女の店で私よりもさきに知り合っていたのだった。

「それにしても、そんなに痩せてしまって。食事はとっているのか」

「太った豚より痩せた狼でいたいので」

「おいおい、ずいぶんと古臭いことを言うなあ……ソクラテスたれ、か」

キタカタは冷笑して杯を呷る。

「どうやら色んな雑誌に君のエッセイやコラムが載っているようだが、マガジンライターにするために新人賞をやったんじゃないぞ」

キタカタは私がもらった賞の選考委員のひとりでもあった。

「名刺が大事だ。きちんと代表作を仕上げて名刺を持たなければ、まだ作家とは言えない。このおれだって、ちょっとでも書くことを怠ったら、すぐに忘れられてしまう。これが日本の商業作家の現実だよ」

選考委員のひとりの女性作家が授賞式の挨拶で、「意外と簡単に作家ってなれるんだなって思ったけど、作家でありつづけることがこんなにも大変だとは思わなかった」と言ったことが思いだされた。

そして彼女は、彼のよさは田舎で育ってさらなるアメリカの田舎を目指したことで、たいがいの若者は田舎から都会に憧れるのに、とも言っていた。その田舎に留まりきれないで、身のほど知らずに都会の贅を貪り過ぎた挙句の、なれの果てがこれだった。

「本音では、あの一作で受賞しないで、もう少し苦労をしたほうがよかったと思っている」

自慢のコールマン髭を指でなぞってから、「編集長も担当者も勤め人で異動もあれば定年もある。編集者に可愛がってもらっているうちに自分の文体を確立しなければならないんだ」と付け加えた。

「離婚は二人が決めたことだから口を挟む気はないが、別れても彼女はジョージの味方だろうから頑張ってくれ」

杯を空けるキタカタの太い指を見た。そこから迸（ほとばし）る文字を連ねて生業にしている、この男への嫉妬と憧れが、いつもあった。

「文章だけを書いて生きることは辛いことだよ。ジョージの楽しみはなんだ。それが馬に乗ることならば、自分の牧場を持つことと作家を両立させることを目標にしてみたらいいだろう。おれはやはり船だな。船と海がおれを作家業から解放してくれる」

私は手酌で杯を満たして飲み干した。

「ここでは喫えないから、このあとバーに移って葉巻でも一緒にどうだ」

もう、彼のひとりの時間を邪魔したくはなかった。

そこで別れてから、キタカタとは喋っていない。


北海道の牧場取材に行くために羽田空港で搭乗してシートベルトを締めたとたん、発作がはじまる。飛行機から降りた。過呼吸も起こり、車椅子で空港の医務室にはこばれて手当てを受けた。消化器官は過敏になって水さえも受けつけない。ビールは吐いた。

飛行機に乗れないショックに、もうアメリカにも行けないのか、と涙が流れる。

コントロールを失った自分が、結界を乗り越えてやってきたと思った。

連載をしていたホテルPR誌が主催する、グアム島船旅の同行取材があった。風邪をひいたと嘘をつき、直前でおなじ新人賞の先輩作家に代わってもらった。ほかの連載も病気を理由にすべて放棄した。

キタカタが言ったとおりだった。まだ駆けだしで一冊の名刺も持たない私はたやすく忘れられた。すぐに金は尽き、手あたりしだいに借金をしては競馬で溶かした。

折しも未曾有の好景気は泡沫と化し、世のなかは惨憺たるありさまで低迷していった。

気づけば家も追われていた。義兄と偽って賃貸契約の保証人になってもらっていたイガラシにも追及の手はのびた。形振りかまわない女や業者は、イガラシの会社にまで私の借金の取り立てに行ったという。

「あんな普通の人たちに取立屋まがいの行為をさせてしまう状況がやるせない」

と、それでもイガラシは私を見捨てなかったが、なおさら彼への不義理がかさみ、内にこもっていった。

ある日、競馬で浮かせたので、連れだっていた女性の一九九〇年式の黒いトヨタハイラックス・サーフを運転してホテルに入ろうとしたら、偶然にも横断歩道を渡っていたイガラシを轢きそうになってしまう。焦って運転席で身をかがめて隠れた。自分に嫌気がさした。

ユキは私の飲み代を店からきつく要求されていた。携帯の留守電に店の支配人からの押し殺した声音が残されていた。そのままユキとは会わずじまいとなった。

私は自分の「味方」の電話番号だけを書きとめ、携帯電話をプリペイド携帯にかえて逃げまわる。

キタカタの眼を盗んで彼が仕事場にしているホテルの一室に潜りこみ、束の間の住処を調達していた。レストラン支配人の計らいでデポジットがいらなかったのだ。そして、ホテルのカフェラウンジの顔見知りのウェイトレスを口説いて部屋に連れこみ、関係を迫った。彼女から競馬の資金を用立ててもらい、やがて姿を晦ました。

8

あいかわらず発作は細波のように押し寄せては、突如として波頭をもたげて私を飲みこみにかかる。ほとほとうんざりして、もういい加減に解放されたくて、しだいに投げやりな死を意識するようになっていた。はじめての発作があってから、ユキの同僚の紹介で行った病院では、不安神経症とパニック障害と診断されていた。

そこで処方された抗不安薬ではかえって気持ちが沈み、発作は治まっても生きる気力までもが失われてしまう。食欲もなくなり、眠気がともなって躰が浮遊しているようにふらつく。体内から力点が失われていく喪失感があった。

無性に馬に乗りたくなった。着の身着のままで新宿駅から中央線に乗った。小淵沢駅から歩いて乗馬クラブに着いたのは夕方だった。

すぐにはクラブハウスに顔はださずに厩舎にむかい、気休めに馬の額を撫でながら歩いた。馬具小屋にいたボスと眼が合う。

「おう、来たのか」とだけ彼は言った。それから、「見ろよ。近ごろの連中はいくら言ってもこういう細かい箇所に油をさすのを怠る」と馬の轡を留めている頭絡の頬革を翳した。

その夜、ボスは馬術競技会の会合に出かけてしまった。

顔も知らないインストラクター三人と無言で食卓を囲む。彼らが平らげる夕餉の量に圧倒される。かつては自分も負けず劣らずそれだけの量をとっていたのだ。

「ジョージ、明日、ブラックストーンの休憩所まで行ってみれば。ボスが水飲み場をきれいにしたんだよ」とママさんが言った。

外乗と言って、客を馬に乗せて八ヶ岳の麓の山林まで案内する最長コースがブラックストーンと呼ばれていた。馬で往復三時間はかかるそのコースの折り返し地点の、八ヶ岳の雪溶け水が湧き出ている休憩所のことをママさんは言っている。

頼れる古巣のはずだったが、十年以上の隔たりは居心地を悪くしていた。

私がいたころは夕食後のクラブハウスのテラスで、ボスとの馬術談義や西部劇の乗馬シーンの話題で盛りあがり、夜は深くなっていったものだった。いまは話し相手もなく、明かりの消えたクラブハウスの二階のベッドに早めに入った。棟つづきの厩舎から聞こえる馬の気配だけは昔と変わらなかった。

翌朝八時、ボスからすすめられた鹿毛でブラックストーンを目指した。

ブーツと拍車、衣装もすべてボスが貸してくれた。その間にママさんは、私の衣類を洗濯してくれていた。

民家のある周辺は、住民に気を遣ってゆっくりと路肩を歩く。自分と馬の準備運動もかねている。落葉樹が芽吹きはじめた林にさしかかる。樹木の合間をぬって馬道が八ヶ岳の麓へとのびている。馬も心得ていて、そこから鼻息を荒らげ、駈歩（かけあし）へとかわる。

躰の硬さもしだいにほぐれ、立ち木の間をうねって走った。朽葉が積もったやわらかい馬道を蹴る蹄の音と馬の息遣いが山中に響く。

今夜あたり昔の知り合いが誰か来るんじゃないだろうか……ふと馬上で思ったとたん、発作がはじまる。

私が潰した乗馬クラブから、こっちのクラブに移った常連客もいた。私のところに馬を預託していて、ボスに救済された客もいる。

馬上での発作は思いもよらなかった。怖かった。力点を失い、落馬しそうになる。

木洩れ陽が明滅するなかで意識が遠退いていく。ウエスタン鞍のまえの部分のサドルホーン（突起物）を右手で摑み、音の消えた意識のなかで、大丈夫だ、落ち着け……と唱えながら早く林を抜けて視界を広げたくて、馬を走らせる。

どうにか落馬はこらえて稜線の道で馬を止めた。彼方に冠雪した南アルプスの連峰が見える。母と二人、亡くなった叔父のクラウンの車中から見た風景だった。

このまま馬で山奥まで分け入ってしまいたかった。手綱をゆるめて馬まかせに歩く。

馬は帰巣本能が強く、指示もしないのに乗馬クラブを目指して帰厩した。馬を蹄洗場に繋ぎ、鞍をおろして馬具小屋まではこぶ。インストラクターのひとりが片付けをしていた。

「乗った馬の手入れが終わったら、この鞍に保革油を塗っておくから」

私が言うと、「大丈夫です。自分の仕事をしてくださいよ」と顔も見ずにかえされた。

私の不始末はすでに彼らにまで伝わっているのだろう。

翌日は土曜日だった。夜になってクラブハウスの電話が頻繁に鳴りだす。常連客からの予約にママさんが応じていた。そのつど私の後ろめたさと不安が増大する。定宿にしていたホテルのレストラン支配人から、捜索の電話があるかもしれない。

辺りが白み、私は霧のなか、歩いて逃げだした。

ひとりになるのが怖くなり、ナカタに連絡をした。

するとナカタも沈んだ声で自身の会社の危機を口にする。

崩壊した経済の影響で仕事が激減してロケバスのローンの返済が滞り、給料は遅配して従業員も離れた。取引先の映像制作会社からの支払いも途絶え、これからどうやっても再起は絶望的だという。

日本中で失踪者と自殺者があとを絶たなかった。

北海道の馬産地では牧場一家の夜逃げが相次いでいた。逃げる間際に厩舎から放たれた馬が周辺をうろついて道端の草を食んでいた。不憫にも野良馬と揶揄(やゆ)されて。

待ちあわせた飲み屋で、自動車部品関連会社の経営者ら三人が家族を救うために生命保険金めあてに心中した話題を口にしたナカタは、おれも死にたい、と洩らした。

もともと躰の線は細かったが、眼窩と頰はさらに窪み、肌は黒くカサついて張りがなかった。ひかえていたはずの酒量は増えている。

「会社を潰しても一緒に死ねる仲間がいるやつは幸せさ……ひとりはダービー馬の馬主だったらしい……」

「おれも、もう疲れたから、一緒に死んでもいいよ」

そう、口をついて出た。

「それでいいのか」

「もう、いいって。競馬が縁でナカタさんと仲良くなれて二十歳の誕生日を祝ってもらい、八ヶ岳に置き去りにされたけど、それから乗馬クラブ経営して結婚もできて、テキサスまで行けて、好きだった小説で賞までもらえて……おれ、もう充分あんたと生きたよ。最後も一緒でいいから」

「いいのか、ジョージ、一緒に死んでくれるのか。おれはうれしいよ。こんなおれに、そんなことと言ってくれて」

私は焼酎を注ぎ足してグラスをかかげた。

「どうせ死ぬなら、最後に大勝負しよう。ほら、エリモジョージの馬券をノンだときみたいに」

おどけて言ってナカタとグラスをぶつけたが、彼は笑わなかった。

「勝負して勝ったら……」

「またそのとき一緒に考えればいいんだよ」

はじめは酒席での戯言(たわごと)かと思っていたのだが、ナカタの決意は彼の口癖のように鉄板で固かった。それならば、いつでも便乗してやろう。酔ってしまえばなにも怖いものなどなかった。

遠くへ逃げる金も気力もなく、抗不安薬と酒が混ざりあい、思考を朦朧とさせていた。酔いにまかせた衝動に突き動かされるほうがよほど楽だった。


ロケバスを車金融業者に流して最低でも三百万円の資金を作り、それを元手に勝負することで話は整った。決行日は翌週水曜日の地方競馬重賞レース。一週間あれば金はできるとナカタは言う。私は彼の部屋のソファで寝起きした。ナカタは連日の資金繰りに奔走していた。愛車のランクルまでも売りにだしていた。

彼の覚悟に酬いるために私は頭をふり絞って予想に没頭した。できるなら数点で仕留めたい。馬単四頭ボックスが、その時点での二人の考えだった。

私は酒を断ち、真っ正面から自分の精神状態とむきあって集中した。

あいかわらず気持ちを乱す細波には怯えていたが、もういい、水曜日に負ければナカタさんと一緒に死ねる、と言い聞かせると不思議と心は安定した。

決行日の前日までの二日間、私は始まったばかりのナイター競馬にかよってレースを追った。馬券は買わなかった。決行のレースまでの流れを読みとるのがその目的だった。

騎手の好不調、レースの流れ、数字の連なりと配当額など、高校生のころから体得している地方競馬の不文律を読み取り、勝負するその日のレースの傾向を見極める必要があった。

ひいては競馬新聞の本誌予想とトラックマン予想の調子までメモ書きして統計を考察した。

競馬新聞は読みなれた一紙だけと決めていた。どんな新聞にも癖があり、どの紙面であろうが、その癖が読み取れるようになれば好機に恵まれるときがかならずある。

明日の重賞をひかえた今日のメインレースの準重賞は九頭立ての少頭数で、一頭ずば抜けて強い馬がいて、連勝記録を更新しようとしていた。

ここは固い決着になるだろうと予想していた。それこそナカタとも、なんならこっちの鉄板で勝負しようかと持ちかけたほどだったが、高配当を求めてこのレースは見(ケン)することにしたのだった。

ところがレース直前からの強い雨により馬場が重くなってしまい、ピッチ走法の道悪巧者(みちわるこうしゃ)の人気薄牝馬が逃げきり、本命馬は伸びきれずにもがき、三着に沈んでしまった。

ややもすると少頭数ほど荒れるもので、穴は穴を呼ぶものだった。手許の新聞のひとりのトラックマンだけが、勝った馬にぽつんと本命の二重丸を打ってあった。まさにこれが新聞の癖だった。

場内がざわつくほどの大波乱となった。十万円にとどく馬単の確定映像がモニターに映しだされる。観衆はさらに興奮につつまれた。

仕事帰りの素人集団のＯＬが誕生日馬券でも的中させたのだろうか。女性の「やったー！」という甲高い悲鳴にも似た声が頭上のスタンド席から聞こえた。


そぼ降る雨のなかで最終レースまで見届けてから、翌日の競馬新聞を買って軒下づたいに駅まで急いだ。改札近くの古くて狭い喫茶店に入って雫をはらう。地方競馬で活躍した馬の名前のついたその店は厩舎関係者が頻繁に顔をだす。そこで私は顔見知りの古参の厩務員を待った。

翌日の重賞レースの情報収集が目的だったのだが、ビール一本の奢りで裏事情をつぶやいてくれる古参の厩務員はなかなか現れなかった。

まるで暇乞いをする心境で喫茶店のママにコーヒーをご馳走する。

「なに、今日のメインの荒れようは。でも、あたし、あの逃げきった馬はいつかこんな日に穴をあけると思っていたのよ」と、いつもの玄人跣(くろうとはだし)の口調で言ってから、「今日は、ほら、あの本命狙いのロケバスの社長さんとは一緒じゃないの」と気にかけてくれた。

言われて不意に心配になった。電源をきってあった携帯電話をオンにして、ナカタを呼んだ。

留守電で応答はない。ナカタからのメッセージが録音されている。

再生してみた。

「おまえさんは死ぬなよ。頼むから、しっかり生きつづけてくれ。おまえさんとの競馬は本当に楽しかった、ありがとう」

周囲が騒がしく、声音も覚束ない伝言はそこで終わっている。

「いまさらなにを言っているんだよ……」

携帯電話をジーパンの尻ポケットにしまったが、ふと気にかかることが頭を過り、もう一度、メッセージを聞く。やっぱり聴きおぼえのある甲高い声がナカタの語尾に微かにかさなっている。

「やったー！」

メインレースが波乱で決着したあとの、あの女性の甲高い叫び声じゃないか。

ナカタもあのスタンドにいたのか。

しつこくナカタの携帯を呼んだが、留守電で応答はない。

喉の奥から突きあげる胸騒ぎが起こり、あわてて勘定をすませて喫茶店を出ようとしたそのとき、待っていた古参の厩務員がドアを開けた。

黒い長靴を履いた足を店内に踏み入れながら、「まいったよ、これだよ」と厩務員は三日月型に開いた右手を顎のしたにあて、「三号スタンド三階のトイレで首吊りだよ。警察が来て大騒ぎだわ」と顔をしかめた。

「えー、どこの人が……」

ママの言葉を背後に私は競馬場まで走った。

霧雨になっていた。濡れた髪が額にはりつくのを手で払いながら走った。

正門入口で数人の警備員に制止されたが、ふりきって走った。

灰色のスタンドの階段下で数台の警察車両の赤色灯が回転している。黒く濡れたコンクリートの地面と観客のいないスタンドのコンクリートの壁にそれが反射している。

パトカーや警察車両を競馬場の職員らの傘が遠巻きに囲んでいた。

白い警察車両のワゴン車のまわりを白いレインコート姿の警官たちが行き来している。そこに走り寄る。後部ドアが開いた荷台の、担架のうえでナカタは仰向けに横たわっていた。その足許の透明のビニール袋のなかにいつもの野球帽と黒革の細いネクタイが入っている。

「知り合い？」と制服警官のひとりがワゴン車の荷台に手をつく私の顔を覗きこむ。

黙ってうなずくと、「知り合いの方がいました……」と無線で伝えた。

検視のために、ナカタの亡骸（なきがら）は白いワゴン車でいったん警察署に移送された。

私はそれに同行するパトカーの後部座席から、ヤブサメの店主に電話をした。

警察署に着くと若い制服警官に誘導されて階段をあがり、取調室のような狭い部屋の椅子に座らされた。

中年の私服刑事が現れ、若い制服警官も立会い、幾つかの質問があった。

本人との関係、彼の職業の確認、そして自殺の動機になにか心あたりはあるか……。

最後の質問には言葉につまった。黙って首を横にふるしかなかった。

その沈黙を解くように刑事は、彼の上着の内ポケットに妻に宛てた遺書があったと言った。そしてナカタは単独行動をしていて、トイレ近くの売店の女性店員から何度も彼を見かけたという証言があったという。

遺品の携帯電話から調べたらしく、妻の名前の確認を求められたが、ナカタから聴いたことはなかった。娘の名前も知らない。

最後に私の免許証のコピーを取られ、電話番号も記録され、刑事から解放された。


警察署の一階奥の物置部屋のような、壁際に段ボール箱の積んである狭い場所にナカタは安置されていた。白い布で全身を蔽われ、木製のスノコのうえに裸足で寝かされていた。

私は警察署の暗い廊下の奥のベンチ椅子に座った。ときおり鳴る電話の音や、無線で交信する会話が幾つかあるドアを隔ててわずかに聞こえてくる。その場所は世間から隔絶された闇の底だった。患者との関わりを拒むかのごとく誰ひとりとしてそこに近づいて来る者はいなかった。

壁越しに横たわっているナカタの姿を思い浮かべた私は発作がはじまり、警察署ロビーを抜けて表に出た。そこにヤブサメの店主がやって来て、「嘘だろう……」と涙を浮かべた。

雨はあがっていた。店主をそこに残したまま、早歩きで道路を渡り、商店街入口の酒屋の自動販売機で立ち止まり、缶ビールを買って飲み干した。

もう一本買って飲み干そうとしたら、はじめの一本の中身が逆流してきて嘔吐した。

頭にきて二本目を頭上からかけながら「ふざけんな！」と怒声をあげたところで、ヤブサメの店主に腕をつかまれて警察署にもどった。

ナカタの妻が制服警官に連れられてやって来た。

小柄で細く、短い黒髪の人だった。取り乱すことなく伏し目がちに廊下にいた私と店主に挨拶をしてから、ナカタと対面した。それから彼女は警察の事務方の助言で葬儀屋の手配をした。葬儀業者は手際よくナカタの部屋の整理を済ませ、祭壇を設えると、そこに黒いワゴンの霊柩車で遺体をはこびこんだ。

「ずいぶんと飲んでいたようですね……」

葬儀屋の男がつぶやいた。

「ご遺体のにおいでわかるんです」

ナカタはトイレの物掛けフックに黒革の細いネクタイをかけて首を吊ったのだった。

葬儀屋が居間に並べた遺品のなかに、外れ馬券があった。

死にゆく者の未練なのか。それとも私に対する戒めなのか。一番人気から馬単で三十万円ずつ全八頭に総流しをしてあった。八枚の、その残酷な馬券を見て涙が込みあげた。

おれを欺いてまでひとりで勝負しなくてもいいじゃないか。あの場にいたならなぜ、呼んでくれなかったんだ。それとも、ひとりで明日に向けて資金を増やそうとでもしたのか。こんどはナカタに憤った。

翌日からナカタの部屋への立ち入りを、遺族から拒まれた。そうして亡骸も、彼を囲んでいた生活用具の一切も、その町から消え去っていった。

成人を祝ってくれたナカタと出会ってから二十一年後の春だった。

密葬で送られ、私とヤブサメの店主や常連客は参列できなかった。古典落語のテープを供えて送ってあげたかったが、それも叶わなかった。

ナカタを死に追いやったのは酒と競馬であり、その責任の一端は私たちにあった。私の責任はさらに大きかった。酒席での戯言だったものの、ナカタの死を後押しする言葉を放っていたのだ。一緒に死のうなどと言っておきながら、自分だけは生き残っている。

それから一ヵ月あまり、ヤブサメの二階の座敷で暮らした。

私の身を案じた店主になかば強要されてのことだった。ナカタは肝硬変の悪化で余命数ヵ月の宣告を受けていたと遺書に書かれていた、と店主が言った。彼の妻から連絡があったらしい。だからもう思い悩むなと店主は私を気遣ってくれた。

だが、そのとき、そのタイミングさえあれば行動を起こすつもりだった。ただし、ナカタのような死に方だけはごめんだった。跡形もなく、深い海中でも遠い山中でもいいから躰を消滅させたかった。物置部屋の床に寝かされたナカタの姿が脳裡から消えることはなかった。

週末には常連客らと競馬予想に没頭して気晴らしになった。

「祝儀不祝儀、競馬では圧倒的に関係者の不祝儀馬券がからむから、ナカタさんの弔い馬券ってことで、これからは1枠、2枠、4枠を徹底的に攻めよう。ハカがイクってね」

私が言うと、「なんだよ、それ?」と常連のひとりが訊きかえす。

「葬式で使う幕は白と黒、白と青もあるから、白、黒、青の帽色の枠を攻めようってことさ、なっ、ジョージ」と店主が補足した。

「だったらおれは、2枠、7枠で勝負だな」

「野球帽ね、ナカタさんの。ジャイアンツの黒とオレンジ」

「正解！　さすが感性の馬券師」

ようやくナカタの話題が肴になって「ヤブサメ」にも笑いがもどったころ、「ウチの車を使っていいから、気晴らしにドライブにでも行ってこい」と店主は、九〇年式ボルボ２４０ワゴンの鍵と茶封筒を私に手渡した。

「車はしばらく使う予定はないけど、ちゃんと帰ってこいよ。まあ、行くなと言っても無駄だろうけど、競馬はそこそこに、な」

茶封筒のなかには、みんなからのお供物代、と書かれた便箋と現金十万円が入っていた。

ナカタの墓の場所も記されてある。青い車体のボルボを走らせる車中、運転する視界を妨げようとする涙を幾度もこらえた。店主の見えすいた嘘も胸に沁みた。車内にうっすらと魚のにおいがするボルボは、いつも築地まで仕入れに行っている車だった。

第四章

1

海を見ながら走る。道は蛇行して進む。緑の山肌に左手の海がさえぎられ、やがてまた海が見えた。路傍に連なる家並みのなかに民宿の看板を見つけて停車する。道をへだてて海が広がり、近くに小さな漁港がある。

波音にまじって海鳥の鳴き声が聞こえ、潮のにおいが漂う。穏やかな海は初夏の午後の陽光をたっぷりとたたえている。

ときおり通過する車のタイヤ音が長く尾をひいて消えていく。

車体に背をもたせて煙草を喫う。雲ひとつない空と海と車体の青に囲まれて自分が浮遊しているかのような錯覚を覚えたが、気持ちは安定していた。

民宿に部屋がとれた。平日だけあって客はほとんどなく、釣り客と思しき小柄で金縁の四角い眼鏡をかけた白髪老人と、民宿の食堂で二人だけで夕食をとった。

となりのテーブルの白髪老人に会釈をしてからビールを飲む。

老人も手酌の燗酒の杯を一息に空ける。それから手をとめることなく、徳利を空にしていく。

「先生、明日も天気がいいですから、船をだしますか」

民宿の主人から訊かれた老人は、返事ともつかない微かな声で、「はい」と答えてから空の徳利を振った。食事にはあまり手をつけていない。

「お客さん、明日はどうします。釣り船に乗りますか」

「ぼくは行く所があるので。それより、明日もここに泊まれますか」

「大丈夫ですよ。おなじ部屋でいいですか」

うなずきかえしてから麦焼酎をボトルで頼んだ。


水平線が望める斜面の墓地の片隅にナカタの小さな墓石はあった。

途中のコンビニでペットボトルの水と缶ビールとハイライト、花と線香といった一式を買いそろえた。墓前で線香ひと束に火をつけてから、ハイライト二本に火をつけ、一本を香炉に置く。それからナカタの遺品から盗んで隠し持っていた八枚の外れ馬券を一枚ずつ燃やした。線香の煙、煙草の煙、そして外れ馬券が燃える煙が渦巻くように墓石に纏わりつき、海からの緩い風に流されて消えていった。

彼が愛読した競馬新聞と、ここまでの車中で聞いていた古典落語のテープを墓に供えることもでき、少しほっとした。

処方された抗不安薬はしばらく控えていた。いくらか情緒の起伏はあったが、自分を追いこむほどの乱れはなく、そこでは穏やかでいられた。ぼんやりと水平線を眺めながら一時間ほど過ごしてからナカタと別れた。

2

民宿に帰って二階の部屋にあがり、窓を開けて海辺の陽ざしを浴びながら本を読んでゆったりと過ごした。風呂に入ってから食堂に行くと、ふたたび昨夜の白髪老人と二人きりで、また会釈してから、それぞれに晩酌をはじめたのだった。

夕食をすませ、焼酎セットを頼んで部屋にあがった。

「氷、持って来ました」

民宿の主人が襖を開けたその背後を、老人が部屋に引きあげていく。その足許はおぼつかない。座卓に焼酎セットを置いた主人に小声で訊いてみた。

「ゆうべ『先生』と言ってましたけど、あの方はなにの先生ですか」

「たしか歯医者さんだったはずですよ」

「それにしてもよく飲みますねえ。朝食から熱燗をやっていましたね」

「そうなんですよ。またなにかあったら呼んでください」

主人は頬笑んでから襖を閉めた。

焼酎の水割りを飲みながらテレビを観て過ごしていた。眺めるといったほうがいいだろう。一方的に流れる映像と音声に意識をゆだねていると気持ちが楽になる。

どれくらい経っていただろうか、肌寒くなって窓を閉めようとして立ちあがり、そのついでにトイレにむかう。

暗い廊下の突きあたりのドアを開けたとたん、手洗い場の奥で白い影がゆれ動いた。

いっしゅん心臓が縮んだが、眼をこらすと浴衣姿の白髪老人だった。

「先生、驚きましたよ」

「ああ、すまない……」

「大丈夫ですか」

「眼がさめてしまってね」

「そういえば先生、このごろ歯ぎしりがひどくて、ここの歯が欠けそうで」

奥歯を見せてその場を取りつくろった。

「わたしは歯医者ではないですよ。表むきは内科小児科だけど、専門は精神科です」

「そうだったんですか。こんな場所でなんですけど、ぼく、不安神経症とかで薬を処方されていて、いまはまあ、落ち着いていますけど」

「仕事はなにをされているの」

「文章を書くような仕事をしていましたけど、いまはもう休んでいて」

「真面目すぎるんだなあ……」

白髪先生は見当外れなことを言った。いつも患者に言っている言葉なのだろう。

「ここではなんですから、よかったらわたしの部屋で一緒に飲みませんか」

私は用を足してから、白髪先生の部屋を訪ねた。

海に面した角部屋の畳のうえにはスコッチの瓶が転がり、座卓のまわりには丸まったティッシュが幾つも散らばっている。敷かれた布団の枕もとには読みかけの文庫本がページを開いたまま伏せてある。

白髪先生は布団を半分に折ってスペースを作ってから丸まったティッシュを屑籠(くずかご)に捨てると、座卓のかたわらの座布団をすすめてくれた。

私は持参した焼酎のグラスを座卓に置く。

白髪先生はスコッチの瓶を拾いあげ、卓上のグラスに注いだ。その手の甲と指は白くてきれいな肌をしている。それから黒くて分厚い革財布から名刺を取りだす。

私は名乗ってから乾杯をした。

名刺には、Y市の医院の住所とトキタという氏名が記されてある。

「君が処方されたのは、マイナートランキライザーかね」

トキタ先生はスコッチを飲んだ。

「いまはサボっていて飲んでいませんけど」

「このごろはみんな、口をそろえてストレスと言う。その意味がわかりますか」

「どういうことですか」

「人間は生まれたときにはピュアで、たとえれば脳は真っ白だということです。そこに成長とともに様々なしがらみや使命感も加わり、真っ白かった脳に黒い陰りが侵食してくると思ったらいいでしょう」

トキタ先生は二杯目のスコッチを注ぐ。

「その白い部分と黒い部分とのバランスが鍵で、そうだなあ、六対四くらいの割合で、白が四割くらい残っていれば、ごくごく普通な状態と言えますね」

「先生、面白いお話なので、ぼくも自分の焼酎ボトルを持ってきていいですか」

「このスコッチも、もうなくなるから、君のお酒を分けてくれませんか」

自室に焼酎セットを取りにもどった。時計は十時を回っている。

「社会人は自分の仕事の成果を百パーセント近く評価されたいと求めたりして、しかし、そうはいかない。せいぜい四十パーセントくらいの評価がいいところでしょう。これでは、つまり脳は真っ黒になってしまい、これがストレスとなる。わかりますか」

ここで彼は空になったグラスを私のほうに押した。そのグラスに氷を入れて焼酎を注いだ。

「世のなかでの自分への期待感や成果なんて、せいぜい四十パーセントあれば上等でしょう。あとは自分の余力、余暇に残しておかないと、しだいに脳のなかが真っ黒になってしまう。真面目に、一生懸命に仕事のことばかり考えていないで、自分にとって実益とは無関係なもの、たとえば趣味を楽しむとか旅行に行くとか、脳に白い部分を残してあげないと」

私はグラスを空け、自分とトキタ先生のグラスを満たした。

「これはあくまでも一つの例であり、様々な原因はあるけれど、あまり使命感だけに囚われずに、無益なものを楽しんだほうがいいです。君が釣りをやったとしても、漁師になって家族を養うわけではないでしょうし、絵を描いたとしても、画家になって大成する必要もないでしょう。きっと君は様々な責任や約束を果たすために文章を書いていたでしょうから、それで脳が真っ黒になってしまい、ちょっとパニックを起こしてしまったのかな。脳に荒波が立ち過ぎてしまったんだね。トランキールとはフランス語で「穏やかな」という意味で、荒波を凪にするのが、トランキライザー。静穏な状態にするという意味です」

私はうなずいてグラスの中身を空ける。

「わたしの医院にいらっしゃい。漢方を処方してあげますよ。飲まなくてもいいから、お守りだと思って肌身離さず持っていなさい。なにかあったらこれを飲めば楽になるんだ、と自己暗示にかけるだけでも随分と気が落ち着くものです。君はそんなに重症ではない。突然の発作に驚いたんだね、きっと」

トキタ先生は虚ろな眼を泳がせ、ふたたび酒を要求した。

「勉強になりました。ところでご自身はどうしたんですか？　この二日間、ぼくが見ているだけでも酒の量が尋常じゃない」

酔いも手伝い、感じていたままを口にしてしまった。そして室内に視線を巡らせた。部屋の隅には上着とズボンが丸めて脱いであり、靴下も散らばっている。

彼はまた酒を催促した。私は氷を多めに入れてから焼酎を注ぎ足す。

「わたしの場合は理屈ではわかっていたことも、現実に自分の身に突然ふりかかってしまった出来事に対応できなくなってしまい……」

「いったい、なにがあったんですか」

トキタ先生の顔を覗きこむ。

彼は金縁の眼鏡を人差し指で押しあげてから語りはじめた。

彼は七十歳ですでに家族はなく、Y市で三代つづく医院の院長だった。

ひとり息子がいたが、医者は継がないでイタリアに留学して料理学校にかよっていた。帰国しても定職にはつかずに遊び惚けていたらしい。トキタ先生も家庭を顧みず、クラブのホステスに入れこみ、彼女名義の部屋まで購入して囲っていた。彼の奥さんは黙認していたという。

そんなある日、一人息子がガールフレンドを連れて帰宅した。イタリアンレストランを開業して、身を固めたいから支援して欲しいと言う。トキタ先生は孫も欲しかったので、息子に全面的に協力し、海沿いの土地を購入して贅沢なレストランを造った。

ところが開業してわずか半年、息子が原因不明の突然死でこの世を去ってしまう。

一昨年の冬のことで、まだ四十歳だった。

打ち拉がれたトキタ先生は、愛人と酒にすがる。妻は息子の死後に家を出ていった。それを伝えた愛人からも無慈悲に別れを告げられたことが、つぎの彼の悲劇で、とうとうひとりになってしまったのだ。

「取引先の銀行の頭取から釣りをすすめられ、こうして気晴らしに釣りをしています」

「それにしても飲みすぎだよ。先生さあ、競馬に行ったことある？」

「知り合いの馬主から誘われたことはありますが、まだ行ったことは……」

「おれと一緒に競馬行こう。酒抜きで。天気のいい日に競馬を観ているとワクワクするよ。おれ、明日帰るけどかならず先生の所に行くから」

「わたしも明日の朝、ハイヤーが迎えにきて帰ります」

「じゃあ約束ってことで。連絡します。おやすみなさい」

乾杯をしてから空いたボトルと水割りセットを持ってトキタ先生の部屋を去る際、私はふりかえってみたが、彼は顔をふせて卓上の空のグラスを見つめていた。

その静まりかえった室内に波音が微かに聞こえていた。


翌朝、東京に帰る車中、六十にして自死したナカタと四十一歳になった私との過去のやりとりの断片が不意に思いだされて感情が乱れた。朝の陽が眩しいだけのことなのに、二人で早朝から競馬場にむかった場面が浮かび、もう彼はいない、という現実に切なくなってしまう。そんな思いを振り切りたくて、ナカタが仕掛けた悪戯のごとき、民宿での老人との出遭いに私はほくそ笑んだ。

ボルボをヤブサメの店主に返すと彼から、「万馬券でも獲ったかい」と言われた。

「競馬なんて行ってないですよ……どうして」

「久しぶりにその眼を見たからさ」

「え、どんな……」と私は近くに自分の顔を映す物はないか視線をめぐらした。

「悪戯な、なにか企んでいるようなその眼だよ。久しぶりにその眼が見られて、ちょっと安心した」と笑みを見せた。

万馬券か……と独り言ち、なるほど万に一つのごとき数奇な縁に便乗しようとする邪な自分がいた。

その週末までヤブサメの二階で過ごし、土曜日の早朝に電車でトキタ先生の住まいの最寄駅まで行った（駅の売店で競馬新聞を買ったとき、なぜだか指さきが微かに震えた）。そこから彼の用意した車で府中まで走った。

3

空は高く蒼く、空気は清涼感に溢れていた。

富士山が遠くに見える。広大な走路を囲む白い埒とゴールも眼に眩しい。

ターフをゆらしてやって来る馬群に、トキタ先生は身を乗りだし、胸もとの柵を両手でぐっと摑んだ。その足許は爪先立ちになっている。

「そのままでいいよ！」

私は叫んで発散した。

芝を蹴散らしてゴールを通過した馬に思わず拍手を送ってから、トキタ先生の肩をゆさぶる。

「やったよ。おめでとう！」

「わたしが賭けた馬が勝ったのかい」

「逃げきりだよ」

「これで、わたしの馬券は幾らになったんだい」

「単勝千円持っているから、一万円くらいにはなるかな」

彼は上着の内ポケットから当たり馬券をだして凝視した。

「いいんだよ、先生、金額なんて。応援した馬が無事に勝ったんだから。それに、あの馬がここで勝ったことを眼のまえで観られただけでも凄いことで、おなじメンバーでまたここでおなじレースをやったとしても、またあの馬が一着になるとは限らない。あの馬の生涯のなかでの一勝を応援してその場に立ち会えたことが競馬の面白さでもあるんだ」

「なるほど。でもたくさん勝ったほうがもっといいでしょう」

「まあね。なんか競馬場もひさしぶりで気持ちよくて、ついカッコつけて言ってしまったけど、もちろんギャンブルだからたくさん勝ったほうがいいよ」

「さあ、つぎはどの馬に賭けるの」

「じゃあ、パドックに行きますか」

頓着がないのか無欲というのか、私がパドックと返し馬を見て推す馬を、トキタ先生は物怖じしないで買いつづけた。単勝、複勝、馬連、そして枠連と、説明した馬券の種類をくまなく買ってみる。しだいにその額は膨らんだが、それがこの日、面白いくらいに的中して、彼の財布は膨張した。

待たせてあったハイヤーに乗ってY市に帰り、中華料理屋に二人のホステスを呼びつけたときには、トキタ先生はちょっとしたヒーローだった。円卓のうえに、二十万円ほどの紙幣を無造作に並べ、それをホステスの眼のまえまで回して見せた。

「好きなだけ取ってください」と眼を細める。

戸惑って笑いながらも恐るおそる手をのばすホステスに、トキタ先生は拍手をして歓んだ。

初競馬で勝利した彼の無邪気さにほっとした。初夏の陽射しのしたでパドックと返し馬、馬券購入、レース観戦、払い戻しと一日中歩いてくたびれたらしく、トキタ先生は深酒もしないで帰宅した。その夜は私も彼の家で安堵して眠れた（翌朝、住まいと隣接した医院内で緊張を緩和する漢方薬を処方してくれた）。

トキタ先生の世間知らずぶりには、むしろ、こっちがしっかりしなければいけないと思わせた。それと同時に、彼の金で大いに競馬をしてやろうと企んでもいた。


翌週もトキタ先生を誘った。

彼はなんの疑いもなく、ふたたびハイヤーを競馬場へと走らせる。

「今日も天気がよくてなによりだねえ」

トキタ先生は高速道路のむこうの街並みに眼をやる。

「そうだね……」

曖昧にかえし、競馬新聞に眼を落として予想に集中する。

「今日も先週のように勝てますかねえ」

「あれはツキ過ぎたね。ビギナーズラックだよ」

「前回はちょっと歩きすぎて疲れた。座るところはないの」

「そしたら今日は指定席を買って座ろう。まだ時間が早いし、土曜日だから席は残っているだろうから」

「野球のボックスシートのように年間シートはないの」

「馬主になるしかないよ」

「だったらなればいい」

「馬主はやめよう。なにかと面倒臭いし、ほら、先生が言っていたように使命感や責任が生じる競馬じゃなくて、趣味に徹しようよ」

言っておきながら、その実、今日は絶対に勝って車を買おうと心に決めていた。

狙っているのは第二レースだった。早いレースこそ、ちょっと荒れただけで高配当となる。土曜日となればなおさらで、誰でも朝早くから穴狙いをして外したくない心理が働く。人が増えれば馬券の買い目も拡がるので、とにかく午前中はちょっと荒れるだけで思いがけずに高配当にありつけるのだった。

「今日は朝から勝負したいレースがあるんだ。先生、元手を貸してもらえないかなあ」

「もちろんだけど、それより一緒に買えばいいでしょう」

「そうなんだけど。ちょっと狙っている馬がいるんだ」

「あまり根(こん)を詰(つ)めないように」

なんの根拠もなかった。それでも長年にわたって馬券にからむ不思議な傾向を私は感得していた。騸馬のとなりの馬が馬券にからむ確率がかなり高いのだ。この日に狙っていたレースでも、一頭だけ強い馬が単勝二倍をきる人気で、その同枠に騸馬がいて無印。その左どなりの馬は白三角ふたつの人気薄だった。

騸馬を赤く囲った競馬新聞をトキタ先生に見せて説明をした。

「どうしてこの馬のとなりの馬が頑張るんですか……」

不思議そうな顔で四角い眼鏡をずりさげて覗きこむ。

「理屈ではまだわからない。でも、そういう傾向がある。おれの統計なんだけど」

「統計……何割くらいの確率ですかねえ」

「確率か……そうだなあ、七割くらいかな」

私はその確率を、少し盛って口にした。

「それならば、そういうレースだけを狙って賭けていれば確実に儲かりますね」

「まあ、そうなるけど、そのためには毎週土日に、多いときには全国の三場の七十二レースを競馬新聞でチェックしないとね。馬の頭数にすれば最低でも七百頭以上だよ」

「競馬ってそんなにいっぱいやっているの」

「土日が中央競馬。平日は南関東だけでも、大井、船橋、川崎、浦和の四場のどこかが開催しているから、一年中、毎日どこかで競馬は開催している」

「そうなるとやっぱり経験と統計が大事になりますかねえ……」

トキタ先生との会話は私をまごつかせた。考えてみれば、私はこれまで常に競馬好きの人間に囲まれていた。彼らは私の強引な展開予想や、こじつけにも似たケントク買いにも素直に耳をかたむけ、感心してくれる。だが、賭け事から無縁の人からすればそれは屁理屈にもならない、賭博常習者の戯言なのだった。

私が狙った騸馬の左どなりの馬は人気薄だったが、パドックでの気配はよくて仕上がっている。ムラ馬で、穴をあけたこともあった。

人気馬と騸馬の左どなりの馬との馬連二十万円、騸馬の左どなりの馬の複勝十万円、その裏づけを言いふくめたトキタ先生の金で勝負した。

頭かたければ紐ゆるい。その格言どおり、狙った馬券はその傾向どおりにどんぴしゃりとはまった。騙馬と同枠の人気馬が一着。左どなりの馬が二着。馬連は二千円、複勝は八百円ついて、私は四百八十万円を手にした。

席にもどってトキタ先生に元金の三十万円を返した。

競馬場の名前が記された帯封の二つの束を渡そうとしたら、彼はそれを拒んだ。

「言ってたとおりだねえ。でもお金じゃないんでしょう。せっかく勝ったのだから有効利用したらいい」

大勝ちしたことで有頂天になり、それから競馬新聞とパドックと返し馬に集中しながら陶酔していた。やはり博打は大きく張らなければ浮上しない。勝負の額は想いの丈でもある。少額では焼け石に水だった。当てたい競馬と大金を稼ぐ競馬では、勝ったときの充実感とその興奮を脳へと伝達するドーパミンの濃度がまったく違う。

ビールを飲みながら昼食をすませたトキタ先生は、席にもどると肘かけに小さな躰をもたせて舟を漕ぎはじめた。

あらためて穴馬を見つけた私は、もうひと勝負いける、とアドレナリンを巡らせる。パドックから返し馬、オッズ、馬券購入と忙しく足をはこび、席にもどった。するとトキタ先生の姿はなく、彼を置き去りにしていた焦りで、辺りを捜す。

フロアの端の売店の近くに、ひとりでカップ酒を飲んでいるトキタ先生がいた。途方に暮れているかのような、その小さな老人の姿に、彼を放置したことへの自責の念を覚えた。

走り寄って詫びた。

「先生、ごめん。つい夢中になってしまって」

「なんだか今日は忙しそうですねえ……」

その息はすでに酒臭く、眼は虚ろだった。

「ほんと、ごめん。これから一緒に馬券を買おう、ね」

「もう買いましたよ」

「えっ、ひとりで買えたの」

「教えてもらいました。うしろの席に女性がいたでしょう。君がわたしにお金を渡すのを見ていたようで、トイレに行こうとしたら、凄いですねえって声をかけられ、お酒もご馳走になって、メインレースの予想を教えてくれました」

「それで、馬券は買ったの？」

「頼みましたよ、その女性に。親切に買ってきてくれるとおっしゃるので、ここでお酒をご馳走になって待っているんです」

「嘘だろ！　いつ？　どこに行ったの、その女は」

「そろそろもどって来るのかなあ……」

彼は周辺に虚ろな視線を泳がせる。

「いないって、もう、きっと。で、幾ら渡したのさ」

「三十万円です」

「なにやっているんだよ！」

早歩きで周辺を探してみた。女の姿など見当たらない。

うしろの席にいたのはたしか、黒いワンピースの太った中年女と茶色い上着の中年男だった。

腹立たしさと焦りが渦巻き、私は立ち止まった。

こめかみが締めつけられる圧迫があった。

慌てて上着の内ポケットにしまってあった漢方薬を手で確認する。そのお守りを処方してくれたトキタ先生がよろよろと近づく。

「わたしが、うっかり信用してしまったばっかりに……。君のせいじゃないから、さあ、気持ちを楽にして」

私の手を握った。その白い手は細くて皮膚には弾力はなく、そして冷たかった。

耐えたが錯乱は治らずに涙がこぼれた。

トキタ先生が白いハンカチを眼尻にあててくれた。

ゆっくり深呼吸をしてから、上着の内ポケットから薬を取りだす。

「飲むのかい」

酒臭い息が鼻さきをかすめた。私は首を横にふってこらえた。

しだいに気分は落ち着き、周囲から人の声が聞こえはじめ、視界に辺りの色がもどってくる。

「ごめん、ひとりにしてしまった、おれがいけないんだ」

トキタ先生は握る手に力をこめた。

「先生、帰ろうか……」

「そうだね。帰って美味しい物でも食べましょう」

二人で寄りそって場内から出た。

欅の並木道をへだてた駐車場に待機させていた車で競馬場から離れる。

車窓からトキタ先生を騙した女の姿を捜そうとしたが、そこから気をそらして流れる景色だけを漠然と眺めていた。

4

車上暮らしの相棒、九七年式ガンメタのランクル80は、こうして手に入れたのだった。

購入先の車屋の知人の名義を借り、寝袋や折りたたみテーブル、椅子といったキャンプ道具一式と釣り道具を積みこみ、とうとう私は宿無しになった。ヤブサメやそこに集う仲間達から離れ、車上に生活の場を移した。

車代金とキャンプ道具代を差し引いてもまだ手元には二百万円ほど残っていた。

トキタ先生の医院には事務方と看護師の二人の女性がいて、不意にやって来ては彼を連れまわす不審者に好意の眼をくれるはずもなく、私を彼から遠ざけようとしていた。

「週末は先生をゆっくりさせてもらえませんか」と事務方の女性に言われた。

「わたしがお願いしているんです……」

トキタ先生はそう言うと、知人が馬主をしているという京都競馬場行きをせがんだ。

新横浜駅にランクルを置き、新幹線で金曜日の夜から二人で京都にむかった。

予め彼の知人の馬主に頼んであり、競馬場の席と旅館は用意されてあった。

淀（京都競馬場）ではトキタ先生から離れないようにした。気もそぞろで、その日は馬券にはならなかった。夜に彼の伝手で祇園の茶屋で舞妓と飲んだ。私には、はじめての経験だった。トキタ先生は舞妓にすすめられるまま杯を空ける。艶っぽい三味線の音色のなかで酔って散財していた。彼の休日は釣りから競馬に移行しただけ。その回を重ねるごとに、はじめて会ったときとおなじように彼の酩酊は深まっていった。

私はその金を競馬につぎこみたくてウズウズしていた。早く旅館に帰って明日の予想に集中したかった。もうトキタ先生の金で競馬をすることになんの抵抗も感じなくなっていた。

翌日、私は彼の財布の中身の八十万円余りを負けた。

なんでも私の言葉に耳を傾けてくれるトキタ先生の存在はありがたかったが、彼を取り巻く人たちの眼はさらに厳しくなるはずだった。翌週、ふたたびトキタ先生を東京競馬場に誘い、駒馬のとなりの人気薄の複勝に五十万円を張った。彼の金で。その馬は二桁着順で負けた。

「大丈夫ですよ。確率は七割なのだから、ほかのレースを見つけて賭けましょう」

トキタ先生が財布で私が手となって、二日間で百五十万円余りは負けた。

私はトキタ先生を孤独から救おうと思っていた。だが、考えてみれば彼から三十万円を奪って逃げた女と、なにが違うというのだろう。

月曜日に、トキタ先生の取引先の銀行の頭取と弁護士が電話をかけてきた。彼から離れろと言う。夥しく引きだされるトキタ先生の銀行口座の記録をもとに彼らは言っているのだ。それでもトキタ先生は一緒に競馬に行きたかったのか、携帯電話に彼からの着信履歴がしつこく残っていた。

ナカタの死によって寸断されていた逃亡と堕落が、ふたたびはじまった。

逃げることのはじめの一歩は、着信を無視することだった。留守電の設定はしない。煩わしいメールは読まないで消去する。しだいに電源をオフにする日が増える。やがては番号を変えて消息を絶つ。

東北自動車道のサービスエリアで夜を明かす。車内は快適だった。後部座席をフルフラットにして寝袋を敷くと、そこは隠れ家だった。カーナビでテレビも観られる。ナカタがヤブサメに遺した落語テープも長い夜を紛らわせてくれた。

サービスエリアの駐車場の木立ちのしたに停車してエンジンをきると、自分の所在を誰ひとり知らないのだという解放感が全身を空っぽにしてくれた。運転の疲れは瞬時にして消えてしまう。

車上暮らしも修練のつもりで移動距離を稼ぎ、ホームレスの覚悟を躰に染みこませた。走ること、つまり移ろう視界の速さにハンドル操作で対応することで思考は空になり、精神は安定するのだった。

森林のなかを走り、連綿とつづく青葉を抜けたむこうに牧草地や走路を駆ける馬が見えてくると、自分のなかにある原風景と深く共鳴した。だから競馬場への遠征は自身を解放できる。伸びのびとした馬券勝負ができると思っていた。

天気のよい土曜日に、福島競馬場に着いて場内を歩いた。

入場者はまだまばらで閑散としている。さわやかな風が心地いいので、ゴール板まえの観客席の最前列に腰かけて新聞をひろげた。

第一レース、芝の短距離、いかにも堅い決着になりそうだった。

荒れる要因がどこにも見つからない。一番人気の7枠（福島の短距離で多く連対する枠）の降級（レース条件が緩和された）馬に好騎手、調教でも仕上がっている。開幕週で芝はまっさらだ。相手は中山競馬場での掲示板常連の数頭。本命馬から数点で仕留められる。

競馬は穴をさぐるよりも本命で太く勝負しているほうがよほど勝ち越せる。

ターフビジョンに映るパドックを眺めている視界に、ひと組の家族が入る。

四十代と思しき両親と、小学生の姉と弟の、四人家族だった。

お父さんの持つ競馬新聞をみんなで囲み、はしゃいでいる。

「お父さんはこの印がいっぱい付いている13番の馬を買うぞ」

「どうやって買うの……」と姉が質問した。

「そうだなあ……どういうふうにこの紙に書くのかな」

「だれかに聞いてみれば」と、お母さんが辺りを見まわす。

「やめてよ、恥ずかしいよ……」と弟がお母さんの上着のすそをひっぱる。

清掃員がやって来たので、「あのう、この用紙の書き方を……」と、お父さんが訊いた。

弟は家族から少し離れて気まずい顔をつくった。

罪のない、のどかで和む競馬場のひとこまを尻目に、私は本命対抗の馬単一点を一万円買い（その日の運試しも兼ねている）、ふたたびスタンドにもどった。

四人家族もゴールまえに帰って来た。

ファンファーレが鳴り響く。

「ほら、走るよ」

お父さんがターフビジョンを指差す。

「お父さんが買った13番の馬、勝つかなあ……」

お母さんが二人の子供の肩を抱いた。

ゲートが開くと、「頑張れー」と家族は声援を送った。

馬群のうなりが轟いてくる。蹄鉄がぶつかり合う音、鞭が弾ける音、そして地響きが交じりあって走路をゆらし、きれいに生え揃った芝がちぎれ飛び、本命馬が抜きん出て家族のまえを通過する。

四人は手を取りあって小躍りした。

「勝った、勝った。13番の馬が勝ったよー」

お父さんは拳を握って天を仰いだ。

「二着は……」

お母さんが、お父さんの持つ馬券を覗きこむ。

「大丈夫だよ、ほら、ちゃんと買ってある」

「凄い、やったね。これで幾らになるの」

「馬連というのを勝った馬から八頭に百円ずつ買ったから……でもいいじゃない、楽しかったから。お昼のお弁当食べてからもやろう」

「そうしようね」

お母さんは、二人の子供の顔を見た。

「こんなに楽しいなら、またみんなで来ような」

お父さんを中心にひとつに固まり、弾むようにゴールまえから去って行った。

福島第一レースの、一、二番人気の配当は馬連で三百八十円。馬単で五百二十円だった。あの家族のお父さんは、馬連を八百円買い、三百八十円を払い戻した、トリガミ馬券だった。それなのに、お父さんは誇らしげであった。

私は四万二千円儲けた。それは喜ばしくもなく、虚しい馬券だった。

もう行き着くことのできない、家族という幸福の一幕が、私を苛んだ。他人の金で競馬をし、不義理を重ねては逃走している。ガミっても、小躍りして喜べる人間味はすでに私にはなかった。

その日は、もうまったく馬券にならなかった。

競馬場からほど近いサウナに車を停めて、市内の路地にある小料理屋まで歩いた。

夏競馬の遠征で定宿にしていた旅館から紹介された店だった。大将は、恰幅のよい五十代で、若いころに新橋で和食の修業をしていた。故郷に帰って開業して十年。無類の日本酒好きで、酔うと地元のアクセントが強くなる。

「いらっしゃい、ひさしぶりだね」

カウンターに座ってビールを注文する。L字型カウンターの隅に見知った老年紳士がいるだけだった。彼も東京からの遠征組だと聞く。おたがいに会釈をしたが、名前はまだ知らない。

「朝から来てたの？　今日はどうだった」

「まったくだめだった……」

空きっ腹に冷たいビールを流しこんでから、第一レースでの家族の光景を見たままに大将に話した。

「なんか自分が恥ずかしくなってしまった。あれが本来の競馬のあり方なのかなって、いまさらながら思ってしまったら、競馬に身が入らなくなって……」

「おれも何年かまえに、あまりにも天気がよかったから小三の娘に競馬場に行こうかって誘ったら喜んでさ……」

私は仕草でビールのお代わりを頼み、大将にもすすめた。

乾杯をしてから大将はつづける。

「第一レースから四コーナーのところの芝生に座って、それこそ一番人気の単勝を娘と買ってね。その馬が先頭で走って来ると、もう娘と飛び跳ねて大喜びしてさ。そしたら、なんと眼のまえでその馬が故障だよ。脚ブラブラで、もうそこから動けなくて予後不良だよ。馬運車が来て乗せられる騒ぎで。娘はいまにも泣きそうだし、もうそのまま帰ったさ。まさに青天(せいてん)の霹靂(へきれき)だった」

「それも競馬の一幕だから辛いよな……」

「もう娘に競馬行こうって誘えなくて。でも、その家族はよかったよ。初競馬でガミでも楽しく当てられてさ」

「そのお父さんはきっと家族のまえで馬券を当てることが、最大の使命だったんじゃないですかね」とカウンターの隅の老年紳士が言った。

「すいません。勝手に割りこんでしまい。タムラと申します」

タムラ老人は小柄で物腰がやわらかく、気配を鎮めている雰囲気がある。

「なるほどねえ……お父さんの威厳ですか」

どこか感傷が癒えないその夜、大将と飲むことで気を紛らわすしかなかった。発作の予感もすぐ近くでざわめいていた。

パートの仲居が帰って暖簾をしまった店内で、カウンター越しに矢継ぎ早に冷酒をすすめた。大将は、お猪口をかたむける。

「で、タムラさんはなにをやっている人なの」

「おれが言ったっていうのはナシだからね」

大将はさらに酒を呷る。

「元は馬主さん。そのころから贔屓にしてもらって、ここを開業したときの最初の馬関係のお客さんだったのさ。旅行会社の会長さんで、仕事を息子さんに継がせてからは馬主もやめて、優雅なご隠居さん。いまは馬券一筋」

私に返杯をしてつづける。

「馬主のころの経験で、陣営が勝ち負けに徹している馬に複勝だけで勝負している。それも一度に百万くらい」

「なにか情報があるわけ」

「それは、わからない。そこまで詳しくは訊いたことないから。ただ、調教師やジョッキーの様子にヒントがあるらしい。もちろん、いつも勝つわけじゃないけど、かなりの確率で回収している。年間一億円くらい使って二千万円プラスだってさ」

「回収率百二十パーセントなら、悪くないよね。でも、心臓が強いねえ。あのウエストバッグにはいつも数百万円は入っているわけだ」

「そうなるべ。だからこのことは誰にも言えない。もし悪い奴に眼をつけられたりして誘拐でもされたら大事（おおごと）だから」

「おれに喋ったよ」

「あんたは大丈夫。そんなことで驚く人ではないっしょ」

「わからないよう、人は金で変わるから。だいいち、なんでそのことを知ったの」

「上山（かみのやま）競馬の中央競馬交流戦に武豊が来たときに二人で勝負しに行ったのさ。そのときタムラさんが温泉をおごってくれて、そこで飲んでいるうちに珍しく酔って話しはじめた。馬主時代に馬券では相当苦労したらしい。だからいまは複勝しか買わないとも言ってた。本当に内緒だからね」

「貴重な話をありがとう」

「お礼ついでにもう一軒。たまには色っぽい店に行きましょう」

大将は前掛けをはずした。

「あまり飲まないで料理もあまり食べないときは、いつも大勝ち。誘っても二軒目は行かないで旅館に帰って予習とか復習でしょ。でも今夜は別。取材費払ってもらいますよ」

白衣を脱ぎ、「タムラさんはいつも少食だけどね」と厨房の灯りを消した。

勝てば、望むものはなにもなかった。勝ったレースを回顧したり、リプレイ映像を観たりして至福のときに浸れる。負ければ、無性にあらゆる欲望に駆られる。食欲、性欲、物欲と。だから勝ったあとのことを考えて勝負しても成就しないだろう。まずは勝つことがすべて。そのさきはない。稼ぐかその場で朽ちるか。博打の博打たる所以がそこにあるのだろう。

そして勝った金額はやがては負ける金額でもあるのだ。


その年も暮れ、第四十三回有馬記念を控えた中山競馬場に開催がもどった初日、二階席から双眼鏡でパドックを見ていたら、馬頭観音像の近くにタムラ老人を見つける。

フェルトの黒い鳥打帽をかぶり、首から双眼鏡をさげ、グレーの上着に黒いスラックスを穿き、腰には膨らみのある黒いウエストバッグを巻いている。馬を見るわけではなく調教師の動向やジョッキーの詰所のほうをよほど注視している。

しばらく観察しているとあろうことか、タムラ老人も双眼鏡でこちらを見あげた。

二人は双眼鏡を通じて眼を合わせたことになる。そして彼は私にむけて片手をあげた。

私はザワッと身震いして上体をよじった。やはりこの老人は只者ではない。それ以来、彼を意識して捜すことはやめた。

競馬と勝負を愛するところにまで到達している人の領域を侵すつもりはなかった。

5

雪の多い冬だったので、年末から春さきまでは荻窪の外国人ハウスで過ごした。

二階建ての古い日本家屋の傍に駐車スペースがあり、ランクルも込みで一泊三千円だった。

啓蟄(けいちつ)に動き出す虫のように、まずは近場の南関東を巡った（不本意にも約一ヵ月間の足止めを余儀なくされる事態もあったが）。それから日本海側、東北の競馬場へと足をのばし、晩夏に荻窪にもどった。そこの住人の若いアメリカ人男性ダンサーの紹介で行き付けになった新宿ゴールデン街の劇団員女性がバーテンダーをしている酒場で、男女数人での飲み会があり、誘われた。秋の福島競馬もはじまり、ふたたび東京を離れる挨拶代わりのつもりで参加した酒席でのことだった。

狭い店内のカウンター席で私の横に座った女性は、ショウコといった。

長身で短い黒髪の、二十八歳で、エキゾチックな顔立ち。長い脚に黒いスラックスが似合っている。ハリウッドにある映画用特殊メイク専門学校への留学を計画していて、英文記事の翻訳のアルバイトをしながら公団に住み、ひたすら留学資金を貯めているという。

授業料と生活費に三年間で五百万円はかかるそうで、むこうで働く気はなく、技術習得に専念したいという。目標達成まではあと二年はかかるだろうと、なかば諦めムードで喋っている。そのせいか彼女はその見た目とは違い、どこか悲壮感がただよい、いじましく生活を抑えているからか、華やかさを欠いていた。

新宿のスナックで働くつもりで、旧知の劇団員バーテンダーに誘われたので飲み会に参加したらしい。それも裏目に出てしまいかねない彼女のなかにある暗さが私は気がかりだった。薄幸なタイプと関わっていると馬券の精度も落ちる気がしていた。

「わたしはお酒を飲んでないんだからワリカンは不公平」

ショウコはそう主張して、電車もなくなるので帰るという。

「彼が飲み代もタクシー代も払ってくれるから、もう少しつきあいなよ」と劇団員バーテンダーが私を指さして言うとまわりが囃したてた。

彼女は訝しそうに私を見たが、「そうなの……」と訊きかえした。

半ば面白がって酒をすすめたら意外にピッチがあがる。きっと酒に強いことがスナックで働く決心の根底にあるのだろう。また、酔っていじましさの箍がはずれたのか、色気が見え隠れしてエキゾチックさが際立ってくる。

「彼は人畜無害だから、もっと一緒に飲んでいけば」

「いいよ。ご馳走してくれるんだったら」

ショウコは酩酊とまではいかないが、私にしな垂れかかった。

家畜には無害でも人には有害だったし、その時点で彼女にさほど興味はなかったが、こちらも酔えば男の部分が頭をもたげてくる。

ショウコが食事をしたいと言いだした。彼女の手をとり耳許で、かつて定宿にしていた新宿のホテルに誘ってみた。ここでも意外な面をみせ、「人畜無害なんでしょ」と従う。

酒が無防備にさせてしまうタイプなのか、それともなにかを吹っ切ろうとしているのか、あっさり寄りそって部屋に入る。ワインで乾杯をしてルームサービスを注文した。

翌日は競馬だった。そのことを言うと、「競馬って儲かる?」と訊いてきた。

「確証はないけど、タイミングだな」

「しょせん、あなたはギャンブラーでしょ。みんなが言っていた」

「失礼だな。勝つときもあるさ」

「幾らくらい」

「まあ、そっちが留学で必要としているくらいの金額はいっぺんに勝つ、ときもある」

「嘘でしょ！」

「なんなら明日一緒に府中に行くか」

「勝てるの？」

「だから、まだわからないって。行ってすぐに勝てるわけではなく、その日その場の流れというものがあって、そのタイミングで勝てそうなレースで勝負するんだ」

「勝って、わたしのお金を増やして。負けたら補償してよ。ギャンブラーなんでしょう。勝ったらお礼するから」

「いったい幾ら持っているんだよ。いじましく貯金しているんだろう」

「わたしのお金を狙っているわけ」

「そんなわけないだろう」

魂胆を見透かされたくなかった。いったん話題をかえる。

「いつからスナックで働くんだよ」

「いいから、そんなこと。わたしのお金で競馬するつもりでしょ、ねえ、そうなんだよね」

「酔っぱらいすぎ……」

言いかけて飲みこむ。彼女の眼は虚ろで、届けられたルームサービスのパスタを、艶めかしく口にはこんでいる。それをワインで流しこみ、ナプキンで口元をぬぐう。それからピンクの舌先で上唇を舐める仕草にそそられる。

「わかった。負けたら補償するから、シャワーを浴びろよ」

「シャワーは浴びるけど、今は無理。勝ったら考える」

ショウコは冷蔵庫から水のボトルを手にしてバスルームに入った。


「ふざけないで！　なんで百万円も必要なわけ」

ホテル内のＡＴＭでショウコは声を荒らげた。

「一万円を十万円にするのも、十万円を百万円にするのも難しいけど、百万円を二百万円にするのは比較的たやすいのが競馬なんだ」

「絶対に補償してよね！　一筆書いてもらうから」

「面倒臭いなあ。だったらやっぱりもういいよ。ひとりで行くから。ハイリスクハイリターン、ノーリスクノーリターン。精々また切りつめて留学費用を貯めればいい」

本気で踵をかえした。

「ちょっと待って。わかったわよ。信じるから、絶対に補償して」

すっかりショウコの存在に冷めていた。口にした手前、あとには引けない。この際、競馬場まで行って適当に少額負けたらお手上げにして、負け金を補償すればいいだろうと考えた。そもそも勝負のあとのことなど考えて勝てるはずがない。持論に背いている。調子に乗って厄介を背負いこんでしまった。女の存在にかまけた自分が愚かだった。

結局、ショウコの金に手をつけるタイミングもなく、昼食をとり、彼女はビールを飲み、はたから見れば競馬好きカップルさながらにレース観戦をしていた。

その日のレースも佳境に入ってショウコは「まだ買わないの」と私の顔を覗きこむ。

秋の府中の裏では福島競馬が開催されていた。さっさと昨夜ひきあげて福島にむかわなかった自分をさらに悔いた。

競馬新聞に眼を落としながら「今日はいいレースはないから」と曖昧にかえし、ふと、裏開催のメインレースの出走馬の一頭に気持ちが動く。

芝一二〇〇メートル、逃げの利く騎手だ。これまでに幾度も太く稼がせてもらっている。

「安田（やすだ）のテン乗りだ……」

独り言ち、立ちあがってモニターに歩み寄る。

初騎乗馬、初ブリンカー、初馬具、初芝、初ダート……と初物に留意して気になるなら押さえるのは競馬のイロハだ。

騎乗命令がかかって調教師と騎手が馬に近づく。安田騎手はいつになく真剣な面持ちで調教師と言葉を交わしながら、馬上に座る。

これは逃がすな……とっさに感じた。

タムラ老人の考察に倣えば、陣営は人気薄の馬を逃がして勝負に出るのだろう。先行するのが得意のベテラン穴騎手の初騎乗の馬で、逃げればなんとか残せると踏んだ。

十六頭立ての十一番人気。単勝は三十八倍からあるが、複勝で充分だ。

ショウコから百万円を受け取り、３枠６番のソウルスピリッツの複勝に張った。

馬主は大物女性シンガーで、バイト時代のテレビ局とかつての妻の店で話したことがあったので縁起がいいと思った。

複勝百万円勝負の馬券をショウコに持たせた。

モニターのなかで福島競馬のメインレースはスタートした。

ソウルスピリッツはきれいにデッパ（発馬）を決めてまえにつけた。

「見ていろ。６番の馬が三着にくれば金になる」

ショウコは府中の馬場をふりかえって戸惑う。

「どういうこと？　馬、走ってないじゃない」

「ここのレースじゃない」

モニターを指差して集中する。

右回りの四角を通過してもまだ複勝圏内にいる。

直線で外から外枠の馬に並ばれて四番手にさがりかけた。内でもうひと脚使い、交わして鼻差三着にしのいだところでゴール。

「よしっ！」

声をあげて拳を握った。

「どうなったの？　わたしのお金はどうなったの」

ショウコは私の腕を摑んでゆさぶる。

「増やしたよ」

レースは確定した。複勝で七百三十円の配当だった。

ショウコと二人で百万円を超える大口配当の窓口に馬券を渡す。引換券をもらう。しばらくして東京競馬場の帯で束ねられた百万円が七束と、端数の三十万円を受け取る。ＪＲＡの手提げ紙袋にそれをしまってもらった。

ショウコはその場にへたり込んで紙袋に手を突っこみ、札束を数えながら、泣いた。

「なんで……なんでこんないい加減な男が簡単にお金を作れちゃうのよ……」

警備員がやって来て、咎められ、紙袋をショウコに抱かせた。周囲にちょっとした人集りができた。ショウコの肩を抱きながら、その場を離れ、タクシーでホテルに帰った。

その夜はレースを回顧して満足に浸った。

シャンパンでの乾杯後にショウコから百五十万円をもらった。札束をナイトテーブルに積んで、ベッドに誘う。彼女の身体は綺麗で見栄えがした。だが、それほど興奮することもなく、おたがいに中断しては酒をふくむ。

ショウコは競馬新聞の福島版をひろげ、しきりに私から教わった内容を復唱した。

「騎手安田、３枠６番、ソウルスピリッツ、複勝七百三十円の配当で七百三十万円ゲット！

わたし、このジョッキーとこの馬は一生わすれない……ねえ、でもどうしてこの馬で勝負したの？」

「いろんな偶然が一致したんだ。好きな騎手がはじめて乗る人気薄の馬で、好走の気配に満ちていた。馬主がだれかも知っていた。それに1枠から順に、アカサタナと追っていくと3枠はサ行だろ。そこにサ行の文字ではじまる馬名のソウルスピリッツ。これを昔の人はケントク買いと言ったんだ。イロハニホヘト、と読んでいく人もいるくらいだよ」

「競馬って血統とかデータで買うんじゃないの？　なんか凄いこじつけだね。でも、お金を増やしてくれたからいいや」

ショウコは嬉しそうに笑った。

朝になってから、昨日の余韻を味わうかのようにショウコと交わった。

長くて白い肢体をもてあそばれながら、どこか苦しそうに顔をしかめて悶える。首のうしろに腕をまわして抱きかかえてから耳許で、「貯金は幾らあったんだよ。言ってみな」と下半身を突きあげて攻めた。

「……三百万だけど」

呻くように白状した。

「もしかして巳年かよ」

「わたしは違うけど……お母さんが巳年。なんで」

ショウコは眼を開けて私を見た。染みついた癖のように彼女の金でさらに勝負しようかと思ったが、やめておこうと考え直した。柄にもなくアメリカに行きたい彼女を応援する気持ちが、胸のうちにでもあったのかもしれない。

夜の勤めを断り、いったんアメリカに下見に行くというショウコを成田空港まで送る途中、高速道路のかたわらにある船橋競馬場が開催していたので、「出発まえにもう百万円、勝負してみるか」とたきつけた。

「いいよ。寄っていく？」

彼女は迷いなくそれに乗った。

「さっさとハリウッドに行け。盲亀(もうき)の浮木(ふぼく)、優曇華(うどんげ)の花って知っているか」

「なにそれ……」

「自分で調べろ。もうあんな奇跡は起こらないということの喩えだ。人生一度の競馬で勝ち逃げなんて立派だよ。まあ、おれのお陰だけど。ギャンブルは伸るか反るか、だからな」

「負けたら補償してくれたんでしょ」

「まさか、そんな金持っているはずないだろう。はじめから負けたら逃げるつもりだった。もらった百五十万でずいぶん助かったよ。人の金で勝負できたし、ショウコともヤレて」

「嘘でしょ！　最低な男」

車窓の外にむけた彼女の横顔は、はじめて会ったときよりも数段美しいと思えた。

この勝利の顚末は幾度となく繰りかえし私自身の売りこみの一節として、飲み屋の女性にむけて語られた。そして資金調達は叶っても、ショウコと祝杯をあげたような成果と関係を築けた女性は、ひとりとして現れなかった。最後は負けて女性から引いた金を失い、恨まれて姿を晦ますのがオチの、最低な男だった。

6

「その馬はルションの血統か」

私が競馬新聞に赤ペンで印をした馬について語りかける男がいた。

彼が誰なのか理解するまでに少し時間がかかった。

川崎競馬場の特別観覧席の窓辺からパドックを見下ろしている私の肩越しにそう言ったのは（ひとりで集中して勝負したくてトッカンに上ったときに限り、不思議と声をかけられる）、黒いボルサリーノをかぶり、銀縁の丸い眼鏡をかけ、白く長い顎鬚を蓄えた初老の男だった。でっぷりとした背丈のある体軀をグレーのツイードの上下で包み、競走馬が刺繡された赤いネクタイを締めている。赤いポケットチーフのしたに来賓のリボンをつけていた。

バリトンの声音で鷹揚に説き伏せてくる。

「膝の皿が丸い血統だから、直線が短かくて狭いこの馬場では不利だな」

「この馬は今日のように重い馬場で以前に穴をあけていますよ。つつまれないで外から追走できれば問題ないでしょう。幸い今日は外枠ですし」

「そうか。それなら狙って面白いわけだ」

手には出走馬プログラムだけで競馬新聞は持っていない。

私は、この男の容姿に思いあたる節があった。競馬雑誌の写真で見たことがある。

「ナカジマ先生ですよね」

「ああ、そうだよ。わたしの本を読んだことがあるのかね」

「ええ、いわゆる悪魔の血統論。好きですよ、冒頭のアメリカの草原を馬群が走る描写と、アメリカン・クォーターホースの解釈が面白いですね」

「そうか、それはよかった」

「おひとりですか」

「K厩舎から馬運車で来たんだ。よかったらむこうで一緒に返し馬とレースを観ないか。席は空いているよ」

私はナカジマの大きな背中について来賓席に移った。

「君の馬は勝ったな」

ナカジマはまだ馬群が四コーナーに差しかかったところで言った。

私が賭けた馬は馬群の外から手応え抜群であがってくるので、「できましたね」と言ってから、「アウトサイドホース」と、つい英語で応援した。

すると、「アルディ　フォルディ　デ　カバーロ！」とバリトンを利かせ両手をひろげてナカジマは叫んだ。周囲が驚いて、こちらに視線が集まる。

ひとつの席から、「先生、今日もご機嫌だな」と声がかかった。

「グラッツェ！」

彼がかえして来賓席にちょっとした笑いが起こった。

こうしてナカジマと出会ったその夜、彼を伴なってイタリアンレストランで食事をした。

彼は煙草を喫うが酒は飲まない。そのぶん大食漢だ。その後、交流を持って幾度となくナカジマと食事をしたが、彼はイタリアンレストランではもちろんイタリア語、中華料理屋では中国語、そしてステーキハウスでは英語と使いわけて注文をしていた。いくら店員に笑われても挫けることなく。

ナカジマはそのエキセントリックな振る舞いと類い稀な経験から得た知見で競走馬の血統論と生産論を提唱し、それに帰依する信者のようなファンを持つ人物だった。年齢はナガシマシゲオと一緒というのが彼のお気に入りのセリフだった。

滑らかに歌うように競走馬の血統を語る彼は実際に、機嫌がよいと所かまわずに歌いだしてしまうので、周囲から変人あつかいされることも多々あった。

ナカジマは上野の芸大でオペラを学び、イタリアに留学する。学生寮で、見覚えのある苗字の学生と同室になる。大学時代から競馬好きだった彼は、一発でそのイタリアンの素性を見抜き、こう言った。

「君はフェデリコ・テシオの一族か」

「いや。父が親しかったんだよ」

「頼む。テシオの牧場に連れて行ってくれないか」

「父に訊いてみるよ」

ナカジマは、一度見たり読んだりしただけですべてを記憶できる特殊能力の持ち主だった。楽譜を眼にしただけで丸暗記できる。その特性をもって、彼は亡きテシオの書斎で直筆の記録を見せてもらった。

「判読できるならお役に立てて下さい」

それでも未亡人のリディア・テシオに警戒されるのを恐れて一切メモは取らず、その場で記号や文字を解読し、内容をすべて暗記して寮に帰り、ノートに書き留めたのだった。

「ドルメロの魔術師」と呼ばれ、リボーやネアルコといった世界的名馬を作り、凱旋門賞を二連覇するほどのフェデリコ・テシオの生産牧場の血統メカニズムと馬産理論をもとに著したのが、ナカジマの著書『血とコンプレックス』だった。賛否両論はあったが、私はナカジマの本を、読み物としても堪能したものだった。

静内の生産牧場に預けてあるイタリアの血統本が必要になったというナカジマを乗せ、北海道まで走ることになった。その道中、旅打ちに興じようというたくらみだった。

「では、出発するかね」

ナカジマは、角の傷んだ生成りのスーツケースを後部座席に積みこむ。

カーナビに東北の競馬場をセットし、ナカジマの自宅まえから走り出た。午前八時を回っている。これから道中たっぷりと競馬講釈を聞かされるのかと思うと、いくらか気の重いところもあったが、ナカジマとは屈託なく喋れて気晴らしになるので救われた。

「手はじめに南関で路銀を増やしていくかい」

「先生、やめましょうよ。早いところ福島の旅館に着いて、ゆっくりしましょう」

「それならば、どこかでコーヒーを買ってくれ」

「イエスサー！」

馬は二頭寄りそって行動する。ナカジマの著書の記述だが、併せ馬さながらの旅打ちだった。会話の大半はやはり競馬のことだった。

サラブレッド三大始祖から今日までの系統をすべて諳んじるナカジマの話は、ときおり眠気を誘って運転の妨げになった。彼の学生時代の話や競馬で大勝ちした金をイタリア留学費用の足しにした話は愉快だった。

「そういえば先生、去年の秋に馬券で増やした資金を元手にアメリカに留学した女性がいましたよ。まあ、おれのスケベ心がきっかけでその人の虎の子を使って大勝ちしたんですけどね」

「では、ここで問題。これまでで一番スケベエな競走馬の名前は」

「ダイシンボルガードとか、ロングシンボルってのもいましたねえ」

「ロングシンボルの近親にはチェリーコウマン。でも、もっとイヤらしいやつ」

「思い浮かばないなあ。降参」

「正解は、クリペロ！」

車中ではよく笑った。

北上して四日目、福島競馬場をあとにして青森まで走る。

途中、ナカジマは森深い道に車をそれさせると、やがて寝藁のにおいが漂ってきて、生産牧場にたどり着いた。そこに一晩やっかいになり、帰りしなにはしっかり封筒までもらい、「ほら、ガソリン代だ」と差しだした。十万円入っていた。ナカジマ理論で交配し、重賞馬を輩出した牧場だったのだ。


フェリーで苫小牧に渡るために青森から改めて八戸を目指す。路面は冷えて硬く、厳冬がすぐそこまで迫っていた。トキタ先生の金で勝負して手に入れたランクルは順調で、出発まえに新品に履きかえたスノーラジアルタイヤは快調にその距離を稼いでいた。

「そういえば先生、このまえ新橋の場外で野球帽をかぶった人と話していたでしょう。あの人の帽子のワカシオという刺繍、あれって阪神牝馬特別で穴をあけたワカシオのこと？」

「そうだよ。彼はワカシオという店名のクリーニング屋をやっている。住み込みのクリーニング屋修業時代に、一九六七年の有馬記念の一番人気スピードシンボリと二番人気リュウファーロスの枠の3－6を、店主から十万円、先輩らから十万円を預かって場外に買いに行ったんだが、彼は間違えて裏開催メインの阪神牝馬特別の枠の3－6を買ってしまった」

ナカジマは窓をさげて煙草に火をつける。冷たい外気に雪のにおいが混じっていた。

「店に帰って店主と先輩らにしこたま殴られて、その場で二十万円を弁償させられた。それどころか有馬が3－6の枠で決したらその配当額も給料から差し引くと脅されたらしい。ところが、有馬は四番人気のカブトシローが勝って枠の6－8。逆に阪神牝馬特別は十二番人気ワカシオが勝ち、二着に四番人気ミホロクインの3－6の枠の大穴。そこでだ、なんと彼が間違えた馬券は五百万円以上に化けた。それを知ったとたんに店主と先輩らは、今度はその配当金をみんなで分けようと言いだした。さすがに彼は殴られた傷の手当てをしてくれていた店のお手伝いの娘を連れて飛びだしたんだ。その娘とは将来を約束していたらしい。奇しくもその日はクリスマスイブ。そのまま二人は店をやめて郊外に安い戸建てを買って、のちにそこの一階でワカシオというクリーニング屋を開業したわけだ」

「ワカシオの至り」

「いかにも」

福島、青森、札幌、門別、旭川、静内、そして帯広と一ヵ月かけて巡った。

民宿、旅館、ビジネスホテル、そして牧場、ときには車中で仮眠をとっての旅打ちの収支はトントンで、ナカジマは、胴元へのショバ代二十五パーセントを払っている分は勝っているのだから、この旅は大成功だったと満足していた。大食漢と巡った旅で私の体重は増えた。

札幌や静内の場外馬券売場では中央競馬に興じた。門別、旭川では二人して新聞や出走プログラムからの情報を一切絶ち、パドックと返し馬だけで勝馬を当てることに熱中した。寒さのなかで相馬眼は冴えわたった。

「先生、先着勝負しましょうか」

「いいだろう。千円でどうだ」

「掲示板のオッズで三番人気以内の馬は駄目ですよ」

「それでいこう」

お互いに指名した馬が相手の馬より先着したら勝ちになる（まずはジャンケン勝負で勝った方がはじめに指名権を得て、それからは先着勝負に負けた方がさきに指名できる）。

千円札が私とナカジマの手を行ったり来たりした。

埒が明かないので私は、連目に頼り、ナカジマの鼻をあかしてやろうと思った。８番の馬が五レースで三着、六レースで二着と着順をあげてきたので、つづいて一着になると踏んで、人気薄だったが七レースでは８番の馬を先着指名した。見事に的中して一着になった。

数字の連なりは侮れない。ことさら人気薄の数字は連鎖する。

私は馬の血統や仕上がりといった分析よりも、この数字の連なりに魅かれる傾向があった。

この連なる数字が乱れるときが不意に起こる。そこが波乱の見極めにもなる。

まったく不思議な現象だったが、仮に十レースで三着になった馬番号が、次のメイン、十一レースで圧倒的な単勝一倍台の人気だとする。するとなぜだか、この番号の本命馬が飛ぶ確率がかなり高い。二着、三着に敗れたり、まったく着外に消え去ることもあるのだ。

おかげでずいぶんと大怪我をしないですんだり、稼がせてもらったこともある。

どんなレースであっても、役に立つ。もちろん、馬の仕上がりと並行して判断する必要はあるのだが、数字の持つ摩訶不思議な法則のほうが競走能力やデータや相馬眼を凌駕する場面もあるのだから、けっして侮れない。

世のなかは数字に支配されている。人間は毎日、あらゆる場面で数字に縛られている。言わずもがなだが、博打は数字に笑い、数字に泣かされる。あるときは馬が走るのではなく数字が走ると言う発想で、大万馬券を獲ったこともあった（とはいえ、勝馬を探り当てる本筋は、やはり調教での仕上がり具合、パドックでの気配と返し馬での前進気勢に注視することと思っている）。

旭川での先着勝負は、最終レースを終えて私が五千円勝っていた。

帯広の、ばんえい競馬でもナカジマと先着勝負をした。まるっきり見当のつかないばんえい競馬では、ビギナーズラックに頼るほかなかった。それにしても、ばんえい観戦には力が入る。まるで自分が橇を曳かされているかのように力んでしまって肩が凝る。

私が指名した馬がナカジマの馬より頭ひとつさきにゴールを過ぎた。

「まいど」

手をだした。

「いや待てよ。まだ決着してないぞ」

「いま頭差でゴールしたじゃないですか」

「まだまだこれから」

馬橇の最後尾が通過したところがゴールだということを知らなかった。頭差で勝ったと思って喜んでいたら、そこからふたたび抜きつ抜かれつがはじまって結局は負けてしまった。

「なんだよ。あんなのどうにでもジョッキー同士でヤリクリできちゃうじゃないですか」

「いやいや、ゴールに辿り着いてからも試練は幾らでもある。この競馬は速さを競うのではなくて耐えることを競うレースだよ……」

そう言いながらナカジマは手をだし、「まいど」と私から千円を奪った。


帰京する車中、『古今東西』歴代三冠馬とダービー馬当てで盛り上がったが、ナカジマの知識に敵うはずもなく、早々に降参した。すると「このごろのテレビの競馬番組はおかしなことを言うなあ」と運転する私の顔を覗きこむ。

「日本において牡馬はクラシック競走を三つ制してはじめて三冠の称号が得られるのに、一つ勝っただけなのに一冠馬、二つ勝って二冠馬なぞと称えている。三つ勝ってこその三冠馬。あんな安易に一冠、二冠と言うものではないんだよ。野球で二冠王とは言わんだろう。強さ、運、陣営の叡智によって得られるトリプルクラウン、牝馬ならトリプルティアラの真意が問われる無見識が蔓延(はびこ)っていてけしからん」

そう言ってから腕を組み、眼を閉じ、いびきをかきはじめた。

ようやく東京に帰って車を降りる際に、ナカジマは「年が明けたら、つぎは西を攻めよう」と言った。そして、古くて大きな日本家屋の門扉の前で手を振った。

ナカジマと別れてビジネスホテルに泊まり、大浴場で全身の節々を伸ばした。

道中連れのいた長い運転での疲労感は無性に女を求めた。ほぐした躰をベッドに横たえるとそれもしだいに薄れ、眼を閉じるとまだ車を走らせている残像が見えたり、脳裡では競馬がはじまったりする。この旅で染みこんだ習慣は意外にも深く浸透していて、中毒性を帯び、それからの行動をさらに支配していく。

社会復帰への道を自ら断ち切り、あたかもそれが自分にとっては妥当な生き方と言い聞かせ、競馬への依存をよりいっそう濃いものにしながら流浪した。

7

今にも雪になりそうな雨天の浦和競馬場のスタンド席には、冷たく細かい雨滴が吹きこみ、通路は黒く光っている。観衆は濡れた席を嫌い、スタンド上部の軒下に密集していた。

中央競馬との交流戦一四〇〇メートル左回りがスタートした。

スタンドまえの走路に泥を蹴散らして馬群が通過する。泥濘（ぬかるみ）に踏みこむ幾つもの蹄の音が遠ざかって行く。

濡れた馬群はひと塊となって三コーナーから緩やかにくだり、四コーナーに差しかかる。

半馬身抜きん出ている先頭のジョッキーが残り二〇〇メートルで右腕をふりあげて鞭を使う。馬はもうひと伸びして馬群を引き離す。レースのペース配分を操作することに長けているジョッキーだ。

「ゴトー！」

私は叫んだ。

それに呼応したかのように再度、鞭をふりあげた後藤騎手は先頭でゴールを通過した。

昴ぶった観衆がどよめいたとたん、私の横にいた黒いハーフコートの老人が杖の先端を滑らせて、通路の段差からよろけた。とっさに手を差しのべたが届かず、老人はまえのめりに倒れ、プラスチック製の座席の角に頭をぶつけてしまった。

慌てて老人を抱えあげたが、額に血が滲んでいる。

杖と眼鏡を拾い、それからジーパンの尻ポケットからバンダナをだして血をぬぐう。

赤いバンダナが血に見えたのか、周囲は一瞬だけざわついた。さほどの傷ではなかった。

「大丈夫ですか」

老人は無言で首を縦にふった。

「医務室に行きましょう。歩けますか」

老人に声をかけてから、「警備員を呼んでください」と人集りにふりかえった。

人垣がわれて警備員が見えた。

バンダナを額にあてがったまま、老人の腰を抱きながら医務室まで付き添った。

「家はどこなんですか」

医務室で額に絆創膏を貼られた老人に訊く。傷のまわりは青い痣になっている。

「平塚なんだが……」

雨足は強くなり、辺りはすでに薄暗く、湿って冷えた外気が体温を奪いはじめている。

「車で送りますよ」

「いいのかい」

「大丈夫です。べつに予定もないし」

言って私は、この老人の住まいの近くにある健康ランドを思い浮かべる。海に流れこむ酒匂川のかたわらに温泉施設があり、そこからすぐの海辺の駐車場では野営ができる。車上暮らしをする者には知れた場所で、私も何度か暗い海の音を聞きながら眠ったことがあった。

スガイと名乗るその老人は七十五歳だという。

競馬場のスタンドで転げたときよりも、眼には光が差し、会話もしっかりしている。黒いハーフコートと茶色いマフラーの肌触りは滑らかで、斜めに背負った黒い革鞄も、黒いエナメルの編み紐の短靴もよく見ると洒脱だった。なかなかのこだわりが見てとれる。果樹木材色(ブルーウッドブラウン)の杖の取っ手は馬の頭を模してある。

「わたしは長いこと国内の旅行記者をやっていたんだが、その旅行本の出版社の社長である友人が脳梗塞で倒れてから縁が切れてしまい、仕事はなくなってしまった。いまではこうして恩給で競馬生活だよ」

スガイは財布から一枚の写真を取りだして私に見せた。

芦毛と若いころの彼が写っている。

「かつては馬主をやっていたこともあった。地方競馬だけど、その出版社の友人と二人でね。わたしは九州の島の出身なんだが、いまはひとり暮らしで、家族はもうバラバラだよ。道楽が過ぎて女房に出ていかれてからは、娘には縁を切られ、息子とは一切連絡が取れなくなった」

世界中のあちこちでウンザリするほど語られる類いの話だ。

「故郷に帰ってゆっくりしたいが、親戚の手前もあっていまさら手ぶらでは帰れないし、それなりの持参金も必要だからねえ」

助手席の取っ手を握る左手首から覗ける金色の腕時計も、まんざら安物ではなさそうだ。

「それで次の恩給で大勝負をして、勝てば故郷に帰り、負ければいっそ死のうと思っている」

とっさにスガイを見た。彼も私に顔をむけた。

「そんな話を聴くために送っているんじゃないです」

その図々しさに本気で苛立った。ちょっと親切にされたからといって、おいそれと死を口にして他人の同情を引こうとする博打常習者のいかに多いことか。

「おれも死を意識したことがありますから……」

ナカタの顔が浮かんだ。

「……実際に友人の死を目のあたりにして、いつでも死ねるという妙な覚悟もできて、行き着く所まで行ってやろうと開き直れた。だからいまはこの車で暮らしながら競馬場巡りをしているんです」

「家族はいないのかい」

「家族どころか、家すらないです。親とも連絡を絶ったままで、自分の所在すら連絡していません。唯一の相棒がこの車で、いよいよ困ったら車金融に頼るしかないので」

「わたしのアパートに泊まるかい。上等ではないが夜具の一組くらいはあるから」

「大丈夫です。アテはあるので」

意識して冷たく断った。

「実はわたしは海軍にいて、真珠湾攻撃に加わったんだ。十七歳のときだった……」

その言葉に今度は、忘れかけていたディックの面影が浮かんだ。

スガイらの奇襲攻撃が元でディックはサンタアニタパーク競馬場の馬小屋に連行されたのだった。スガイ十七歳、ディック十二歳、二人の生い立ちに担わされた過去の歴史の重みに奇しくも競馬を通じて触れたのだった。

「空母赤城から飛びたつ爆撃機からの爆弾投下が任務だった。さきほどの君の話ではないが、いったんは死んだようなものだから、来る十二月八日にふたたび出撃することにした」

「出撃？」

「恩給のすべてを賭けて、その日に勝負をするつもりだ。見届けてもらえないか」

ふたたびナカタの顔が浮かぶ。

「なにを言っているんですか。おれにそんな義理はないです」

「このままでは孤独死は免れない。いっそ潔く勝負して決着をつけるつもりだ」

カーナビの音声に従い、国道からそれて狭い道の住宅街で車を停めた。

「ほんとうに泊まっていかなくていいのか」

スガイは鞄から折りたたみ傘をだしてからドアの取っ手に手をかけた。

外はまだ細い雨が降っている。

「大丈夫です。気をつけてください」

私は前方に眼をむける。

「では色々とありがとう。すっかり世話になってしまったね」

車から降りる際、彼の拘りであろう海軍のエナメル靴が、街灯の明かりを反射して光った。

海沿いの道に出てから温泉施設を目指す。

防風林がゆれてフロントガラスに大粒の水滴がぶつかり、バラバラと音をたてた。

ハンドルを拳で叩き、自らのお人好しぶりを罵った。高速代もガソリン代も節約しなければならないのに、蓋を開けてみれば尊大な老人の戯言（ざれごと）に弄ばれながら、こんな遠くまで走ってしまった。その苛立ちと気圧のせいで精神は張りを失い、ナカタとディックの顔が交互に浮かびあがる、湿って暗い闇のなかへアクセルを踏みつづけていた。


「先日はありがとう」

いとも気安く、パドックでスガイに肩を叩かれる。ムッとして睨む。

肩に触れるな。それも左肩には勝利の女神が宿っている。ギャンブラーの間ではそう言われているのを知らないのか。

額の絆創膏は取れて腫れも引いていた。まだいくらか青く、傷跡も残っている。

「いい馬はいるかね」

「いま来たばかりなので……」

「昼食はもうすませたかい」

「これからですけど……」

「それならば、このレースで獲って、勝ち飯といこう」

なんという調子のいい物言いだろうか。

私の横で勝手に持論を展開して、穴馬狙いの講釈をはじめた。

しかし、気を鎮めて耳をかたむけてみる。スガイの予想の筋道はなかなか興味深く、自前のノートには、ビッシリと各馬の距離別走破時計、上がり時計（ゴールまでの残り六〇〇メートルのタイム）、過去のレースの展開が記されていた。

予習して狙うレースはコースと馬番をイラストにして展開を予想してある。まるでプロのトラックマン並みに研究をしている。レースのペース配分と各馬のラップタイム（二〇〇メートルごとの所要時間）と彼の展開予想とがうまく合致すれば、そこそこに面白い穴馬券を獲れるかもしれない。

「この馬が単騎で、残り一ハロンまで逃げられれば、中段につけるこの馬の上がり時計なら、ここでぴったり躱せる計算になる。一点勝負できるな」

といった具合にイラストのうえから赤ペンでなぞって説明する。

スガイいわく、来る日も来る日も、月月火水木金金と繰りかえされた爆弾投下訓練は数学と物理の猛勉強で、それがいまになっても馬券考察に生かされているのだと言う。

なるほどと思ったものの、競馬はそんなに思惑どおりに決着するはずがなく、結局、小さくだが私が勝って昼飯を奢る羽目になってしまった。場内の蕎麦屋の席でむかいあう。

「君さえよかったら、きちんと礼はするので、一緒に清里まで行ってもらえないだろうか」

懐かしいその地名にうっかり彼の口車に乗ってしまいそうになる。

八ヶ岳の乗馬クラブ時代に頻繁に行った高原の町だ。避暑地の駅周辺のにぎわう情景が駆け巡った。

「先日話した出版社の友人が入っている施設がある。実は彼が二年まえに脳梗塞で倒れてしまった際に役員らにいいように会社を乗っとられてしまった。口がきけなくなっているのをいいことに、無理やり実印を押させられ、代表権を奪われてしまった。施設の費用だけは継続して会社が負担しているが、もうすでに死に体だよ」

「その社長に家族はいなかったんですか」

「生涯独身を貫いた男でね。もともとは彼も旅行記者で山登りが趣味だった。国内旅行の最盛期に会社を興し、温泉や地元料理の情報で一世を風靡して儲かったものだよ。わたしとは戦友会で再会した同志なんだ」

「それで、清里までなにをしに行くつもりですか」

「最後に会っておきたいと思ってね」

「またその話ですか。そんなの、つきあえませんから」

「これもなにかの縁だと思って同行してもらえないか。友人の容態も気になっているのでね」

スガイは肩かけ鞄からメモを取りだし、自分の住所と固定電話の番号を書いた。なるほど達筆だった。

「君の携帯も教えてもらえないか」

「清里行きはちょっと気が重いので無理です」

一瞬手を止めたが携帯の番号と名前をスガイのメモ帳に記した。

結局、その日は勝てなかった。

いつでも儲かるわけではないが、大負けはしないで生きながらえていた。しかし、スガイの登場によって歪みが生じはじめたと思った。

「身内は、オタクしかいないって言っていますから」

電話のむこうの男の声音は低く威圧的だった。

「とにかくこっちで話をしてもらえませんか」

「どこに行けばいいんですか」

「スガイさんのアパートですよ」

「わかりました。いちおう行きますけど、自分には関係のない人ですから」

電話をきり、スガイのアパートへのカーナビ履歴をセットした。

その朝は第三京浜の都筑パーキングエリアで目覚めた（五十円で乗れる有料道路だった）。行かなければならない義理などまったくなかったが、男に携帯の番号を知られた以上、対処の必要を感じていた。

アパートに着くと、短髪に黒い背広姿の男が二人、ドアの前に立っていた。

ひとりは体格がよく、柔和な顔だが耳は潰れている。もうひとりは痩せていて苛立ちが表情に表れていた。

スガイの部屋に入り、居間の座卓を四人で囲む。台所と六畳の室内は整然としていて、雑誌や書籍類が壁際に積みあげてある。文机のかたわらには競馬カレンダーが吊るされ、十二月八日に赤丸が記され、出撃と書かれていた。

「ウチはスガイさんに百万円貸していましてね」

痩せている男が口火を切った。

「取引先の社長を保証人につけて。その保証人とも連絡は取れないし、利息も入れないものだからこうしてここに来た次第です。そしたら、おたくが唯一の身内だって言うものだから」

「自分は関係ないです。先週、競馬場で知り合ったばかりなので」

「そうなの、スガイさん。なんだよ、話が違いますねえ」

「ああ、そうなんだけど」

スガイは私を見た。

「そうなんだけど、なに？　どうするの、この状況を」

私はできるだけ冷たくかえした。

それから、じっくりとスガイの顔を見た。彼はなかば開き直っているのか、これといって動揺する素振りもない。

「スガイさん、本当に一銭もないのかい。年金とかあるだろう。競馬に行く金あるなら、幾らかでもだしな」

細い男はスガイを詰めた。

「それが、まったくないんだ。保証人も入院してしまい、ろくすっぽ口もきけない状態なので、もう、わたしにはどうすることもできない」

「いい加減にしろ。完全に開き直りじゃねえか」

細い男が座卓を叩いた。体格のよいほうはただ黙って事の経緯を見守っている。

その場から去るにも去り難く、どう収束させるべきか考えあぐねた。

「君、貸してもらえないだろうか」

一瞬の沈黙を破ったのはスガイだった。

人はここまで図々しくなれるものなのか。思わずまじまじとスガイの顔を見た。その眼にはなにも映っていないように見えた。

「おれが、なんで？　そんな金ないよ」

「ものは相談ですけど、オタクさんの車でウチが融資しますから、そこから幾らかでも入れてもらえませんか」

「どういうことだよ、スガイさん。そんなことまで喋ったのかよ」

「すまない」

「ウチらも仕事なもので、このままでは帰れないんだ。スガイさんに働いてもらうにも、この歳じゃなかなか斡旋できる仕事もなくてねえ。若ければ臓器を売るとかマグロ漁船っていう手もあるんだけど」

その言葉にざっと頭を巡らしてみた。現金はまだ二百万円は残っている。

面倒だった。私の悪い癖でもある、後先を考えない言葉が口をついて出てしまった。それにこの老人を見捨てて競馬に行ったところで、もう負けるのは見えみえだった。

「十万円渡すからこの場は納めてもらえませんか」

「残額分の保証人になってもらえますか」

「それは無理です。でも、おれの携帯の番号知っているんだから、いつでも連絡とれるでしょう。それに免じて今日は終わりにしませんか」

「話のわかる人でよかったねえ、スガイさん」

「助かったよ」

スガイは私に軽く頭をさげた。

「ところで、そちらは、どちらから来ているんですか」

「Y市ですけど、それがどうかしましたか」

「いや、べつに。ちょっと気になったもので。じゃあ、そちらも受け取りに住所と電話番号書いてください」

「もちろんです」

財布から十万円をだして細い男に渡した。

体格のよいほうの男が背広の内ポケットから書類を取りだし、そこに金額を記して領収書とした。住所も電話番号も記されている。

私はスガイにも借用書を書かせた。


Y市には思い当たる人間がいて、スガイの件を相談できるかも知れなかった。

その男と出会ったのは（荻窪の外国人ハウスで暮らしている時の）、土砂降りの日の大井ナイター競馬だった。

私は一頭の穴馬への期待をこめてひとりでトッカン席にあがっていたのだった。

まだ中盤のレースで、その馬は無印の穴馬だったが、不良馬場にめっぽう強かった。相手にも、千載一遇の好番組（レース）、こちらも道悪巧者の穴馬がいたのだった。

狙った馬を軸にして馬単で道悪巧者の馬に厚く、また怪しいところに多めに流す。これがその日の狙いだった。返し馬での足捌きと気配を慎重に見定め、確信を強め、いざ投票用紙に書きこもうとしたところ、となりの席にいた上品な仕立ての紺地に白い格子柄の三つ揃いに、七三分けの中年男が、私の新聞の赤い印を覗きこんだ。

「その馬で勝負するつもりか。人気ないなあ」

一瞬の眼配りと低い声音と語調、その形（なり）は堅気ではなかった。

男の横にはホステスと思しき若い女が座っていた。

「今日は一レースからもう百はやられている。その馬、おれも乗ったよ。大穴だな。ヤネもいいなあ。恨みっこなしだ。来たらお兄さんに半分やる。負けてもそれまで。その馬からどの馬がいいのか教えてもらえないか」

この手の人間に見込まれたら、もう逃れられないのは重々承知していた。その場から逃げだしたところで、そこからツキさえも取り逃がしてしまう。毒を喰らわば皿までの心境で観念するほかはないのだった。

男の手許の新聞に、大穴からの相手の馬名に赤ペンで印をした。

「道悪では絶対に逃げ残せる馬ですから。こんな雨の日を待っていたので」

「いいねえ、勝負だな」

男は靴とお揃いの黒いメッシュの分厚い財布から札束を取りだす。

そして一点五万円ずつ張った。

それによって幾らかオッズは動いたが、レースは私の予想どおりの二頭での先行で決した。馬単で二万円台の配当だった。

私は馬単に五千円、馬連にも一万円を張っていたので百七十万円弱を手にした。

となりの男は一千万円以上も獲って、私の手を物凄い力で握った。そして口にしたとおり五百万円を私に渡そうとしたが、それは断った。

「受け取ってよ。言ったのはおれなんだから、納めてもらわないと恰好がつかないから」

「ほんとうに心配しないでください」

「そしたら、せめて一束は納めてくれないか」

「ありがとうございます。では遠慮なく」

百万円なら妥当だろうと思った。

「それと今夜つきあってよ。お祝いだ。センセイ、あんた凄いな」


イシダと名乗るその男の運転手がハンドルを握る九五年式銀色のベンツS600でY市にむかう。私の車は彼の身内が取りに来た。

誘いを断る気はなかった。狙った穴馬がどんぴしゃりとはまったときの満足感を肴に一緒に酔える相手がいることは、世間とは隔絶している自分にとっては思いのほか嬉しいことだった。まして や裏稼業の人間に予想を披露して儲けさせた快感は、一瞬にして緊張から解き放たれた私を有頂天にした。

ギャンブラーにとっての最良の薬であり、同時に最悪の薬物がこのほとばしる恍惚の分泌なのだった。

関内で夕食をすませてから、イシダに同行していた女性が働くクラブでその夜は閉店まで飲んだ。私にもホステスがあてがわれ、クラブを出てからもう一軒、場所をかえた。

ひさしぶりのラグジュアリーホテルで優雅に過ごせた。あてがわれたホステスは帰ったが、代わりにマッサージ嬢が部屋に送られてきた。全身のコリをオイルでほぐされ、体内までもすっきりとしてもらった。

それから一ヵ月の間、車を押さえられるかたちで、私はこのホテルに軟禁されてしまう。

イシダの手下に監視されながら、平日は地方競馬、土日は中央競馬の予想をさせられた。

私は競馬新聞のトラックマンではないので、レース直前までは予想を立てられない。

イシダを潤わせたレースはたまさか記憶に留めて追っていた道悪巧者の二頭が、土砂降りの日の同レースに出走するという幸運に恵まれたに過ぎなかったのだ。

イシダは、関連先のノミ屋の常連や金融の顧客名簿をもとに、私からの予想を有料化して流しつづけた。酒や女をあてがわれての待遇はよいのだが、軟禁されたままの予想はそれなりに荷が重く、胃に穴の開くような苦痛を伴った。

不安神経症の再発を警戒し、なるべく気分を鎮めながら、その場はしのいでいた。とうとう限界になり、やむなく名義を借りている車屋の知人に連絡をしてその伝手で救出された。もちろん、その筋の人間が仲裁に入ったのだ。私は車代として二十万円を払った。

「手厚く接待をしていたのに軟禁などと、お門違いもはなはだしい」と、はじめは憤ったイシダだったが、「こんな身内がいたなら早く言ってよ」と最後は私に惚けた。

そして、それからは付かず離れずの間柄を維持しながら、面白いレースがあれば教えるという節度で掛け合いはおさまったのだった。

裏稼業の人間と一言でも利害に関わる口をきけば、どこまでもついて回ることになるのは承知していた。それでも思いきってイシダに連絡をした。すると大仰に喜んでくれた。

「ひさしぶりだねえ。いいレースがあるの？　たまにはこっちにも顔をだしてよ」

「実はちょっとお願いがあるんですけど」

「なによ、水臭い。言ってみて」

「自分の知り合いがそちらの街の金融から借金をしていまして、百万円です。この人間は歳はいっていますけど、競馬の予想はなかなか上手い。面白いところの中穴あたりを引っかけますから、しばらく雇ってもらえませんか」

「面白いねえ。センセイの紹介なら、問題ないよ」

「百万円と利息分くらい稼がせて借金を清算したら解放してもらえますか。恩給で平塚にアパートも借りていて逃げる人間ではありません。そのあたりは保証します。自分からも十万円引いている相手なので」

「いいよ、いいよ。どこの金融屋か教えて。こっちのほうで消しておくから。あとはウチで働いて返せばいいから」

「明日にでも連れて行きます。スガイという男で、なかなかインテリで字も上手い。顧客の宛名書きにでも使えますから」

「わかった。明日、待っているよ」

イシダは終始うわずった声で対応して電話をきった。

事情を伝えたスガイをむかえに行くと、ネクタイをしめて背広を着て身支度をして待っていた。いつもの尊大な表情は隠れ、いくぶん、しおらしかった。

イシダの事務所に到着し、挨拶もそこそこにスガイを引き渡して帰ろうとした。するとあたかも私を牽制するかのようにイシダは若い者に命じ、携帯電話でスガイの顔写真のアップと全身を何枚も撮らせた。

スガイの眼に競馬場で転んだとき以来の戸惑いの色が滲んだ。

私はつとめて視線をはずし、イシダに頭をさげて足早に退散した。

車に乗ってエンジンをかけ、イシダの事務所が入る雑居ビルをふりかえる。

手持ちの金を脳裡で数えてみた。心がゆれ動いたが、それをふりきってその街から走り去った。

スガイ老人はイシダの予想サイトで働きはじめ、なかなかの才覚をみせて便利がられているようだった。酒は少々飲むが、女には終止符を打っていたので、浪費もしないでイシダのもとでコツコツと借金を返すことになった。

結果、人生で二度目の、十二月八日の出撃も免れたのだった。

彼独特のペテンもイシダらの領域では通用しない。だから私へのクレームの類いは一切なかった。

しばらく音沙汰はなかったが、それでもたった一度だけ電話があった（スガイはイシダから携帯電話を持たされていた）。

川崎競馬の正月開催で儲けたので知人の女性と寿司屋で飲んでいたら、トイレに行っている隙に鞄のなかの財布から金を抜かれて逃げられてしまった。助けてくれ、と稚拙な作り話を披露してきた。

呆れながら、泊まっていた蒲田の安宿から日ノ出町の寿司屋まで走って勘定を払い、彼を駅まで送った。

「おれの十万は返してよ」

別れ際に言う。

「イシダさんが返してくれるでしょう」

相変わらず態度が大きい。

「ダメだよ。ちゃんと返して。それまではどこに行っても逃がさないから」

「逃げきって喜ばれるのは人気薄の逃げ馬だけかい」

そう言ってスガイはペロリと舌をだした。

年が明け、三日が過ぎていた。静まりかえった通りのそこかしこの家屋から暖かそうな灯りが漏れている。大勢の親戚が宴席を囲む実家の正月を思いだした。母が炊く赤飯と雑煮が無性に食べたかった。そして、そこで眠りたかった。

行き交う車もない街道を東京にむけてひた走った。

第五章

1

四十一歳で車上暮らしをはじめて、もうすぐ三年が過ぎようとしていた。

まだ行ったことのない競馬場を隅々まで巡るという、ひとつの目的を自分に与え、都内の外国人ハウスや簡易宿、郊外の河川敷や海辺を拠点として方々に車を向けていた。購入時は二万キロだった走行距離メーターは十万キロを超えていた。その間に一度の車検と前後左右のタイヤのローテーションをすませた。折々の気候の中を走って汚れた車体を洗い、ワックスをかけ、オイル交換をしてタイヤ圧をチェックすると、そこからまた新しい日々が始まる期待が膨らんだ。

北海道、東北はナカジマと巡ったので（彼は自著の改訂版の執筆に入っていた）、四十三歳の春、西の地方競馬と中央競馬のすべての競馬場を順次カーナビにセットした。

ナカタの命日には笠松競馬場（岐阜県）で第一レースから全レース、その日にちを組み合わせた弔い馬券を買い、（ナカタと）二人で盛りあがった。二万円台の万馬券が一度だけ的中した。

ちっぽけな負の感情に引きこまれそうになれば、全身の動きに集中する運転は心地よいリハビりとなる。走ることだけが救いだった（転がる石には苔がつかないと言うが、私は身についた悪い苔を落としたかった）。

毎日の野営地や風呂、あるいは安宿とランドリーをさがす手順は長い紀行文の執筆のように思えた。大学ノートに日本列島の地図を描き、辿り着いた競馬場と街、旨いラーメン屋や米の旨いドライブインを書き留めた。

一九〇〇年に欧州のタイヤメーカーが遠方のレストランを紹介することでタイヤを擦り減らすのを目的として刊行されたガイドブックのように、二度と訪れないであろう街の店でも、熱心に記載した。

また、一九三〇年代のアメリカ大恐慌時代に貨物列車に飛び乗って放浪する労働者たちの間で流通したホーボーノートを真似て、私も、管理人が親切でトイレが清潔なキャンプ場には白星三つ、石鹼でも薪でも木炭でも何もかも高く売りつける劣悪な場所は黒星一つとした。

湧水の旨い箇所にはＧＷ（グッドウォーター）と記し、停車中に偽ブランドの財布やバッグを売りに来る輩が出没するサービスエリアには黒星、夜更けに車窓を売春婦がノックするサービスエリアにも黒星を打ち、Prostitute と記した。

そしてカーナビに目的の主要施設を入力さえすればほとんどがこと足りた。

高速代金を惜しんで国道を走った。道は変化に富み、ドライビングハイともいえる境地になる。やむなく高速道路を走る場合には、長距離トラックのすぐ後方につけるスリップストリーム走行で燃費を稼ごうとした。時速九十キロで走るトラックの後方六メートルにつけて走れば、燃費は三十パーセント近く軽減できることを知った。センターラインの白線の長さは八メートル、その空白区間は十二メートルなので、一定の距離をキープして走るのはなかなかの緊張を強いられる。神経は冴えわたり、さながらゲーム感覚だった。

すると、そんな危険を冒してまで走っている自分が急に馬鹿らしくなり、大声で笑ってしまった。そもそもが馬券を買いながら巡り歩く愚行をはたらく身がガソリン代を節約しようとする絶対矛盾的自己同一を笑うほかなかった。

ようやく最南端の佐賀競馬場に到着したときには、髪も髭も伸びほうだいだった。

いっそこのまま競馬場も馬券売場もない沖縄まで渡ってしまおうかという衝動が頭をもたげた。その実、所持金は思ったほど長くはもたなくて、ありったけの気力と残金の配分に気をつけながら出発地点の東京に遡るほかはなかった。

紅葉が深まり、空気は冷たく、道中のオートキャンプ場で焚き火をして不安を癒した。キャンプ道具を買い揃えたときにアンティークショップを巡ってようやく手に入れたColeman ２００Aの自分の生まれ年製ビンテージランタンで灯す炎が心の静穏を保ってくれた（四十四歳の夏の夜には阿蘇山のキャンプ場で一晩中ランタンを灯して誕生日を過ごした）。

五日間かけ、土曜日の午前四時、中山競馬場のかたわらの私設駐車場に着いた。その片隅に停車して眠った。朝八時に車窓を大きな拳でノックされる。

「あら、まあ。ひさしぶりだねえ。どうしたの？　仙人が寝ているかと思ったよ」

がっしりした躰をゆらし、赤銅色に陽灼けした顔で笑ったミツハシは、地元の農家の家長だが、競馬場の一画の地主でもあり、駐車場も経営している。彼の祖父がこの地に『旧中山競馬倶楽部』を招致したのだった。

常連客にむけたホームページも開設していた。中山競馬場のＧＩの観戦会で出会い、かつては彼のサイトに展開予想を書いていたこともあったが、しばらく疎遠となっていた。

所持金三万円で戦いを挑み、負けたなら、この怠惰な暮らしの最後の砦であるランクルを車金融に入れるつもりで、中山競馬場に辿り着いたのだった。しかし、いわゆるカスリもしない負けざま、もう弾丸は尽き、仕方なく東京にむかうことにした。

そう話すとミツハシは引き止めてくれた。これからまた記事を書くなら彼のサイトの運営事務所に泊まっていいと言ってくれる。本音を言えば、その慈悲に素直にすがりたい気持ちで一杯だった。それならばいっそスッカラカンになってからでもいいだろう。

名義を借りている知人の車屋が、その裏稼業で車金融業者をやっていた。そこからほど近い、首都高の代々木パーキングエリアで車中泊をするつもりだった（ここは快適で長時間駐車していても咎められたことはない。どうやら以前はそこに車を置いたまま階段を使って一般道に降りられて重宝したらしい）。

所持金は数千円しかなかったので高速代金を惜しみ、代々木公園の路肩で朝まで時間を稼ごうとした。

晩秋の丸い月が、樹々の隙間から見えている。

渋谷の町に直線の輪郭が黒く浮かびあがり、赤い光が建物の角かどで点滅している。

バックミラーのなかにゆっくりと近づいて来るヘッドライトが見えた。

赤色灯が回転し、案の定、後方に停まったパトカーから制服警官が二人降りて来てバンカケされる。

　こんなときにキャンプ道具と釣り竿は役に立つ。かつて釣り雑誌に寄稿したモンタナ州での釣行文（ちょうこうぶん）を見せる。自分はライターで釣り仲間が来るのを待っていると言えば放免となる（キャンプ道具の中のＢＵＣＫのホールディングナイフも見逃してもらえた）。長髪に陽灼けした髭ヅラにも説得力があった。

　その場から離れることにした。邪魔されずにゆっくり眠りたかった。

　気にかけていた女性がいた。借金をしたまま疎遠になった相手なので気が咎めた。返済を詰め寄られるかもしれない。しかし、風向きを変えたいという身勝手な理由で電話をしてみた。およそ一年ぶりだった。

「連絡できなくてごめん。これから会えないかな」

「ほんと、いつも突然だよね。いまはどこなわけ」

「さっき東京にもどった。返済についても話したいので、今夜、畑の脇に泊めてくれないか」

「べつにいいけど、両親は朝早くから出かけるから……」

　世田谷にむけて走りだす。

「言っとくけど、お金はないからね」

「わかっている。もしなにかあれば、食わせてくれないか」

「だからウチにはなにもないから。知っているでしょう」

　彼女の両親は文房具屋を営んでいる。ひとり娘の彼女もたまに手伝っていた。食事は店ですませるので、商店街から離れた母屋にはなにもないのだという。

アヤミは三十二歳で、彼女が派遣社員として競馬雑誌のデータ管理をしているときに出会った。五年まえになる。

「コンビニでも駄目かなあ……」

「ほんとに無理。月曜日から新しい派遣先が決まって定期券を買うんだから。そんなことなら来ないで」

「もうむかっているから」


住宅街の道から奥まった一角に小さな畑がある。周辺にはまばらに家屋がある。畑はアヤミの両親が、ネギや大根を作っている土地だった。畑に沿って轍があり、柿の木が一本だけ立っている。赤い実が月明かりに照らされている。

轍の奥の柿の木のしたにランクルを停めて電話をした。

「なんでもいいから食わせてくれないか。なんならこの柿食うぞ」

到着したのをいいことにずけずけ言った。

「いいよ。渋柿だから」

クスッと笑ったアヤミが、しばらくして手にコンビニ袋をさげて轍をやって来る。助手席に乗りこむ。化粧っ気がなく、黒い縁の眼鏡をかけていた。

「これでいいでしょう」

「なに、これ……」

コンビニ袋のなかには、烏龍茶のペットボトルとタッパと割り箸が入っていた。

っている。

タッパの蓋を開けてみる。中身はツナフレークがのった白米だった。マヨネーズと醤油がかか

「家にはこれしかなかったから」

おれは野良猫かよ……胸のうちでつぶやいて烏龍茶を飲んだ。

「ずっと車で暮らしているわけ。なんか、見た目すごいね」

「九州まで走ったけど、金が尽きてもどってきたんだ」

野良猫のエサを食べながら言った。意外にも旨かった。

「明日、車金融に行く。もし幾らかでも貸してもらえるなら、そのまえに勝負してみるけど……」

「だから無理だって。だいいちお金も持って来てないし。ほら、手ぶら」

両手をひろげてみせた。白い指と手入れされた爪がフロントガラスに映る。

「だったら、うしろの席で、いいだろう」

「残念でした。生理だから。車を汚されるの嫌じゃない」

タッパの中身を平らげ、烏龍茶で口をゆすぐ。

「どうせまた、どこかに行くんでしょう。そのまえに車で作ったお金で儲けたら、幾らかでも返してよ。預けておくと思ってさ」

「そのつもりで会いに来たんだ」

「嘘でしょ。あわよくばお金を借りて、儲かったらまた連絡しなくなるんでしょう。まあ、今夜はここでゆっくり寝れば。明日から月が変わるから、ツキも変わるんでしょう。いつもそう言っていたじゃない。だから頑張ってよ。アテにしないで待っているから」

アヤミはドアを開けた。

「ほんとうに……」

礼を言いかけた途中でドアが閉まった。

空のタッパを入れたコンビニ袋をさげて轍を帰って行く小さな背中に、月明かりが照らす柿の木の影が映っていた。

2

いつものように右手でハンドルをさすり、愛撫をして相棒をねぎらう。

「ちょっとここで休んでいな。かならずむかえに来るから」

そう言い残し、車金融から五十万円を借りた。

借りるといっても、実際はいったん売却の手続きをとるのが車金融だった。実印を押した譲渡証と委任状、印鑑証明書を渡し、一ヵ月分の金利を差し引いた金額を受け取ることになる。次回からの金利は、業者の帳簿に記録を残さないために現金書留で送ることを強いられる。その点、私ははじめから名義を借りていたので、面倒くさい手続きは省かれていた。

「車で金を作って博打で取り返しにくる人は滅多にいないよ」

と車金融業者はいつも言っていた。

着替えとノートパソコンと大学ノートを入れた鞄ひとつで、浅草の簡易宿に泊まった。

吉原大門まえの馬道を渡った山谷(さんや)の銭湯でじっくりと全身を洗い清める。それから床屋で髪を短く整えて髭も剃ってもらう。手足の爪もきれいに切った。

　勝負にツキがあるときには、髪も髭も爪もけっして切ってはいけない。身のツキを切り離してしまう。これは古くから博打うちに伝えられるゲン担ぎだとイワヤが教えてくれた。

　勝負に行くまえに風呂に入ると、はじめから裸になる、と嫌ったり、身支度をする際にも、上着、ズボン、靴下、靴とすべて左手左足から身をとおす者もいる。右からでは死に装束だから縁起が悪い。競馬場に踏み入る一歩目も左足からだった（左足からグラウンドに入ることをルーティーンにしていた日本人大リーグピッチャーもいる）。

　なかには競馬場にむかう経路にこだわる者もいて、気の利くタクシー運転手ともなれば、はじめに客に道順を訊いてくる。博打うちとのトラブルを避けたいからだと聞く。誰でも勝った道のりは継続したいものだ。

　どれだけ焦がれても勝利の女神は気儘なものだが、心がけ（ルーティーン）は大切だ。


　一夜明けて大井競馬場の最終レース。太く張って勝負した。

　その日の出目は8枠だった。1レースとメインレース以外はすべて8枠の馬が連対していた。そして丸い月の夜だった。花札の芒（すすき）と月は八月の札で、月と山（八の形にも似て）は、8枠のケントクでもあった（馬名にヤマ、ツキ、ムーンが使われている馬が8枠に入っていれば、その人気などはかまわずに必ず押さえた）。

　そこで最終レースは人気の無い8枠から枠単で一万円ずつ流した。馬連も8枠の馬から流してあった。これがドンピシャで嵌り、8枠のゾロ目決着となり、馬連も枠単8↓8も一万二千円台の配当だった。

　相棒を金融業者から請け出すには余る額を一発で勝つことができた。

　まさにツキが変わったのだ。気分がよくて確定を待つ間、売店で生ビールを飲む。空腹の胃の緊張がほぐれて酔いが全身にめぐった。

　払い戻しをすませると荒れた最終レースの勝者をたたえるかのごとく、場内は閑散としていて通路は滞ることなく出口にむかう。ダボついたジーンズの両方の前ポケットは現金で膨らんでいた。歩幅がのびる誇らしげな足取りは酔いにゆれ、涼やかな風が頬に心地いい。月もきれいに見えた。ほんの一瞬だけ昨夜のアヤミのことを思いだしたが、すぐに金を届けようとは思わなかった。

「最終レース、獲りましたか」

　競馬場を出ると顎鬚を蓄えたデニムの上着の男から声をかけられる。

「あれ、誰だっけ？」

「ひさしぶりですねえ。お宅まで送りますよ、乗って行ってください」

　顎鬚の男は周囲に猛禽（もうきん）類のような眼をやった。

「ああ、白タクね」

「いやいや……」

　声音を静める。

「もうタクシーはいませんよ。車は、むこうにありますから、さあ、こっち」

　九五年式の茶色いダッジバンが、ハザードランプを点滅させて停車している。

坊主頭に黒い革ジャンの運転手がお辞儀をした。

顎鬚の男が左側通行仕様に改造された車体の左面のスーサイドドアを開く。

車内はキャンピング仕様で、木目調のパネルで囲まれたキャビンのサイドボードにはバーボンとブランデーボトルが並ぶ。チョコレート色の革張りの大きなソファシートが向かいあい、中央には丸テーブル、その天板の窪みにはロックグラスが置いてある。

スライドカーテンは閉じられ、天井の縁を取り巻くチューブライトからは薄青い明かりが灯っている。酔いと車好きが昂じて乗りこんでしまう。

「暑いねえ、暖房とめてよ」

シートに躰を沈めて言った。

「そうですか……」

助手席に座った顎鬚の男はかえした。

そして、「どこまで行きますか」と躰をキャビンに乗りだす。

「浅草まで」

「それじゃ、そこから首都高速乗って入谷まで行きますか。それとも手前の上野で降りて浅草通りに右折しますか」

「せっかく最終で勝ったんだから、どんつきの入谷まで行っててよ」

ダッジバンは、車体をグラッと左右にゆらしてから噴きあげて走り出る。

「お兄さん、そうとう勝ったの？　お祝いにそこのバーボン飲んで。氷もあるから」

「暖房焚かれて車ゆすられて酒飲まされて酔ったら、オタクらの思う壺でしょ」

「お兄さん、度胸すわっているなあ。どこかの身内？」

「いやいや、堅気ですよ」

「あ、そう。で、幾ら勝ったの」

「まあ、ボチボチ」

「最終レースであの決着じゃ、負け組はさっさと引きあげてしまったけど、あんなにご機嫌に肩で風きって出てきたのは、お兄さんだけだったもの。馬単特券でも三十万円のうえだから、百ぐらいは抜きましたか」

「それ狙いでしょ。白タクは」

「あんまり人聞きの悪いことばっか言わないでよ」

「おれ、まえにも勝って調子こいて白タクに乗ったら、白バイに追われて警察でみっちり絞られてさ。そのときのデコスケから携帯番号教えられて、またなんかあったら電話するように言われているんだよね」

携帯電話を触りながらハッタリをかました。

「穏やかじゃないなあ」

「まあ、いいじゃない。おれ、こうしてもう乗ったんだから。浅草に着いたら居酒屋で一緒に一杯やりますか」

「気前がいいねえ」

「最終レースで勝てば気分いいしね。明日にも繋がるし。それに東京もひさしぶりで、この数年、あまり人とも話してなかったから。ダッジバンで白タクなんて、もしかしたらアメ車好きかと思ってね」

「まあ好きだけど、商売道具だから。そっちこそ人と話してないなんて、もしかして、お務めしていたの」

顎鬚の男がふりかえって眼を細めた。

仮に名前を記せば、ヤマとカワとしよう。

ヤマは顎鬚を蓄えた猛禽類のような鋭い眼の男。カワは坊主頭で一重瞼、金融流れのダッジバンを所有している。ヤマが兄貴分でカワは手下だ。

ヤマはかつて日高の生産牧場で場長まで務めたそうだ。暴行事件の執行猶予中に札幌の薄野(すすきの)で傷害事件を起こして収監、そこで知り合ったのがカワだった。カワは暴行、恐喝で囚われていたらしい。酔った二人は、なんだかんだいってもシャバが一番だ、と肯きあっていた。

ヤマは居酒屋で乾杯をしてから口火をきった。

「お兄さん、おれらのヤリクチを知っているの?」

「酔わせて眠らせて、とんでもない場所まで客を連れて行ってから、法外な金額を要求するヤツでしょ。もっとも、はじめから法外だけどね」

「万券獲って酔って、おれらの車に乗ったヤツに、温泉でも行きたいですねえって調子づかせれば、温泉に行きたくないっていう日本人はほとんどいないからねえ」

「温泉に着いて客を起こして驚かすわけだ」

「自分は、G県のK温泉の出身だけど、たまには温泉に浸かってゆっくりしたいですよねえ、と盛りあげてから、ブランデーを飲ませて車体をゆすると大概のヤツは寝るからねえ」

「酒になにか盛ってあるの」

「いまはもうやってないけど、まえにはまあ、ほんの軽く睡眠薬を」

「悪いなあ」

二人を交互に見ると、カワは薄ら笑いを浮かべた。

「温泉に到着して、お客さん着きましたよって起こすとみんな慌てるよ。お客さんが温泉行きたいって言ったからここまで走って来たんですよ、てね」

「ひどいなあ。ほかには？」

「客の故郷の話題で盛りあげてから、そこまで走ったこともある。寝ている間にアンモニア入りのお茶をズボンの股にかけて、車のシートの張替え代とかクリーニング代を請求したこともあるよ。あとは、相乗りだけどいいですかって、身内の暇なホステスを同乗させておいて股ぐらさすりながら飲み屋に誘うと大概は落ちるね。もっとも最初から白タク乗るヤツはセコセコしてないから」

「路銀狙いの江戸時代の駕籠かきだね、まるで」

「でも、お兄さんみたいにはじめから面白がって乗りこんで、こんなふうに居酒屋に誘われたのははじめてだよ。おれらが言うのもなんだけど、あんた変わっているわ」

ヤマが喋り終わると、二人は貪るように刺身を口にした。

「ひとりで帰っても面白くなかったしね。そういえばさっき、G県のK温泉出身って言っていたのは本当の話？　おれもT市の高校だったから」

口にすると懐かしい繁華街の情景が浮かぶ。

「それは客を釣るネタだよ。でも、T市には世話になっていた親分さんがいて、よく行っていたから、まんざら嘘じゃないし、むこうには詳しいよ」

ヤマはビールで喉を潤してからつづける。

「気っ風のいい博徒の親分さんで、その縁故で馬も買ってもらっていた。去年、肺癌で亡くなってしまったけど、凄い俠客だった。チンチロリンで八千万円勝って、それを元手に伝書鳩を飼って、いきなり鳩レースにはまって夢中になっていたよなあ。一番のお気に入りだった鳩の名前が……おい、なんて言ったっけか」

「コウスケですよ」とカワが嬉しそうに答えた。

「そうそう、コウスケだ。その鳩がチャンピオンで稼ぎ頭だった。なんでも二千万円くらいしたらしい。どれだけ高い鳩でもレースの途中に大鷹とかハヤブサに狙われたらオジャンらしいよ。親分さんの葬式に、その鳩の名前で花が出て話題になったんだよな」

「おれ、この話、好きなんだ」

カワが、だし抜けに饒舌になった。

「兄貴、覚えていますか。頭のテツさんが言ってましたよね。イワヤの親分さんが頭時代に可愛がっていた、コウスケっていう高校生がいた。なんでもアメリカに行ったきり、音沙汰がなくなってしまったけど、絶対にアイツは生きて帰ってくるから、鳩に名前つけたって話。ヒロミママも可愛がっていたらしくて、ママがその子の名前で葬式に花をだしたんです。おれ、イワヤの親分のそんな情が好きだったな」

「そうだったなあ。あれ、どうしたの。腹でも痛くなったかい。おい、車に胃薬があったろう。持ってきてやれ」

うつむいたままの私をヤマが覗きこむ。

「はい」とカワは席を立とうとした。

オシボリで顔を蔽い、「大丈夫です」と声にするのがやっとだった。

3

浪々と巡った身の果て、車でこしらえた元手で最終レースを獲ってヤマとカワと出会った。期せずしてイワヤの最期、ヒロミママの想いを知り、もちろん、嬉しかった。まさに博徒の雄が名付けたコウスケという伝書鳩がもたらしてくれた、万にひとつの縁を素直に受け入れた。そしてこれから、ギャンブラーとして孤高の舞台が用意されているに違いない、という自己欺瞞に拍車をかけた。

ランクルを車金融からだしても、手元には百五十万円余りが残っていた。

しかも、ナカジマから連絡があり、馬券考察の本を一冊仕上げなさいと言う。それは私が得意とするレース展開をもとに著すもので、さっそくナカジマに連れられて彼が寄稿している出版社での打ち合わせの席につく。その数日後、編集者たちとナカジマと私とで、手はじめに大井競馬場でお手並み拝見、それから会食をしようという計画が持ちあがった。

ここいらでひとつ三年間の旅打ちの成果を披露するにはうってつけか（地方競馬最大規模の大

丼は配当金も大きい。前回の大勝ちのように見せ場は充分にあると思っていた）。

私は気負い、昂った。意気揚々と男性編集者四人とナカジマが待つ競馬場のスタンドに参上した。

訊かれるままに講釈を並べたてる。レース展開予想を披露した。

だが、まったくもって予想通りにならないレース運びに翻弄された。

「言うほどたいしたことないな……」

若い編集者からの小声が漏れ聞こえてくる始末で、焦りは募るばかりだ。

なにかとナカジマが救いの手を差し伸べてくれ、不調さを擁護してくれる。それでもひとつも当てられないでいた。

「こんな日もあるからな……」

慰めてくれるナカジマの声も虚しい。

大きく張って挽回をして鼻をあかしてやろうとしたが、すべて裏目に出てしまう。

持参した五十万円の資金は溶けてしまい、とうとう最終レースとなってしまった。

編集者が独自に集めた予想屋の出目のほうがよほど、その日は的中していた。

「最終レースは2番が逃げ残って大万馬券だそうです」

あげくには予想屋の入れ知恵を鵜呑みにしてはしゃいでいる。

もう私に展開予想を訊いてくる者など誰ひとりいない。こらえて雑念を遮断して、ひとりパドックと返し馬に集中した。

「なんと残金は二千円だけか……」

胸のうちでつぶやき、慌てて自らの弱気に反撃する。

残金ではなくて有り金だろう。

どれだけイワヤに教えられたことか。残金と思った時点ですでに負けている、もう手をだすな。有り金と思っているうちはまだ勝機はある、と。


最終レース、一七〇〇メートル右回り、十四頭立て。馬場状態は稍重。距離経験のある馬は三頭だけ。2枠2番と4枠の5番6番。この三頭は前開催の同条件の一七〇〇メートルでも走っている。2番の馬が逃げて負けたが、5番6番よりも先着していた。

リーディングジョッキーが乗る一番人気馬は一六〇〇メートルの距離経験しかない。それでも2番がやや人気を集めているだけで、5番6番には印がない。

大井競馬場の1、2、3といわれるほど内枠有利は常連客の常識だ。そこで、2番の単複と2番がらみの馬券が売れている。だが、開催初日の埒沿いは、砂が深い。

見抜かれた穴馬ほど当てにならないものはない。真の穴馬は他馬の陰に身を潜めている。

オッズでは、2番がかりに逃げ勝っても、馬単の最高配当で一万五千円そこそこだ。

単騎逃げは利くが、どちらにせよ、2番の馬がレースを作ることに間違いはない。

騎手はそこそこの中堅。先行する穴馬の気負いで、きっとオーバーペースになるだろう。

それを追って、有力馬は脚を使い、残り一〇〇メートルでタレる（力尽きる）。ぎりぎり頭差で交わせるとなれば、距離経験のある、4枠の5番6番の両馬の出番だ。狙うなら4枠の5番、6番しかない。だがレース展開に一秒のずれでも生じれば、5番と6番の馬は、もう届かないだろう。

前走では6番のほうが5番の馬より上がりが〇・二秒速い。

馬単で6↓5を千円。押さえで馬連5－6を千円。

これが、有り金二千円、を賭ける結論だった。

競馬新聞に記されてある、その日の暦は友引の先負け。4枠ゾロ目の追い込み馬での決着が私の予想だ。ケントクも、申し分ない。

開催初日の、しかも稍重の馬場の外は砂も薄く、埋立地の影響で走路がたわんでやたらと追い込み馬には有利なのだ。内の馬はもがく。条件はすべて私に味方してくれている。

馬券を買い、ひとりスタンドから降りて、ゴール板まえに陣取った。

人混みの、そこかしこから聞こえてくる話し声には、2番が逃げ勝つムード満開だ。その期待のざわめきが背中まで押し寄せる。

そしてゲートは開いた。

2番の馬が案の定、勢いよくデッパを決めて飛び出る。押しておしてハナを主張する。

実況がそれを煽り、場内がざわめく。

内枠を利しての単騎大逃げ。一コーナー、二コーナーと脚色をゆるめず、むこう正面では十馬身も後続をひき離してしまう。

早くも場内から、「そのままー!」の掛け声。

もう、それは叶わない夢馬券なのだった。予想どおりのオーバーペースだ。

「タレろ、タレろ」

私は呪文のように唱える。

三コーナーを2番が先頭で通過する。後続が詰め寄ってくる。四コーナーを回ってもまだ、2番が先頭。場内に喚声が沸く。

残り二〇〇メートル。ここで2番は完全に脚があがり、追尾した馬群に飲みこまれる。落胆がスタンドに波打つ。

残り一〇〇メートルをきって、まだ5番と6番は後方にいる。

馬場をゆるがす怒濤の追いくらべ。その馬群の大外から5番と6番の馬が猛烈に追い込んでくる。手応えは充分だ。

「交わせー！」

私は魂で叫ぶ。

濡れた砂をかぶった人気馬と騎手とが一体となってもがく。対抗馬と競り合い、我さきに抜きん出ようとするその大外から、6番が5番を連れて頭差で人気馬を交わして突っ込む。

6番の馬が鼻差、5番の馬をしのいでゴールを通過した。

「ヨッシャー！」

私は叫び、拳を振りあげた。全身が震えた。

写真判定だった。そんなことはお見通し、私の眼には馬単6→5が鮮やかに刻まれた。

スタンドにもどって二枚の馬券を編集者たちに翳した。

「こうやって馬券は獲るんだ」

「写真判定ですよ。持っているんですか……」

若い編集者が馬券を覗きこむ。

「一点だよ。馬連5－6、馬単6→5」

馬券を彼らのまえに突きだす。

「先生、馬は二頭で……」

「……行動する。グラッツェ」

ナカジマは握手してくれた。

編集者たちが感嘆した。

確定放送があって払い戻しにむかう途中、「サギだ、サギだ」と騒ぐ中年男がいた。

「おれがオッズを見たとき、馬単で十万馬券だったのに、八万にさがっているじゃねえか」

中年男は馬単の百円的中馬券をかかげた。

「すまんねえ、このお兄さんが、馬連特券、馬単も特券の一点で仕留めてしまったもので」

ナカジマが言う。

「凄えなあ、おれと一緒の狙い目かよ」と中年男は私の肩を叩いた。

怒る気はさらさらなかった。肩に宿る勝利の女神は、この男と私に微笑んでくれたのだから。

大声でカンツォーネを歌いながら歩くナカジマと編集者たちとはいったん別れ、焼肉屋で落ち合うことにした。

払い戻しをすませて駐車場へとむかう。馬単で八十六万円、馬連で四十万円になった（この勝利は金額に関係なく私の人生でベスト三に入る会心の馬券となっている）。

ランクルに乗りこみ、ハンドルを抱えた。

編集者たちを見かえしてやった意気地とナカジマの温情とが相まって涙がつたう。ナカタを思いだすと大泣きになった。なぜ、これがナカタと二人のときに出来なかったのか。そして思った。もうシモだ。イワヤのポーズを真似て、胸元で手刀をきった。

この金で部屋を借りて車上暮らしから足を洗うべきだ。

焼肉屋に到着すると、みんなは拍手で迎えてくれた。

ことさらナカジマは得意満面で、乾杯をしてから勝利の展開予想を披露させられた。万馬券は狙って獲るものだ、とナカジマはしきりに編集者たちに説き、そのうちに自らの武伝に話はすり替わる。私はほっと一息ついて起死回生の美酒に酔えた。

4

夜になると九十九里浜からの海風に乗って波濤の音が聞こえてくる小さな平屋を借りた。競馬場から遠く離れることで、心底染みついてしまっている愚行を改める気持ちになっていた。潮風にあたりながら、毎日つとめて浜辺まで散歩をした。

するとしだいに、これまでにない空気が脳内に吹き渡る。あれだけとり憑かれていた勝利の恍惚は少しずつ溶解していった。どうにか、静かな時間を送れる習慣が身につきはじめた。そして依頼された原稿に集中することで、ようやく確保できた再生への端緒を失わずに済んだ。

夕陽が眩しくてブラインドを閉めようとした。

ランクルのボンネットに一羽の鳥がとまり、しきりに啼きはじめる。

「うるさいなあ、なんだよ」

窓越しに言った。

「カア、カア、カア」

いっこうに啼きやまない。かえって声をたかめて啼く始末だ。

「どうした……」

窓を開けて鳥に訊く。すると大きくもうひと啼きして飛びたった。

「今日は鳥啼きがわるい……」と母が言っていたことを思いだす。

卑屈になって逃げまどうことで拡がった親への隔たりも、ひょんなきっかけで回復するものだ。胸騒ぎのした私は直ぐさま実家に電話をした。

「まあ、ほんとにあなたは不思議な人だねえ」

「すみません。連絡ができなくて。父親にでもなにかありましたか」

「実は認知症になってしまい、施設に入っている」

母は、いつものように淡々と話した。

施設の住所を訊いて、郷里から放たれた黒羽の伝書鳩に感謝しながら出発の準備をした。


父は自室で車椅子に座り、大きな窓にひとり顔をむけていた。

空は青く澄み、遠く、荒く切り立った岩盤の稜線をくっきりと浮かびあがらせている。

案内してくれた女性の介護士が父の背中に、「息子さんがいらっしゃいましたよ」と声をかける。父はふりむき、曇った瞳を泳がせる。

そこに威厳はなく、まるで不審者に怯える子供の眼だった。

「息子さんと一緒に散歩に行きましょうか」

介護士からの投げかけに父は、私から逃げるように、しきりに車椅子のタイヤを逆回転させて後退する。ベッドの金属の枠に車椅子が音をたてて何度もぶつかった。

父の背後にまわって取っ手を摑み、闇雲に車椅子を押した。

介護士が付き添い、秋桜(こすもす)の植えこみに囲まれた明るい中庭まで父の車椅子を押す。

むこうから母がやって来るのが見えた。私は手を振った。

「あら、まあ。こんな天気のよい日になんて素敵な光景」

母は嬉しそうに近づく。

私たちは三人で庭を散策した。

建物の脇の工事現場に掲示されてある看板のまえで車椅子を停める。

「ハラ建設も相変わらず手広く公共事業をやっているなあ……」

父は工事詳細を読み取って言った。

「わかっているの」

父の顔を覗きこむ。淀みない視線が私をとらえた。

「わかっているさ。二代目ハラ社長の会社じゃないか」

矍鑠(かくしゃく)として言う。

「なんだよ、このギャップは」

茶化すとさらに、「駐車場に行こう。コウスケはオートバイで来たのか」と父は自ら車椅子のタイヤを漕いで急かした。

「これが、おれの車です。これで日本中を回ったんだ」

「そうか。馬力のありそうな、いい車だな」

言ってから、父は「おい、そこの木の下で一緒に立ち小便してしまおうか」と戯けた顔で立ちあがろうとする。

「駄目ですよ、お父さん。そんなことしたら」

母は笑いながら制した。

浮かせた腰を車椅子に沈めた父は、それっきり喋らなくなった。


真面(まとも)な会話はそれが最後、年の明けた月末、父は亡くなった。八十四歳だった。

十五歳で家を出た私と父とが、二人の人生で言葉を交わしたのは、およそ二十四時間にも満たないだろう。

私の小学校の同級生の祖父と父は同級生で、そこには一世代の隔たりがあるほどだった。だから運動会でも父は私と走ることはなかった。背広の胸にＰＴＡ会長のリボンをつけてテントのなかに座っている、もうすでに髪の薄い人だった。

黒髪を横分けにして、サングラスをかけ、颯爽と黒タンクの五二年式メグロ５００Ｚ３に跨り、口元にニヒルな笑みを浮かべている若き日の父の写真を、書斎の引き出しから盗み見したことを思いだしながら、細雪の舞う道を走って実家にむかった。

父の葬儀がすんだあと、実家からほど近い墓に眠っている叔父の墓参りもした。

それから半年後、なんの前触れもなく私は母から温泉に誘われる。

競馬予想本はすでに発売されていたが、著者名は匿名だったので、母にはそのことは伏せた。

二人して旅館で一夜を過ごした。気が遠くなるほどひさしぶりの親子水入らずというやつだった。

愉快だったのは、夕食後に母が五種類もの煙草のパッケージを座卓に並べ、おもむろにそのなかの一本に火をつけたことだ。そして、フーと長い煙を吹きだす。まるで女子高生が親の眼を盗んで悪戯するかのごとく。

「いつから喫ってるの」

「実は、お父さんが亡くなってから日も経ち、弔問客も少なくなったとき。ある方が煙草を忘れていって。誰もいないガランとした家でなんか急に寂しくなってしまい、その煙草を喫ってみたら、世のなかにこんなに美味しいモノがあったのかと驚いてしまった。それから色んな種類を買ってみたけど、やっぱり最初に喫ったのが一番いいね。これ全部あげるから」

どうやらお気に入りの一箱を手に、母は戯けてみせた。

七十九歳にして煙草を覚えた母は、その半年後、父を追いかけるように亡くなった。

少しあとになって兄から知らせを受けた私は、海辺で泣き暮れた。

とうとう両親になにひとつ報いることのできないままひとりになった。

そして、ふたたび彷徨(さまよ)った。

両親に祝福された結婚式を挙げた都心のホテル。みなと祭で一緒に歩いた山下公園。子供のころにドライブで行った富士山の五合目とその麓の温泉。母に口をふさがれた競馬場のスタンド。

記憶の辿れるかぎり、二人の残像に抱かれて車中で眠った。

両親の墓にむかうことは避けつづけた。川を挟んで叔父も眠る、その場所に、ありのままの自分を曝けだせる勇気と意気地はなかった。

東京にもどり、一晩だけでもゆっくりベッドで眠りたくて競馬場からほど近いモノレール駅に隣接するホテルに泊まった。翌日から開催される競馬ですべてを使い果たし、海辺の部屋を整理したら、あとはまたそこから考えればいい。大学ノートに書いた日本列島のそこかしこに、ランクルもろとも海に飛びこめる箇所は、Dive と記してある。

都心から二時間ほどの沿岸部だけでも充分こと足りる数だった。深夜に決行すれば跡形もなく自らを消滅させられると考えていた。

「朝刊はどうなさいますか」とチェックインの際に訊かれ、読み慣れたスポーツ新聞を頼んだ。ところがどうした手違いか、朝になってドアのしたに置かれてあったのは経済新聞だった。

まったく無縁の新聞だったが、ただ漠然とめくりながらコーヒーを飲んだ。

すると文化欄の記事に眼がとまる。根岸競馬場跡地の「馬の博物館」で、馬頭観音像の写真展が開催されているとある。祭事の写真を撮りながら全国を歩いていた写真家が、その道すがら眼にした全国の馬頭観音像を撮り、それを展示しているという。

そこに小さく、私の実家の川を挟んでむかいの路傍にある馬頭観音と思しき写真が紹介されている。

私はホテルをチェックアウトして根岸までランクルを走らせた。

開館したばかりの写真展会場にはまだ入場者はいなかった。壁に幾つもの額縁が飾られ、その一つひとつに撮影場所の説明が書かれたプレートが貼ってある。

一枚ずつ眼をとめて壁に沿って歩いた。そして、ほかより大きな額装のまえで歩を止めた。やはり私の実家のむかいにある馬頭観音像だった。身の丈二メートルの石像の大きさが正面、横、後方からと三枚の写真で紹介されてあった。後方からのアングルの写真には、川を隔てた私の実家とそこから下流に少し行った林を背にした墓石も写っている。先祖からの墓地で両親もそこに眠っている。

私はその写真にむけて合掌をした。そこに行けない自分を詫びた。

「どうかなさいましたか……」と老年の紳士が声をかけてきた。

彼がこの写真を撮った写真家だと言う。

「実家と両親の墓が写っていて、子供のころからこの馬頭観音像を見ながら育ちました……」

「ここで手をあわせるのではなく、きちんとお墓参りに行きなさい」

そう言って写真家は私を会場の隅にあるテーブルに促し、椅子をすすめてくれ、熱い緑茶を淹(い)れてくれた。

そこにいるのは写真家と私の二人だけ。

馬頭観音の幾つもの眼がこちらをじっと見つめていた。

5

荒梅雨(あらづゆ)の日暮れどきだった。開店したばかりの居酒屋でビールを飲みながら、しばらく時間を稼ぐ。ようやく夜の濡れた帳がおりて店内は混雑してくる。

私は店を出てスウェットのパーカーのフードをかぶり、行き交う傘の下をすり抜けながら狭い通りを急いだ。いったん立ち止まり、呼吸を整えてから、チーク材の重いドアを引く。

「いらっしゃいませ。おひとり様ですか」

バーテンダーに声掛けされて店内へと足を踏み入れる。まだ客はいなかった。

濡れたパーカーを脱ぎながらカウンターのスツールに腰かけようとした。

「カウンターでよろしいんですか……」

懐かしい声音が近づいてくる。

「ちょっと……」

語尾を飲みこみ、声の主は私の手をきつく握った。

その面影と青いワンピース姿は変わらず、丹念に歳をかさねていた。

「相変わらずきれいだね」

パーカーを脱いでスツールに置く。

「おばあちゃんをからかわないで」

私の首に両腕を回し、頰をつけて、きつく抱きしめられた。

昔のような弾力はなかったが、声音と温もりと香りは一緒だった。

バーテンダーもホステスも、彼女の振る舞いに啞然として静まっている。

「いつか来るって思っていたから」

となりに座り、バーテンに私のパーカーを渡す。

「イワヤさんのボトルとショットグラスを三つちょうだい」

Tシャツ、ジーンズ、スニーカーといった出で立ちの私の全身にゆっくりと視線を這わせた。

「ほんと、変わらないね……」

Tシャツの左の袖下から覗けるタトゥーを見つけてから、「知ってる？　イワヤさんのこと」と三つのグラスにウイスキーを注ぐ。

「聞いたよ、偶然。伝書鳩のことも、葬式の花のことも」

「きっとどこかで伝わっていると思っていた。そういう人だものね」

グラスをかるくかかげて献杯をした。お互いに飲み干す。

イワヤのグラスがいっしゅん動いた気がした。

「わたしも本当に偶然だった。普段は眼にもとめない写真週刊誌でコウスケ君の記事を見つけて驚いて、すぐに小説も読んだよ。でもイワヤさんには教えなかった。ほら、あの人たちは絶対に捜しだして会いに行きたがるから。キシダ先生にも口止めした。だから最後の最後に病院で教えてあげたら、涙をこぼしていた。顔をだすのを楽しみに待っていたから」

私はイワヤのグラスを空けた。

「せっかく成功して頑張っているのに、余計な気を遣わせたくなかったから」

「成功だなんて。そんなんじゃない」

「コウスケ君は壊れやすい性格だからね。あとさき考えないで一目散に走ってしまうから。イワヤさんも心配していた。あいつは生まれ持っている運の強さをうまく使いきれないところがあるって。人生で大事なものはたったひとつ。そのひとつのためだけに生きる。だからおれは博徒の足を洗わないって」

　私は勝手にイワヤのウイスキーを自分のグラスに注いだ。

「人は病気では死なない、寿命で死ぬ、とも言っていた。それで延命処置を拒否したのよ。最後まで強い人だった」

　ヒロミママはイワヤの茶色いボトルを白い指でさすった。それから煙草に火をつける。昔と変わらない銘柄だった。

「ご両親は？」

「父親に次いで母親も亡くなったけど、母の葬式にも行けなかった。おれの連絡先を知らなかった兄からの知らせが遅れて。母は、お風呂場で倒れていたらしい」

「お墓参りに来たの」

「まだ行けてない。明日、イワヤさんのお墓に行こうかな」

「教えない。きちんと、ご両親のお墓参りがすんだら教えるから、今夜はウチに来て」


　雨はあがっていた。黒い路面には薄く靄が這っている。

　時空が止まってしまった街で、深く酔って足許がふらつく。

　ヒロミママと腕を組んで歩き、彼女の部屋にあがった。テレビ、ソファ、家具、赤い薔薇の絵画の位置まで以前と変わらず、そこでも時は止まっている。

　ベランダのガラス戸のレースのカーテンを開けると、眼下の城跡のお堀、そのむこうの市営音楽ホールも変わらずに見える。

「ビール飲む？」

訊かれて歩み寄り、抱きつき、唇をあわせた。

「裸になって」

私の腰に両腕を回した。

パーカーとTシャツを脱ぎ捨てた。

「見せて……」

上半身のタトゥーの一つひとつを彼女は細い指さきでなぞりはじめる。

「これはテキサス、これはサンタフェ……」

刺青した土地と図柄を説明してから、ふたたび彼女に迫る。

半裸を突き放し、「一緒には寝ないよ」とガラス戸のさきを指さした。

「あの音楽ホールであなたの高校の入学式があって、お母さんも来てくれた。一緒に食事しようって言ってくれたお母さんからお金だけもらって帰してしまったことを、あんなに後悔していたじゃない。お母さん、どんなに寂しくひとり電車で帰ったか、あとになって知って泣けたって、ここで言っていた」

私はTシャツを着て、ソファに躰を沈めた。

「高校をサボって競馬場に入り浸って落第したって、そこからアメリカだよ。どれだけ恵まれている？　その墨だってそう。どんなに悪ぶって自慢したって、それを入れた場所に行けただけでも普通じゃないよ。わたし、小説のことはよくわからないけど、コウスケ君の受賞作読んで思った。やっぱり恵まれている子の話だなって。みんな好きで苦労はしてない。極端かもしれないけど、好きで刑務所に入っている人なんていないと思う。イワヤさんだって、生きるために、みんなを生かすために我慢してお務めしていた」

ヒロミママはグラスにビールを注いで差しだした。

私はビールを呷った。彼女はサイドボードの引き出しから白い封筒を取りだす。

「イワヤさんが遺していったもの。わたしが預かっていたから」

封筒のなかには百万円の束が入っていた。

「伝書鳩のコウスケが賭けレースで勝ったときの賞金の一部だって。勝ち金だから、ラッキーボーイが帰ってきたら渡してくれって。ほらね、恵まれているでしょう」

言って浴室に入った。シャワーを浴びる音を微かに聞きながら、私はイワヤが遺した札束をじっと見ていた。

化粧を落として銀縁の眼鏡をかけたヒロミママが、白いバスローブ姿で私のまえに立つ。

「あー、すっきりした。こんなにすっきりしたのはひさしぶり。ずっと胸につかえていたものが取れて、気持ちがいい。きっとコウスケ君のお母さんも、ずっとこんな思いだったんだろうなあ」

妖艶に濡れる茶色い髪、白い肌を見せつけながらバスローブの胸元を少しはだけ、「まだ、わたしのこと抱ける？」と両手を腰にかけた。

「抱けるよ」

「じゃあ、ご両親のお墓参りをして来て。そしたら昔みたいに、いっぱいしようね」

腰をよじりながら白い肢体で挑発した。

「レイプするぞ！」

「できないくせに。和室に布団あるから、そのお金を抱いて寝なさい。そしてそれでお花とお線香を買って行って来て」

「行って来たらイワヤさんのお墓の場所を教えてくれるか」

「わたしも一緒にイワヤさんのところに行くわよ。すべてはこの街から三人ではじまったんじゃない。自分だけ勝手にはぐれて今更めそめそして帰って来て。だからもう、わたしの所には落ちこんでさまよって来ないで。再会できたのは本当に嬉しかった。わたしは死ぬまでずっとここにいるから」と私に注いだビールを飲み干した。

「それとも今日からずっとここで暮らす？　いいんだよ、わたしはそれでも」

「ギャンブルかい？」

「そう、わたしは自分のギャンブルにまだ勝ちつづけているから。負けて失うのが怖いから、毎日ひとつのことに我慢して生きている」

ヒロミママはキッチンで水を飲んでから、ふたたび浴室に消えた。

外を見やる。湿って煙る外気のなかに音楽ホールの屋根の黒い輪郭がうっすらと浮かびあがっている。そっと立ちあがって玄関にむかう。

室内をふりかえる。居間のテーブルのうえには札束の入った白い封筒。浴室から聞こえるドライヤーの風音。立ちつくす自分。三人の存在だけがその場を支配していた。

イワヤの遺した勝ち金を鷲摑みして足早に部屋をあとにした。

フードをかぶって歩きながら見あげる。
最上階の部屋のベランダのガラス戸に映る人影が手を振っていた。

エピローグ

とどまることない私のギャンブル放浪はつづいている。

封印するつもりで競馬場も馬券売場もない沖縄に渡ったはずだったが、そこは旅の終着駅とはならなかった。

またしても馬をとりまく数奇な出会いがあり、そんな彼らの後押しがあって慣れない商売に手をだした。カウボーイスタイルのバーやステーキ屋を開業してそこそこ繁盛していた。

しかし、結局、元の木阿弥となってしまった。運転資金を競馬につぎこみはじめ、店を潰した。折しもアメリカ経済破綻の煽りを受けて。

東京にもどり、かつての伝手を辿って競馬に関する書物の企画に参加したりして食いつないだ。まとまった金が入ればまた愛車を走らせて旅打ちの日々だった。

いつかテキサスに行って牧場の仲間たちと再会したかった。

あの荒涼とした地平線も懐かしく、アメリカ南西部のアートをあつかう雑誌をめくっていたら、オークションページでサンタアニタパーク競馬場の厩舎を描いた油彩画が眼にとまった。作者は不明で、D・Tとだけサインがあった。
私はディックの絵だと確信している。

カウボーイマスターのコーチャンが開店準備中に突然亡くなった夏の夕方、私は偶然、東京にいてその亡骸と対面できた。その年の冬、八ヶ岳の乗馬クラブのボスも癌であとを追った。クラブで行われた葬儀で、私は馬上からボスの棺を乗せた車を見送りながら、ひとつの時代が終わったことを濡れた視界におさめた。

ヒロミママの夢を見て、店を訪ねたら、彼女は一週間前に胃癌（奇しくも彼女の父と同じ）で亡くなったと、店内を整理している中年のバーテンダーから聞かされた。そこで渡された、ヒロミママ直筆のメモ書きで、カマタ先生が亡くなり、彼がクリスチャンだったこと、タグチのマー坊はあのまま帰国せずにロサンゼルスで行方不明になったらしい、ということを知った。

ナカタの七回忌は居酒屋ヤブサメで常連らと催し、『文七元結』を流しながらへベレケに酔った。店主から、ナカタのひとり娘が競馬場の関連施設で乗馬をはじめていたことを聞かされた。馬を好きになりたいという彼女の意思ではじめたらしい。
どうやらナカタの遺志は私を翻弄するだけでは飽き足らず、どこまでも執拗なのだった。

トキタ先生は彼のもとで働いていた看護師と再婚して幸せな晩年を送ったと聞いた。

自宅で脳溢血によって倒れて死んだナカジマは一週間後に、懇意にしていた調教師により発見された。膨大な血統の知識をその脳髄にためこんだまま……。

そう言えば、スガイ老人はイシダのもとから離れたが、その行方は知れない。まだ十万円は返してもらっていない。

こうして金を貸した者はその額に限らず、そのことを忘れない。だから私に用立ててくれた人たちは決して私を許してはいないだろう。そして私が死んだときも、その貸しつけた金額とともに私を記憶の底にしまいこむに違いない。

人を巻きこんで生きた賭博常習の敗者として——。

本書は書き下ろしです。

園部晃三
（そのべ・こうぞう）
1957年、群馬県生まれ。90年、「ロデオ・カウボーイ」で第五十四回小説現代新人賞を受賞。

賭博常習者
2021年9月30日　第1刷発行

著者　園部晃三
発行者　鈴木章一
発行所　株式会社講談社
〒112-8001　東京都文京区音羽2丁目12-21
電話　編集　03-5395-3505
　　　販売　03-5395-5817
　　　業務　03-5395-3615

本文データ制作　講談社デジタル製作
印刷所　豊国印刷株式会社
製本所　株式会社若林製本工場

ISBN978-4-06-524560-6
N.D.C.913 286p 19cm

KODANSHA